U0506255

中國古典文學名家選集

王維孟浩然選集

王達津　選注

圖書在版編目(CIP)數據

王維孟浩然選集 / 王達津選注. —上海: 上海古籍出版社, 2012.12 (2024.6 重印)
(中國古典文學名家選集)
ISBN 978-7-5325-6467-5

Ⅰ.①王… Ⅱ.①王… Ⅲ.①唐詩—詩集 Ⅳ.①I222.742

中國版本圖書館 CIP 數據核字(2012)第 091838 號

中國古典文學名家選集
王維孟浩然選集
王達津 選注
上海古籍出版社出版發行
(上海市閔行區號景路 159 弄 1-5 號 A 座 5F 郵政編碼 201101)
(1) 網址: www.guji.com.cn
(2) E-mail: guji1@guji.com.cn
(3) 易文網網址: www.ewen.co
上海中華商務聯合印刷有限公司印刷
開本 890×1240 1/32 印張 10 插頁 6 字數 250,000
2012 年 12 月第 1 版 2024 年 6 月第 9 次印刷
印數: 10,201—11,000
ISBN 978-7-5325-6467-5
I·2563 定價: 50.00 元

出版説明

上海古籍出版社及其前身中華書局上海編輯所一向重視中國古典文學的普及工作,早在二十世紀六十年代,在出版《中國古典文學作品選讀》等基礎性普及讀物的同時,又出版了兼顧普及與研究的中級選本。該系列選本首批出版的是周汝昌先生選注的《楊萬里選集》和朱東潤先生選注的《陸游選集》。

一九七九年,時值百廢俱舉,書業重興,我社爲滿足研究者及愛好者的迫切需要,修訂重印了上述兩書,并進而約請王汝弼、聶石樵、周振甫、陳新、杜維沫、王水照等先生選輯白居易、杜甫、李商隱、歐陽修、蘇軾等唐宋文學名家的作品,略依前書體例,加以注釋。該套選本規模在此期間得以壯大,叢書漸成氣候,初名"古典文學名家選集"。此後,王達津、郁賢皓、孫昌武等先生先後參與到選注工作中來,叢書陸續收入王維、孟浩然、李白、韓愈、柳宗元、杜牧、黄庭堅、辛棄疾等唐宋文學名家的選本近十種,且新增了清代如陳維崧、朱彝尊、查慎行等重要作家的作品選集,品種因而更加豐富,并最終定名爲"中國古典文學名家選集"。

本叢書的初創與興起得到學界和讀者的支持。叢書作品的選注者多是長期從事古典文學研究的名家,功力扎實,勤勉嚴謹,選輯精當,注釋、箋評深淺適宜,選本既有對古典文學名家生平、作品特色的總論,又或附有關名家生平簡譜或相關研究成果,所以推出伊始即深受讀者喜愛,很快成爲一些研究者的重要參考用書,在海內外頗獲好評。至上世紀九十年代,本叢書品種蔚然成林,在業界同類型選集作品中以其特色鮮明而著稱:既可供研究者案頭參閱,也可作爲古典文學愛好者品評賞鑒的優秀版本。由於初版早已售罄,部分品種雖有重印,但印數有限,不成規模,應讀者呼籲,今特予改版,重新排印,并稍加修訂。此叢書將以全新的面貌展現在讀者面前。

上海古籍出版社

二〇一二年十二月

前　言

王維、孟浩然是盛唐年輩較早的作家，他們早年身處唐王朝還興盛的時代，但却都以山水田園詩得名，原因是多方面的。其中之一是唐初用人，門途頗多，但到王、孟時期，文人進身只靠進士舉，每年中式者不過二十多人，又多靠走門路。王維有岐王范薦給公主的故事，中進士後，又因罪譴失意。孟浩然則累舉不第。自唐高宗、武后時，朝廷就很尊崇隱逸之士，現有不少這方面的詔令收在《唐大詔令集》中。武后時隱士被高宗、武后親去訪問的有嵩山田游巖。盧藏用早年隱居終南，後出仕，被稱爲"終南捷徑"。所以王維、裴迪、儲光羲、綦毋潛等人，不是隱居終南、藍田，就是嵩山。玄宗時又有徵士盧鴻一隱嵩山，孟浩然對此很羨慕，但他家在襄陽，深受襄陽耆舊龐德公、崔州平等人的影響和家鄉山水的熏染，因隱居峴山、鹿門。因此，以山水爲主的山水田園詩的興起，與知識分子和政權的離合有關。王維受禪學影響較深，而且又是山水畫家，自有他本身特有的原因。孟浩然既特愛襄陽山水，又屢試不第，兩次游歷吴越山水。這些都促使他們在山水詩方面取得了獨特的成就。

作爲詩人，王維、孟浩然都没有忘記政治。王維因負罪譴，無可奈何，因此隱居終南輞川時期與山水契合無間。一旦被張九齡起用,就和山水疏遠了。張九齡罷相後,以監察御史入河西節度使崔希逸幕府,所寫邊塞詩反而開了高適、岑參先河。王維無論山水詩還是邊塞詩都具有盛唐氣象,古代評論家多就他的山水詩立論,但他的山水詩不僅僅是沖淡,看杜甫《贈王中允維》"共傳收庾信,不比得陳琳",將他與庾信相比即可知。司空圖也説:"王右丞、韋蘇州,澄淡精緻,格在其中,豈妨于遒舉哉!"(《與李生論詩書》)蔡傺《西清詩話》説:"王摩詰詩,渾厚閒雅,覆蓋古今,但(豈但)如久隱山林之人,徒成曠淡也!"李東陽云"王詩丰縟而不華靡","詞不迫而味甚長"(《歲寒堂詩話》),也是和時代還未衰颯,和詩人品格相關的。王維始終有嚮往政治清明的政治傾向性,同時又有"無可無不可"的軟弱性、妥協性和消極色采。王縉《進〈王右丞集〉表》謂其"當官堅正,秉操孤直",是一面;"縱居要劇,不忘清净",則又是一面。他借禪學與畫癖,以自免於權相當政時的壓力。但他的詩歌藝術,也取鑒於禪學的思惟境界和畫境,却不妨説是一個值得稱述的特點。

他的山水詩以不言爲言,無意爲意,用他自己講禪學的話來説,就是"道無不在,物何足忘,故歌之詠之者,吾愈見其嘿也"(《薦福寺光師房花藥詩序》)。如《終南山》:

太乙近天都,連山到海隅。白雲迴望合,青靄入看無。分野中峯變,陰晴衆壑殊。欲投人處宿,隔水問樵夫。

就是無意看山,也並非有意刻畫;但入山已深,觀照既細,自和山水相融,而至於不知不覺的境地。《終南别業》也是這樣:

中歲頗好道,晚家南山陲。興來每獨往,勝事空自知。行到水窮處，坐看雲起時。偶然值林叟，談笑無還期。

純寫感興，似乎不關山水與去來。而雲水山色却已讓人充分領會了。《送別》寫南山更自在：

下馬飲君酒，問君何所之。君言不得意，歸卧南山陲。但去莫復問，白雲無盡時。

只最後輕輕一點，即寫盡山景變化之美。

詩人在作品中表現的這種自在，畢竟還屬於封建社會的安定時期，到中唐這種情況就幾乎不復存在了。

劉士麟説："晁補之云：'右丞妙於詩，故畫意有餘。'余謂右丞精於畫，故詩態轉工。"（《文致》）王維詩的這種畫筆似乎到處可見。如：

渡頭餘落日，墟里上孤烟。（《輞川閒居》）

秋山一何浄，蒼翠臨寒城。（《贈房盧氏琯》）

欣欣春還臯，澹澹水生陂。桃李雖未開，荑萼滿其枝。（《贈裴十迪》）

啼鳥忽臨澗，歸雲時抱峯。（《韋侍郎山居》）

斜光照墟落，窮巷牛羊歸。（《渭川田家》）

天寒遠山浄，日暮長河急。（《齊州送祖三》）

行人返深巷，積雪帶餘暉。（《喜祖三至留宿》）

…………

《青山詩輯》曰:"'遠樹帶行客,孤城當落暉。'(《送别》)'帶'字'當'字極佳,非得畫中三昧者,不能下此二字。"《鐵網珊瑚》引朱叔重語曰:"王右丞水田白鷺、夏木黄鸝之詩,即畫也。"

王維詩中的畫,也往往包括人物和風俗,如:

竹喧歸浣女,蓮動下漁舟。(《山居秋暝》)

官橋祭酒客,山木女郎祠。(《送楊長史赴果州》)

水國舟中市,山橋樹杪行。(《曉行巴峽》)

日隱桑柘外,河明閭井間。牧童望村去,獵犬隨人還。(《淇上即事田園》)

寫開廓的境界則有:

江流天地外,山色有無中。郡邑浮前浦,波瀾動遠空。(《漢江臨眺》)

日落江湖白,潮來天地青。(《送邢桂州》)

邊塞詩中的景物,更爲雄偉:

大漠孤烟直,長河落日圓。(《使至塞上》)

沙平連白雪,蓬卷入黄雲。(《送張判官赴河西》)

至於七絶中"落花寂寂啼山鳥,楊柳青青渡水人"(《寒食汜上作》)、"科頭箕踞長松下,白眼看他世上人。"(《與盧員外象過崔處士興宗林亭》)等,也很近人物畫。

王維長於五律和五古,五絶多叶仄韻。七絶也有好的篇章,七律多很自然。七古則未脱初唐影響,遠不及李白、李頎、高適、岑參和杜甫等人。高棅《唐詩品彙》把詩人各體詩分别長短,予以不同的地位和評價,我們對王維各體詩的成就,也應該分别看待。

孟浩然的詩與王維詩融情入景,觸興寫物,似如無我,有很大的不同。

孟浩然屢次入京不遇,將畢生精力耗費在襄陽山水間與漫游吴越的旅途中。盡管如此,詩人却始終没有忘懷魏闕,放棄建立功業的念頭。他的山水田園詩大都寄寓不得意的感情,寫山水田園,無不含有自己的風神和對外觀景物的審美觀照。故聞一多先生曾云:"與其説是孟浩然的詩,不如説是詩的孟浩然。"(《唐詩雜論·孟浩然》)

浩然詩似乎從《楚辭·涉江》、《湘君》、《湘夫人》而來,山水只在旅程中點染。杜甫懷孟浩然詩説他:"賦詩何必多,往往凌鮑謝。"意即他的詩逼近鮑照、謝朓,不像謝靈運那樣雕繪山水。他很多詩以不寫爲寫,却能令人騁思馳想,如:

> 潮落江平未有風,扁舟共濟與君同。時時引領望天末,何處青山是越中。(《濟江問舟人》)
>
> 卧聞海潮至,起視江月斜。借問同舟客,何時到永嘉。(《宿永嘉江寄山陰崔少府國輔》)
>
> 掛席幾千里,名山都未逢。泊舟潯陽郭,始見香爐峯。(《晚泊潯陽望廬山》)

聞先生説:"孟浩然不是將詩緊緊的築在一聯或一句裏,而是將它沖淡了,平均的分散在全篇中。"他舉二詩爲例:

出谷日尚早，到家日已曛。回瞻下山路，但見牛羊羣。樵子暗相識，草蟲寒不聞。衡門猶未掩，佇立望夫君。（《遊精思觀回王白雲在後》）

垂釣坐盤石，水清心亦閑。魚行潭樹下，猿掛島藤間。游女昔解佩，傳聞於此山。求之不可得，沿月櫂歌還。（《山潭》）

從這兩首詩中，我們看到的主要是詩人風神散朗的姿態。

由於未受禪學影響，孟浩然爲了應舉會友，不辭多次遠遊。因此詩寫的全是動態，山水田園無不受他支配，由他選擇，他的詩往往是他問世思想的轉移、擴大和升華：

人隨沙路向江村，予亦乘舟歸鹿門。（《夜歸鹿門歌》）

榜人苦奔峭，而我忘險艱。（《下贛石》）

殷勤爲訪桃源路，予亦歸來松子家。（《高陽池送朱一》）

江山留勝迹，我輩復登臨。（《與諸子登峴山》）

特別是後一例，充分表現出詩人的自負。有些詩則集中表現出對祖國山川的眷戀，特別是像：

氣蒸雲夢澤，波撼岳陽城。（《洞庭湖上張丞相》）

水落魚梁淺，天寒夢澤深。（《與諸子登峴山》）

照日秋空迥，浮天渤澥寬。（《與顔錢塘登樟樓望潮作》）

遠水自嶓冢，長雲吞具區。（《和宋大使北樓新亭》）

寫得都很壯麗雄偉。

另像《早發漁浦潭》“美人常晏起，照影弄流沫”，《山潭》“游女昔解珮，傳聞於此山。求之不可得，沿月棹歌還”，頗似《離騷》中的宓妃。《宿揚子津寄潤州長山劉隱士》“心馳茅山洞，目極楓樹林”等句，也從《楚辭》化來。詩人的創作和王維似有南北詩風的不同，李白没有詩涉及王維，對孟浩然却極爲仰慕，詩風也有相似之處。

孟浩然也長於五古五律，五、七絶也有佳作。七古較王維自然，七律較少。

以上就二位詩人的主要成就——山水田園詩的藝術特徵表述一些個人意見，至於他們生平思想和創作的面貌大概，則見於書後所附二文，這裏不過是加以提示和補充而已。

本書的編選和注釋，是爲了使具有中等以上文化水平的讀者了解有關作家的創作概況，也可備大中學教師和學生參考。因此在選目上，力求能顧及入選作家生活、思想、創作等各個方面，並盡量選入那些在歷史上影響甚廣的名篇佳作。本書入選王維詩一百二十一首、孟浩然詩一百十一首，基本是按他們生平的各個階段編排的，目的是爲了便於知人論世。當然，其中個别作品排列未必恰當，所選篇目也不免參雜個人主觀意願，因此就難免有所不當或遺漏。但我相信還是盡力顧及了全人。在選注部分，每首詩的原文後都附有簡略的題解，用以説明該作寫作的大體時期，基本思想内容和藝術特色等。這些説明雖然求其完善，但也不可能篇篇面面俱到，數語中的，多少留有供讀者作進一步思考的餘地。在注釋中，往往先注字詞、典故，後釋句意。字詞除了指出其在具體應用時的釋意外，還盡可能追尋它們的本義。對於一些典故，在指出它們的出處和援引原文的同時，也注意到具體運用時的引申義或附加意的説明。句釋則主要採取“疏”的辦法，根據需要時詳時略，目的在於貫通詩意，不等於直譯或意譯。在做上述這些工作時，或多或少參閲借鑒了前人和當代的一些成果。

這本選集在選録了王、孟的主要詩作外，還附有王維《山中與裴迪書》、《與魏居士書》二文，以期讀者對王維的散文創作和藝術思想有所領會。爲了使讀者對王、孟的生平事跡和創作成就有一個比較全面的認識，書末另附拙作《王維生平及其詩》、《孟浩然生平及其詩》二文，以便閲讀時參考。至於書中某篇作品應繫於某一時期，本難完全確切，又或與其他研究者的見解有所不同，只能力求近確，或可有助於進一步研究。

本書編成，不完全是我個人力量，印兆勛同志曾爲部分注釋作了初稿，並提供了一些資料，後由我修改定稿，特在此説明。如果有錯誤，則統由本人負責。

王達津

一九八三年十月於天津

目　　録

王 維 詩 選

孟浩然詩選

王維詩選

題友人雲母障子

君家雲母障〔一〕,持向野庭開〔二〕。自有山泉入,非因彩畫來〔三〕。

此詩爲現存王維詩中最早的一首。原注曰:"時年十五。"應寫于開元元年。

〔一〕雲母:雲母石。障:屏風。唐人稱屏風謂障子,並多見於吟誦。
〔二〕野庭:指郊野空地。
〔三〕自有二句:贊美雲母石製成的屏風紋理自然優美,宛如山泉流入,而非人工畫成。

洛陽女兒行

洛陽女兒對門居,纔可容顔十五餘〔一〕。良人玉勒乘驄馬,侍女金盤膾鯉魚〔二〕。畫閣朱樓盡相望,紅桃緑柳垂檐向〔三〕。羅幃送上七香車,寶扇迎歸九華帳〔四〕。狂夫富貴在青春,意氣驕奢劇季倫〔五〕。自憐碧玉親教舞,不惜珊瑚持與人〔六〕。春窗曙滅九微火,九微片片飛花璅〔七〕。戲罷曾無理曲時,妝成只是薰香坐〔八〕。城中相識盡繁華,日夜經過趙李家〔九〕。誰憐越女顔如玉〔一〇〕,貧賤江頭自浣紗。

此詩爲王維少年時期的作品。原注:"時年十六,一作十八。"詩題取自梁武帝蕭衍《河中之水歌》"洛陽女兒名莫愁"句。詩在譏刺貴婦豪奢空虛的同時,對貧賤的浣紗女深表同情。

〔一〕洛陽女兒二句:由梁武帝《東飛伯勞歌》"誰家女兒對門居?開顔發艷照閭里","女兒年幾十五六,窈窕無雙顔如玉"句化來。纔可,纔約。

〔二〕良人:丈夫。玉勒:鑲有美玉的馬繮轡。庾信《華林園馬射賦》:"控玉勒而搖星,跨金鞍而動月。"驄馬:青白相間的良馬。膾:細切魚肉。辛延年《羽林郎》詩:"就我求珍肴,金盤膾鯉魚。"二句寫生活豪華。

〔三〕畫閣二句:寫居宅富貴。相望,指樓閣櫛比連綿。檐向,檐角。

〔四〕羅幃:綾羅作的幃幔。七香車:《古文苑》魏武帝《與太尉楊彪書》曰:"謹贈足下四望通幰七香車一乘。"章樵注:"七種香木爲車。"寶扇:儀仗中的遮扇。九華帳:古代一種用九花圖案綉成的采帳。二句寫洛陽女兒出入的場面。

〔五〕狂夫二句:寫丈夫年少氣盛,驕奢任性。狂夫,以女兒口氣稱其丈夫,狂指驕奢放任。劇,甚。季倫,即石崇。《晉書·石崇傳》:"崇字季倫,財産豐積,室宇宏麗,後房百樹皆曳紈繡,珥金翠,絲竹盡當時之選,庖膳窮水路之珍。與貴戚王愷、羊琇之徒,以奢靡相尚。"

〔六〕自憐二句:承上續寫"狂夫"奢靡放縱。碧玉,梁汝南王侍妾。《樂府詩集》有《碧玉歌》引《異苑》曰:"《碧玉歌》者,汝南王所作也。碧玉,汝南王妾名,以寵愛之甚,所以歌之。"梁元帝《採蓮賦》:"碧玉小家女,來嫁汝南王。"後泛指侍妾。珊瑚,石崇家多珊瑚,此借喻狂夫不惜千金以示豪富。

〔七〕春窗二句:寫宴飲作樂通宵達旦。九微,燈名,見《博物志》。花瑣,不斷飛落的燈花。

〔八〕戲罷二句:寫女兒生活忙亂而空虛。理曲:温習樂曲。薰香,用香料放在薰爐中以薰衣服。

〔九〕趙李家：指貴戚。阮籍《詠懷詩》："西游咸陽中，趙李相經過。"顧炎武《日知録》謂指漢成帝皇后趙飛燕、婕好李平的戚屬而言，一説趙李爲當時咸陽游俠豪富。

〔一〇〕越女：原指西施，此處泛指浣紗女。顔如玉：形容女子容顔光澤秀美。《古詩》："燕趙多佳人，美者顔如玉。"

九月九日憶山東兄弟

獨在異鄉爲異客，每逢佳節倍思親〔一〕。遥知兄弟登高處，徧插茱萸少一人〔二〕。

原注："時年十七。"九月九日，也稱重九、重陽節。古有是日享宴高會的習俗。時王家已由太原祁(今山西祁縣)遷至蒲(今山西永濟縣)，蒲在華山以東，故題云"山東"。

〔一〕異鄉：他鄉。時王維獨身飄零於長安洛陽一帶，遠離家鄉，故云。王勃有《九月九日》詩云："九月九日望鄉臺，他席他鄉送客杯。"王維此詩或受其啓發。此二句寫己異地思鄉，爲一層。其中"倍"字映帶平時與佳節，尤見其妙。

〔二〕徧：遍，周，此指家中所有人。茱萸：木本植物，有濃香。晉周處《風土記》："九月九日律中無射而數九，俗於此日……折茱萸房以插頭，言辟惡氣，而禦初寒。"此二句轉寫家人思己，又爲一層。其與上兩兩相對，愈見思情悠悠。

李陵詠

漢家李將軍,三代將門子〔一〕。結髮有奇策〔二〕,少年成壯士。長驅塞上兒,深入單于壘〔三〕。旌旗列相向,簫鼓悲何已〔四〕。日暮沙漠陲〔五〕,戰聲烟塵裏。將令驕虜滅,豈獨名王侍〔六〕。既失大軍援,遂嬰穹廬恥〔七〕。少小蒙漢恩,何堪坐思此。深衷欲有報,投軀未能死〔八〕。引領望子卿,非君誰相理〔九〕。

這是一首詠史詩。王維在詩中對李陵的遭遇和不幸表示了同情。其中"深衷欲有報"的思想成了他後來在安史之亂時忍辱期待唐王朝恢復兩京的基礎。詩原注:"年十九。"

〔一〕李將軍:漢代名將李廣孫李陵。三代將門:李陵出身將門,自廣、當户至陵,凡三代。

〔二〕結髮:古代男子成童時開始束髮。《史記·李廣傳》:"且臣結髮而與匈奴戰。"奇策:奇異的計謀。

〔三〕長驅:率領士兵深入敵境。《戰國策·燕策二》:"輕卒鋭兵,長驅至國。"塞上兒:指邊地游俠之士。曹植《白馬篇》:"幽并游俠兒。"單于壘:匈奴王的軍營。單于:匈奴稱其首領爲單于。

〔四〕旌旗:軍旗。列相向:相對而列。簫鼓:指軍中的短簫和戰鼓。二句已暗示漢軍被圍。

〔五〕沙漠陲:沙漠的邊際。曹植《白馬篇》:"揚聲沙漠陲。"

〔六〕驕虜:指匈奴。名王侍:漢戰勝匈奴,往往令其名王入朝侍奉。二句寫李陵軍的氣勢,原欲剿滅匈奴,而不僅僅是爲了安撫招降。

〔七〕既失二句:謂李陵孤軍深入,由於没有援軍,終於寡不敵衆,蒙受了降順之辱。事見《史記·李將軍列傳》:“天漢三年秋,貳師將軍李廣利將三萬騎擊匈奴右賢王於祁連天山,而使陵將其射士步兵五千人出居延北可千餘里,欲以分匈奴兵……陵既至,期還,而單于以兵八萬圍擊陵軍。……陵食乏而救兵不到。虜急擊,招降陵。陵曰:‘無面目報陛下’,遂降匈奴。”嬰,加。《漢書·賈誼傳》:“嬰以廉恥,故人矜節行。”穹廬,氈帳。

〔八〕深衷:内心深處。投軀:棄身投降。二句謂李陵之所以未能死節,是因爲他内心還抱着有朝一日能報效漢廷的希望。司馬遷《報任安書》:陵“身雖陷敗,彼觀其意,且欲得其當而報於漢。”

〔九〕引領:延首遥望。子卿:蘇武字。《漢書·蘇武傳》:“匈奴與漢和親,漢求武等。于是李陵置酒賀武曰:‘陵雖駑怯,令漢且貰陵罪,全其老母,使得奮大辱之積志,庶幾乎曹柯之盟,此陵宿昔之所不忘也。收族陵家,爲世大謬,陵尚復何顧乎?已矣,令子卿知吾心耳。異域之人,一别長絶。’”理:申訴,表白。二句謂李陵嘗盼蘇武爲其申訴自己難言之衷。

息夫人

莫以今時寵,能忘舊日恩〔一〕。看花滿眼淚,不共楚王言〔二〕。

原注:“時年二十。”此詩寫息夫人(息嬀)因楚王滅了息國而被掠(事見《左傳·莊公十四年》)的痛苦與悲哀,表達了作者對其命運的深切同情。孟棨《本事詩》云:“寧王憲貴盛,寵妓數十人,皆絶藝上色。宅左有賣餅者妻,纖白明媚,王一見屬目,厚遺其夫取之,寵惜逾等。環歲因問之,汝復憶餅師否?默然不對。王召餅師使見之,其妻注視,雙淚垂頰,若不勝情。時王座客十餘人,皆當時文士,無不悽異。王命賦詩,王右丞

維詩先成云云,坐客無敢繼者。王乃歸餅師,以終其志。"筆法曲折,情調委婉,頗能反映王維同情婦女和弱者的思想。《珊瑚鈎詩話》云:"杜牧之《息夫人》詩曰:'細腰宫裏露桃新,脈脈無言幾度春。至竟息亡緣底事,可憐金谷墜樓人。'與所謂'莫以今朝寵,難忘舊日恩。看花滿眼泪,不共楚王言',語意遠矣。蓋學有淺深,識有高下,故形于言者不同也。"評王、杜詠同一題材詩格之高下,可參考。

〔一〕莫以二句:意謂不因時下的被寵而忘却舊日的恩愛。

〔二〕看花二句:《左傳·莊公十四年》:"蔡哀侯爲莘故,繩(譽)息嬀以語楚子。楚子如息,以食入享,遂滅息。以息嬀歸,生堵敖及成王焉。未言,楚子問之。對曰:'吾一婦人而事二夫,縱弗能死,其又奚言?'楚子以蔡侯滅息,遂伐蔡。"詩寫息夫人雖在楚王身邊,但情繫前夫,故於看花時也滿含眼淚,沉默不語。詩不作評論,却含蓄動人。

西施詠

艷色天下重〔一〕,西施寧久微〔二〕?朝爲越溪女,暮作吴宫妃〔三〕。賤日豈殊衆,貴來方悟稀〔四〕。邀人傅脂粉,不自着羅衣〔五〕。君寵益驕態,君憐無是非〔六〕。當時浣紗伴,莫得同車歸。持謝鄰家子,效顰安可希〔七〕。

西施,古代越國美女。初貧,浣紗採薪於苧蘿山,後爲越王勾踐所得,"飾以羅縠,教以容步,習于土城,臨于都巷"(《吴越春秋》)。三年學成而獻于吴,深得吴王夫差的寵愛。詩以西施遭遇爲例,對人因富貴而忘本,甚至拋棄是非觀念,忘記貧賤之交的社會現象深表不滿。雖是詩人的少作，却已洞察世情，存意託諷。

〔一〕艷色：美色。重：尊崇，貴尚。
〔二〕寧：哪能。久微：長時身處貧賤低微的地位。
〔三〕越溪：若耶溪，在浙江紹興縣東南二十八里，相傳爲西施採薪浣紗之地。吴宫：吴王宫，以豪華著稱於史。
〔四〕賤日：貧賤之時。方悟稀：纔知舉世罕匹。
〔五〕邀：請。傅：塗抹。着：穿。
〔六〕君寵二句：謂西施受到君王的寵愛，日益驕縱，以至是非全無。
〔七〕持謝：持此理以告誡。謝，告誡。效顰：《莊子》："西施病心而矉其里，其里之丑人見而美之，歸亦捧心而矉其里。"矉同顰，皺眉蹙額。希：希求。二句告誡鄰家女，欲借效顰以邀寵，是没有指望的。這是更深入一層的諷諭，蘇軾《和詠三良》"三良安足希"與此句句法一致。趙殿成《王右丞集箋注》"'賤日豈殊衆'二言，古今亟稱佳句。然愚意以爲不及'君寵益驕態'二言爲尤工。四言之義俱屬慨詞，然出之以沖和之筆，遂不覺渢渢乎爲入耳之音，誠有合于風人之旨也哉。"

燕支行

漢家天將才且雄，來時謁見明光宫〔一〕。萬乘親推雙闕下，千官出餞五陵東〔二〕。誓辭甲第金門里，身作長城玉塞中〔三〕。衛霍才堪一騎將，朝廷不數貳師功〔四〕。趙魏燕韓多勁卒，關西俠少何咆勃〔五〕。報仇只是聞嘗胆，飲酒不曾妨刮骨〔六〕。畫戟雕戈白日寒，連旗大旆黄塵没〔七〕。疊鼓遥翻瀚海波，鳴笳亂動天山月〔八〕。麒麟錦帶佩吴鉤〔九〕，颯踏青驪躍紫騮〔一〇〕。拔劍已斷天驕臂〔一一〕，歸鞍共飲月支頭〔一二〕。漢兵大呼一當百，虜騎相看哭且愁〔一三〕。教戰須令赴湯火，終知上將相伐謀〔一四〕。

此詩原注："時年二十一。"燕支，即焉支，一名删丹山。在甘肅省境内，東西長百餘里，南北二十里。水草茂美，可放牧，石呈赭色，可作胭脂。匈奴失燕支山後。曾有歌曰："失我燕支山，使我婦女無顏色。"又西北有巨鎮曰燕支，本匈奴王庭。這是一首樂府詩，《樂府詩集》收入"新樂府歌辭"。

〔一〕漢家天將：詩中虛擬人物。來時：一本作"時來"。明光宫：漢宫名。《漢書·武帝紀》："太初四年秋，起明光宫。"據《元后傳》顔師古注引《三輔黄圖》，宫"在城中，近桂宫也"。

〔二〕萬乘：周制天子地方千里，出兵車萬乘。後即以萬乘代指天子。親推：謂皇帝親自送行。據《漢書·馮唐傳》，上古時王者遣將，跪而推轂(車輪)以命征臣："閫以内者寡人制之，閫以外者將軍制之。"雙闕：即宫門觀。宫門外置二臺，作樓觀于上，稱雙闕。千官：指朝廷羣臣。五陵：指長安北高帝之長陵、惠帝之安陵、景帝之陽陵、武帝之茂陵和昭帝之平陵。二句寫大將出征前受天子重託，百官餞别。

〔三〕甲第：高門大宅。《漢書·霍光傳》："賜甲第一區。"《漢書音義》曰："有甲乙次第，故曰甲第。"金門：即金馬門。《後漢書·馬援傳》："孝武皇帝時，喜相馬者東門京，鑄作銅馬法獻之，有詔立馬於魯班門外，則更名魯班門曰金馬門。"身作長城：即《詩·兔罝》"糾糾武夫，公侯干城"之意。《宋書·檀道濟傳》："乃壞汝萬里長城。"亦以長城自比。玉塞：指玉門關。二句謂大將辭别家鄉，决意置身塞外，爲國禦敵。

〔四〕衛霍：漢代大將軍衛青和驃騎將軍霍去病。二人嘗先後多次出塞,追擊匈奴,戰功顯赫。貳師:貳師將軍李廣利。《史記·大宛傳》:"拜李廣利爲貳師將軍,發屬國六千騎及郡國惡少年數萬人以往伐宛,期至貳師城取善馬,故號貳師將軍。"二句謂天將之功遠勝衛霍與貳師。

〔五〕趙魏燕韓:春秋時四個國名,地在北方。勁卒:作戰勇猛的士兵。關西:函谷關以西。俠少:游俠少年。咆勃:潘岳《西征賦》:"何猛氣之咆勃"李善注:"咆勃,怒貌也。"

〔六〕報仇句:指越王勾踐爲報滅國之仇而卧薪嘗膽事。春秋時越國爲吴所滅,越王勾踐爲吴所執,後返國,"苦身焦思,置膽於坐,坐卧即仰膽,飲食亦嘗膽也"(《史記·越王勾踐世家》),積年而滅吴雪耻。飲酒句:《三國志·關羽傳》:"羽嘗爲流矢所中,貫其左臂,……令醫劈之。時羽適請諸將,飲食相對。臂血流離,盈於盤器,而羽割炙飲酒,言笑自若。"二句寫漢將爲國立功,豪氣淋漓。

〔七〕畫戟雕戈:鏤有圖飾的戟戈。戟,古兵器。戈,平頭戟。大旆:旗名。二句寫塞外環境,甲兵晝寒,黄塵蔽天。

〔八〕疊鼓:迭次連番擊鼓。瀚海:大沙漠。笳:軍中短簫。二句寫漢軍聲威之壯,迭鼓可使瀚海震蕩,鳴笳能讓天山的明月摇動。

〔九〕句出鮑照《結客少年場行》:"驄馬金絡頭,錦帶佩吴鉤。"吴鉤:古兵器,形似劍,頭稍曲,爲吴地名産。據《吴越春秋》載,吴王闔閭嘗命國中作金鉤,有人殺二子,以血塗金,鑄成二鉤以獻。

〔一〇〕颯踏:又作"颯沓",奔走如飛貌。青驪:青黑色相間的名馬。紫騮:赤色駿馬,又名棗騮。

〔一一〕斷天驕臂:《漢書·西域傳》贊曰:"孝武之世,圖制匈奴,患其兼從西國,結黨南羌,乃表河曲,列四郡,開玉門,通西域,以斷匈奴右臂。"天驕,古代對匈奴族的稱呼。《漢書·匈奴傳》云:"胡者,天之驕子也。"

〔一二〕月支頭:《漢書·張騫傳》:"匈奴破月氏王,以其頭爲飲器。"月(ròu 肉)支,即"月氏",本游牧民族,居燉煌、祁連間,後爲匈奴攻破,乃遠過大宛,居大夏。

〔一三〕一當百：以一當百。《後漢書・光武帝紀》："諸將既經累捷，胆氣益壯，無不一當百。"虜騎：指匈奴。

〔一四〕赴湯火：喻不避艱險。《漢書・鼂錯傳》："故能使其衆蒙矢石，赴湯火，視死如生。"上將：指英明的將帥。《淮南子》："故上將之用兵，……乃行之以機，發之以勢，是以無破軍敗兵。"伐謀：指以計謀攻伐。《孫子》："上兵伐謀。"

老將行

少年十五二十時，步行奪得胡馬騎〔一〕。射殺山中白額虎〔二〕，肯數鄴下黄鬚兒〔三〕。一身轉戰三千里，一劍曾當百萬師。漢兵奮迅如霹靂，虜騎崩騰畏蒺藜〔四〕。衛青不敗由天幸，李廣無功緣數奇〔五〕。自從棄置便衰朽〔六〕，世事蹉跎成白首。昔時飛箭無全目，今日垂楊生左肘〔七〕。路傍時賣故侯瓜〔八〕，門前學種先生柳〔九〕。茫茫古木連窮巷，寥落寒山對虚牖〔一〇〕。誓令疏勒出飛泉〔一一〕，不似潁川空使酒〔一二〕。賀蘭山下陣如雲，羽檄交馳日夕聞〔一三〕。節使三河募年少〔一四〕，詔書五道出將軍〔一五〕。試拂鐵衣如雪色，聊持寶劍動星文〔一六〕。願得燕弓射大將，恥令越甲鳴吾君〔一七〕。莫嫌舊日雲中守，猶堪一戰立功勳〔一八〕。

此詩大約與《燕支行》作於同時。《老將行》是唐代流行的樂府詩題。詩作描寫一位立過戰功的老將被朝廷遺棄後的抑郁心情和以身許國的高尚節操。當時邊防多事，唐玄宗喜用少數民族將領，不少老將因此被棄置。作者在詩中贊美老將的報國熱情,同情他的不幸遭遇,具有一定的諷喻意義。詩對仗精工,句句用典,與駱賓王、盧照鄰的長句頗爲相似。

〔一〕少年二句:寫老將年輕時即智勇雙全,膽略過人。步行句用李廣事。《史記·李將軍傳》:廣以衛尉爲將軍,出雁門擊匈奴,被匈奴所獲。"廣時傷病,置廣兩馬間,絡而盛卧廣,行十餘里,廣佯死,睨其旁有一胡兒騎善馬,廣暫騰而上胡兒馬,因推墮兒,取其弓,鞭馬數十里,復得其餘軍,因引而入塞。"

〔二〕白額虎:虎中最凶猛的一種。《晉書·周處傳》曰:"處膂力絶人,不修細行,州曲患之。處謂父老曰:'今時和歲豐,何苦而不樂耶?'父老嘆曰:'三害未除,何樂之有?'處曰:'何謂也?'答曰:'南山白額獸(即白額虎),長橋下蛟,並子爲三矣。'處乃入山射殺獸,投水殺蛟。"按:古人射虎故事頗多,李廣爲右北平太守時,曾多次射殺山中猛虎,此未必專用一典。

〔三〕肯數:肯,哪肯;數,數得上。鄴下黄鬚兒:指曹操兒子曹彰。彰性剛勇,黄鬚,因居鄴城,故稱。《魏志·任城王傳》:"任城威王彰,字子文。建安二十三年,代郡烏丸反,彰北征,北方悉平。太祖在長安召彰詣行在所,彰自代過鄴,太子謂彰曰:'卿新有功,宜勿自伐,應對常若不足者。'彰到,如太子言,歸功諸將。太祖喜持彰鬚曰:'黄鬚兒竟大奇也!'"

〔四〕蒺藜:指鐵蒺藜,戰地所用防禦工具。《埤雅》:"蒺藜布地蔓生,子有三角刺人,狀如菱而小……今兵家乃鑄鐵爲之,以梗敵路,亦呼蒺藜。"《六韜·虎韜·軍用篇》:"狹路微徑,張鐵蒺藜。芒高四寸,廣八寸,長六尺以上,千二百具,敗走騎。"

〔五〕衛青二句:謂成功者事出僥倖,失敗者命運不濟。《史記·衛將軍傳》曰:"大將軍衛青者,平陽人也。大將軍姊子霍去病爲驃騎將軍,敢深入,常以壯騎先其大軍,亦有天幸,未嘗困絶也。"高步瀛謂"此詩以天幸指衛青,蓋借用"。朱東潤先生以爲。"天幸本去病事;衛霍並稱,這裏把‘不敗由天幸’屬之衛青,當是作者誤記。”按:“亦有天幸”即言衛青“未嘗困絶”也是由於天幸,未必誤。又《史記・李廣傳》曰:“元朔六年,廣復爲後將軍,從大將軍軍出定襄擊匈奴,諸將多中首虜率,以功爲侯者,而廣軍無功。元狩四年,廣從大將軍青擊匈奴,青陰受上誡,以李廣老、數奇,毋令當單于,恐不得所欲。”注:“奇,不偶也,言廣命隻不偶也。”

〔六〕棄置:丢在一旁,不加任用。

〔七〕昔時二句:謂老將由于被棄置,久不習武,身手已不復如前。無全目:《文選》鮑明遠《擬古詩》曰:“驚雀無完目。”李善注引《帝王世紀》:“帝羿有窮氏與吴賀北遊,賀使羿射雀,羿曰:‘生之乎?殺之乎?’賀曰:‘射其左目。’羿引弓射之,誤中右目。羿仰首而媿,終身不忘。故羿之善射,至今稱之。”此寫老將昔日精絶的射箭本領。垂楊生左肘:謂左肘生瘤。亦即“髀肉復生”之意。楊、柳爲同類植物,故因聲調改柳爲楊。“柳”即“瘤”,爲瘤假借字。唐人不知,遂誤作垂楊。《莊子・至樂》:“支離叔與滑介叔觀于冥伯之丘、昆崙之墟,黄帝之所休,俄而柳生其肘,其意蹷蹷然惡之。”王先謙注曰:“瘤作柳。”

〔八〕故侯瓜:《史記・蕭相國世家》:“召平者,故秦東陵侯。秦破,爲布衣。貧,種瓜于長安城東。瓜美,故世俗謂之東陵瓜。”此指老將種瓜賣。

〔九〕先生柳:晉陶淵明著有《五柳先生傳》,曰:“先生不知何許人也,亦不詳其姓字,宅邊有五柳樹,因以爲號焉。”此指老將自己種樹。

〔一〇〕茫茫:一作“蒼茫”。虚牖:空窗。

〔一一〕疏勒出飛泉:《後漢書・耿恭傳》:“恭以疏勒城傍有澗水可固,五月乃引兵據之。七月,匈奴復來攻恭,……於城下擁絶澗水。恭於城中穿井,十五丈不得水,吏士渴乏笮馬糞汁而飲之。恭仰嘆曰:‘聞昔貳師將軍拔佩刀刺山,飛泉涌出。今漢德神明豈有窮哉!’乃整衣服向井再拜,爲吏士禱,有頃,水泉奔出。……(虜)遂引去。”疏勒:漢西域國名,在今新疆維吾爾族自治區。

〔一二〕潁川空使酒：《史記・魏其武安侯傳》："灌將軍夫者，潁川人也。灌夫爲人剛直使酒，不好面諛。"後被田蚡誣陷滅族。潁川即指漢將軍灌夫。使酒，常借酒發脾氣。

〔一三〕賀蘭山：一稱阿拉善山，在寧夏回族自治區與内蒙古自治區接界處。賀蘭山在唐代爲西北邊防重要據點之一。古代這裏常有戰争發生。此借指前綫。羽檄：軍用緊急文書。本以木簡爲書，長尺二寸，有急事插羽毛在其上，表示火急。因稱"羽檄"。交馳：往來急速傳遞。

〔一四〕節使：持有朝廷符節的節度使。古代使臣持皇帝之"節"爲信符，有節制調度之權，故稱"節度使"。景元二年設河西節度使，開元中朔方、隴右、河東、河西、沿邊諸鎮均設節度使。梁劉孝威《結客少年場行》："邊城多警急，節使滿郊衢。"三河：漢代河南、河内、河東三郡合稱。

〔一五〕詔書：皇帝頒發的文告。五道出將軍：大發兵將。《漢書・常惠傳》曰："漢大發十五騎，五將軍分道出。"颜師古注："祁連將軍田廣、明蒲類將軍趙充國、武牙將軍田順、度遼將軍范明友、前將軍韓增。"

〔一六〕鐵衣：鎧甲。聊持：且持。星文：劍上所刻七星花紋。《吴越春秋》卷三："伍子胥乃解百金之劍以與漁者，曰：'此吾前君之劍，中有七星，價值百金。'"此句謂拿起寶劍，劍上星文閃閃發亮。

〔一七〕燕弓：燕地所産的勁弓。晉左思《魏都賦》："燕弧盈庫而委勁。"李周翰注："燕弧、角弓出幽燕地。"越甲鳴吾君：《説苑・立節篇》曰："越甲至齊，雍門子耿請死之。齊王曰：'鼓鐸之聲未聞，矢石未交，長兵未接，子何務死之爲？……'對曰：'臣聞之，昔王田于囿，左轂鳴，車右請死之。王曰："子何爲死？"車右曰："爲其鳴吾君也。"……遂刎頸而死。……今越甲至，其鳴吾君也，豈在左轂之下哉？車右可以死左轂，而臣獨不可死越甲也？'遂刎頸而死。是日越人引甲而退七十里。"越甲，指越兵。

〔一八〕雲中守：指魏尚。魏尚於漢文帝時爲雲中太守，深得軍心，匈奴不敢進犯,後因坐上功首虜差六級,削爵爲民。馮唐爲此奏明文帝,魏尚遂得復職。詳見《漢書·馮唐傳》。雲中,漢郡名。在今山西北部大同市一帶。守,太守。漢代州郡長官稱太守。二句謂不應嫌棄像魏尚那樣的老將,他仍然能上陣殺敵,爲國立功。

隴　頭　吟

長城少年游俠客,夜上戍樓看太白〔一〕。隴頭明月迥臨關〔二〕,隴上行人夜吹笛。關西老將不勝愁〔三〕,駐馬聽之雙淚流。身經大小百餘戰,麾下偏裨萬户侯〔四〕。蘇武纔爲典屬國,節旄空盡海西頭〔五〕。

王維七言樂府多早年之作。此詩似與《老將行》寫于同時。《隴頭吟》爲漢樂府舊題,屬横吹曲辭。《樂府詩集》卷二一:《隴頭》"一曰《隴頭水》。《通典》曰:'天水郡有大阪,名曰隴坻,亦曰隴山,即漢隴關也。'"詩寫游俠少年看太白,占兵象,想一試身手;而老將却聞笛生悲,感慨備至。《唐詩品彙》引劉辰翁評曰:"次第轉折,恨惋何限,又非長篇所及。"

〔一〕長城少年:即曹植《白馬篇》:"借問誰家子,幽并游俠兒"之意。長城一作"長安",非。戍樓:爲禦敵而築的觀察樓臺。太白:星名,古代用兵常夜觀太白的動静,以占卜敵我的吉凶勝負,見《晉書·天文志》。二句寫長城一帶的遊俠兒,夜登戍樓觀看太白,預測戰況。王士禛以此二句爲"空際振奇"寫詩三昧之例(《七言詩三昧舉隅》)。

〔二〕迥:遠。關:隴關,又名大震關,在今陝西隴縣西隴山下。

〔三〕關西:函谷關以西。《後漢書·虞詡傳》:"諺曰:'關西出將,關東出相。'"

〔四〕麾下：部下。麾，大將旗。偏裨：偏將，即副將。萬户侯：食邑萬户的列侯。此句謂老將當年的屬官已被封爲萬户侯。

〔五〕蘇武：漢使者。武帝時出使匈奴，被留十九年。其於北海牧羊，手執代表漢使身份的節旄脱落殆盡。回國後，漢昭帝以其爲典屬國。見《漢書·蘇武傳》。典屬國：掌管少數民族的官員，位在九卿之下。二句謂忠誠如蘇武者，纔官典屬國之職，漢節上的氂牛毛可謂白落了。詩人爲老將遭遇鳴不平之意，溢於言外。

夷　門　歌

七雄雄雌猶未分，攻城殺將何紛紛〔一〕。秦兵益圍邯鄲急，魏王不救平原君〔二〕。公子爲嬴停駟馬，執轡逾恭意逾下〔三〕。亥爲屠肆鼓刀人，嬴乃夷門抱關者〔四〕。非但慷慨獻奇謀，意氣兼將身命酬〔五〕。向風刎頸送公子，七十老翁何所求〔六〕。

詩作于早年遊洛汴時。夷門，大梁城東門，魏國隱士侯嬴抱關守門之地。詩寫侯生任俠尚義，有謀略；信陵君好士知人，侯生因而出奇謀並以身殉之。其雖概括《史記·信陵君傳》，而實際以形象表現信陵君的禮賢下士，知人善用。既是詠史，又是鍼砭現實，有所寄托。全詩自然豪邁，結語用晉段灼爲鄧艾申訴語（見《晉書·段灼傳》），更見史筆。王士禛《七言詩三昧舉隅》云："王右丞《夷門歌》，所謂'羚羊掛角''不着一字'者。"

〔一〕七雄：指春秋戰國時期齊、楚、燕、韓、趙、魏、秦等七個國家。雄雌：猶勝負。《史記・孟嘗君傳》云："馮驩説秦王曰：'天下之游士憑軾結靷西入秦者，無不欲彊秦而弱齊，東入齊者無不欲彊齊而弱秦，此雌雄之國也。'"二句謂春秋戰國時期七國征戰勝負未分，攻城殺將紛亂不已。

〔二〕秦兵二句：《史記・信陵君列傳》："魏安釐王二十年秦已破趙長平軍，圍邯鄲。公子姊爲趙惠文王弟平原君夫人，數遺魏王及公子書，請救于魏。"魏王畏秦，不敢救，雖派晉鄙將兵十萬留軍駐鄴，但取觀望態度。公子无忌屢諫魏王，均不從。二句以秦圍趙事入題。

〔三〕公子：指魏公子无忌，即信陵君。嬴：指侯嬴。《史記・信陵君列傳》："魏有隱士曰侯嬴。年七十，家貧，爲大梁夷門監者。公子聞之，往請，欲厚遺之，不肯受。……公子於是乃置酒大會賓客，坐定。公子從車騎虛左，自迎夷門侯生。侯生攝敝衣冠直上載公子上坐，不讓，欲以觀公子。公子執轡愈恭。"二句寫魏公子駕駟馬車迎侯嬴，親爲御車執轡。

〔四〕亥：指朱亥。屠肆：屠宰市場。鼓刀：操刀。抱關者：看門小吏。《史記・信陵君列傳》有如下記載："侯生又謂公子曰：'臣有客在市屠中，願枉車騎過之。'公子引車入市，侯生下見其客，朱亥俾倪，故久立，與其客語，微察公子，公子颜色愈和。"二句謂公子又枉駕見朱亥，禮待下士。

〔五〕非但二句：《史記・信陵君列傳》："侯生乃屏人間語，曰：'嬴聞晉鄙之兵符常在王卧内，而如姬最幸，出入王卧内，力能竊之。嬴聞如姬父爲人所殺，如姬資之三年，自王以下欲求報其父仇，莫能得。如姬爲公子泣，公子使客斬其仇頭，敬進如姬，如姬之欲爲公子死無所辭，顧未有路耳。公子誠一開口請如姬，如姬必許諾；則得虎符，奪晉鄙軍北救趙而西却秦，此五霸之伐也。'公子從其計，請如姬，如姬果盜晉鄙兵符與公子。公子行，侯生曰：'將在外，主令有所不受，以便國家。公子即合符而晉鄙不授公子兵，而復請之，事必危矣。臣客屠者朱亥可與俱。此人力士，晉鄙聽大善，不聽可使擊之。'……于是公子請朱亥,……遂與公子俱。公子過謝侯生,侯生曰:'臣宜從,老不能。請數公子行日以至晉鄙軍之日,北向自頸以送公子。'公子遂行,至鄴,矯魏王令代晉鄙。晉鄙合符,疑之。……欲無聽,朱亥袖四十斤鐵椎椎殺晉鄙。公子遂將晉鄙軍,……進兵擊秦軍,秦軍解去。"二句謂侯生獻計盜兵符救趙,並以生命相酬。

〔六〕向風二句:寫侯生果然自刎,贊其仗義輕生,品行高尚。

不遇詠

北闕獻書寢不報,南山種田時不登〔一〕。百人會中身不預,五侯門前心不能〔二〕。身投河朔飲君酒,家在茂陵平安否〔三〕?且共登山復臨水,莫問春風動楊柳〔四〕。今人作人多自私,我心不說君應知〔五〕。濟人然後拂衣去,肯作徒爾一男兒〔六〕。

此詩爲王維未中進士第前所作。其寫當時士人入世的艱難,及己不欲依附貴宦而求富貴的意願,用典不多,自然而有風骨。

〔一〕北闕:指朝廷。寢不報:被壓而不見答覆。寢,止息。《漢書·朱買臣傳》:"朱買臣至長安,詣闕上書,書久不報。"南山:指終南山。王維少年和中年均嘗隱居於此。登:收穫,二句謂已獻書不成,種田又常常年成欠佳。

〔二〕百人會:指朝官盛會。《世説新語·寵禮篇》:"孝武帝在西堂會,伏滔預坐。還,下車呼其兒,語之曰:'百人高會,臨坐未得他語,先問伏滔何在,在此否?'此故未易得。"預:參預。五侯門:《漢書·

元后傳》:"河平二年,上(元帝)悉封舅(王)譚爲平阿侯,商成都侯,立紅陽侯,根曲陽侯,逢時高平侯。五人同日封,故世謂之'五侯'。"又《樓護傳》:"是時王氏方盛,賓客滿門。五侯争名,其客各有所厚,不得左右。唯護盡入其門,咸得其歡心。"此借指權貴。二句言己既未能參預朝會,又不甘心奔走於權貴豪門。

〔三〕河朔:指黄河以北和朔方。君:未詳。茂陵:漢武帝陵墓。《三輔黄圖》:"武帝茂陵,在長安城西北八十里。建元二年初置。"其址在今興平縣三韓公社道常村西南約一里。此借指長安一帶。二句言由于未得任用,因而作客河朔,心裏却惦記着在長安的家人。

〔四〕春風動楊柳:指閨中妻子的想念。《子夜·春歌》:"陌頭楊柳色,已被春風吹。妾心正斷絶,君懷那得知。"二句謂姑且放下鄉思戀情,與友人同去登山臨水。

〔五〕今人二句:謂現今人多自私,我想不説你也會知道。

〔六〕濟人:接濟蒼生。人:民,百姓。肯:哪肯。徒爾:徒然。二句謂一生須兼濟蒼生立下功業後,纔拂衣歸隱,而不能白作一個男子。

寓言二首(選一)

其一

朱紱誰家子,無乃金張孫〔一〕。驪駒從白馬,出入銅龍門〔二〕。問爾何功德,多承明主恩〔三〕。鬬鷄平樂館〔四〕,射雉上林園〔五〕。曲陌車騎盛,高堂朱翠繁〔六〕。奈何軒冕貴,不與布衣言〔七〕。

唐代以寓言爲題的詩很多,意謂有所寄託。此詩當作于詩人進士及第之前,寫法與左思《詠史》詩相類。而内容則與孟浩然《送丁大鳳赴舉呈張九齡》"惜無金張援,十上空歸來"相近。唐代門閥制度雖不及六朝森嚴,但也排斥寒族出身的文人。詩人對此甚感憤懣。

〔一〕朱紱:紅色繫印綬帶。無乃:豈不是。金張:漢代金日磾、張湯的合稱。金自武帝至平帝,七世爲内侍;張自宣帝元帝以來有十餘人官侍中、中常侍。故後代即以金張代指官宦世族。晉左思《詠史》之二:"金張藉舊業,七葉珥漢貂。"

〔二〕驪駒:黑馬。《陌上桑》:"何用識夫婿,白馬從驪駒。"大約指大夫,俸禄二千石之貴官。銅龍門:飾有銅龍的宫門。二句寫騎着好馬的金張後裔,出入于飾有銅龍的宫門。

〔三〕問爾二句:言這些人本無功德,却過多地承受了明主的恩惠。

〔四〕平樂館:漢代洛陽鬬鷄、走狗之所。曹植《名都篇》:"鬬鷄東郊道,走馬長楸間。……我歸宴平樂,美酒斗十千。"意與此篇相似。

〔五〕上林園:又稱上林苑。原爲秦舊苑,漢武帝建元三年重開。《漢舊儀》:"上林苑方三百里,苑中養百獸,天子秋冬射獵取之。"

〔六〕曲陌:即巷陌。曲,街巷,如長安有杜曲、韋曲等。高堂:高高的殿堂。朱翠:首飾。此指貴婦。

〔七〕軒冕:原指卿大夫的車服,此指顯貴。布衣:貧寒的文人。二句謂這些人依仗權勢和世代富貴,從不與布衣結交。

從岐王過楊氏别業應教

揚子談經所,淮王載酒過〔一〕。興闌啼鳥换,坐久落花多〔二〕。逕轉迴銀燭,林開散玉珂〔三〕。嚴城時未啓,前路擁笙歌〔四〕。

岐王李範,睿宗第四子,雅愛文章之士。王維未中進士時,是其座上客。據《太平廣記》引《集異記》載,岐王曾薦維於公主,維由是得中解元。此詩當爲其於應舉前從岐王游處應教之作,或寫于開元七年。楊氏别業,楊氏未詳;别業,猶别墅。應教,魏晉以來文人稱應諸王之命唱和爲應教。詩典雅綺麗,有六朝初唐遺風。

〔一〕揚子:揚雄,此指楊氏。談經所:談論經書的地方。淮王:漢淮南王劉安。《漢書·淮南王傳》:"淮南王安好學術,折節下士,招致英雋以百數。"此喻岐王。載酒:《漢書·揚雄傳》:"揚雄家素貧。嗜酒,人希至其門。時有好事者載酒肴,從游學。"二句用漢代典實巧妙地稱喻岐王之游楊氏别業。

〔二〕興闌:興盡。换:一作"緩"。二句意謂遊宴興盡時纔覺鳥聲漸稀,坐久了方感花落已多。其取意與謝朓《遊東田》:"魚戲新荷動,鳥散餘花落"相類。

〔三〕逕:即徑,小道。迴:同"回"。玉珂,馬轡上的玉珮。二句寫宴罷主客各回,意謂林中小徑宛轉,只見銀燭光亮閃動,只聞玉珂鳴聲漸散。

〔四〕嚴城:戒嚴後的城門。何遜《臨行公車》詩:"禁門儼猶閉,嚴城方警夜。"此指長安城門還未開。二句寫天將明長安城門還未開時,岐王的前驅纔簇擁着樂隊歸來。

寒食城東即事

清溪一道穿桃李,演漾緑蒲涵白芷〔一〕。谿上人家凡幾家,落花半落東流水〔二〕。蹴踘屢過飛鳥上,鞦韆競出垂楊裏〔三〕。少年分日作遨遊,不用清明兼上巳〔四〕。

此詩當爲王維早期作品,描寫洛陽城東初春士女嬉遊的盛况,着色淡雅,氣氛活躍。寒食,清明前一二日。《荆楚歲時記》:"去冬節一百五日,即有疾風甚雨,謂之寒食,禁火三日。"

〔一〕演漾:流水蕩漾。蒲:蒲草。涵:潤澤。白芷:一種生長在水邊的香草。二句寫洛陽東溪景物。洛陽東溪兩岸都是桃李,故用"穿"字。

〔二〕谿:同"溪"。凡:總共。二句寫溪上人家不多,桃李落英一半落入東流水中,環境幽美極了。

〔三〕蹴踘(jū居):一種漢唐盛行的皮製球,古人多蹋蹴爲戲。鞦韆:猶今秋千。據《古今藝術圖》云,鞦韆係北方戎狄愛習輕趫之戲,每至寒食爲之。中國女子學之,乃以綵繩懸樹,立架爲之。此句甚得後人贊賞。趙殿成《王右丞集箋注》云:"歐永叔作《浣溪沙》詞,有云'緑楊樓外出秋千',晁無咎深美之,以爲'出'字後人道不到。讀右丞'競出垂楊'之句,則歐公又落第二義矣。"

〔四〕分日:分排時日。清明:春分後十五日,農曆二十四節氣之一。民間有是日踏青掃墓的風俗。上巳:農曆三月三日。古有是日於水邊祓除不祥之習。《漢書・禮儀志》:"三月上巳,官民皆絜於東流水上,曰洗濯祓除,去宿垢疢。"二句寫青年人樂於嬉遊,連日不倦。

送　別

聖代無隱者,英靈盡來歸〔一〕。遂令東山客,不得顧採薇〔二〕。既至君門遠,孰云吾道非〔三〕?江淮度寒食,京洛縫春衣〔四〕。置酒臨長道,同心與我違〔五〕。行當浮桂棹,未幾拂荊扉〔六〕。遠樹帶行客,孤城當落暉〔七〕。吾謀適不用,勿謂知音稀〔八〕。

此詩《河嶽英靈集》、《文苑英華》題作《送綦毋潛落第還鄉》。綦毋潛開元十四年及第,則此詩當作于開元九年王維及第時。詩對落第者反覆勸慰,敍述婉轉,寄慨甚深,又富于生活情趣。《青軒詩緝》云:"'遠樹帶行客,孤城當落暉','帶'字'當'字極佳,非得畫中三昧者,不能下此二字。"

〔一〕聖代:政治清明的時代。此指開元年間。英靈:賢才。《隋書·文學傳》:"江漢英靈",又殷璠有《河嶽英靈集》。二句謂清明的時代是没有隱士的,天下才士紛紛入京歸朝。

〔二〕東山客:謝安曾隱居東山,常被後人稱爲東山客。《晉書·謝安傳》:"中丞高崧戲之曰:'卿累違朝旨,高卧東山'。"此泛指隱逸山林的賢者。採薇:殷末高士伯夷叔齊"義不食周粟,隱于首陽山,采薇而食之"(《史記·伯夷列傳》)。二句謂在這種情况下隱者再也無法安于隱逸。

〔三〕既至:言綦毋潛已到京師應考。君門遠:指其雖有才却受到阻隔,無法爲君王所知。《文心雕龍·辨騷》:"嘆君門之九重,忠怨之辭也。""君門"一作"金門"。吾道非:《孔子家語》:"楚昭王聘孔子,孔子往,陳蔡發兵圍孔子。孔子曰:'詩云:匪兕匪虎,率彼曠野;吾道非乎?吾何爲至此乎?'"二句謂綦毋潛道正無錯,只是君門深遠,不得預知而已。

〔四〕江淮:指長江淮水。據《唐才子傳》載,綦毋潛爲荊南人。寒食:見《寒食城東即事》詩題解。京洛:此指洛陽。二句謂綦毋潛在江淮度寒食,在京洛縫春衣。

〔五〕臨長道:到了遠途分手處。此句一作"置酒長安道"。同心:猶知己。違:離别。

〔六〕桂棹(zhào):桂木做的船。《離騷》:"桂棹兮蘭枻。"荊扉:柴門。

二句謂不久即可乘舟回到家鄉。桂棹、荆扉襯映綦毋潛的高潔風操。

〔七〕落暉：落日餘輝。二句寫想象中的行途景色，風光入畫，遠樹一似導行，孤城適當落照，也隱含孤悽之意。

〔八〕吾謀：《左傳·文公十三年》"士會行，繞朝贈之以策，曰：'子毋謂秦無人，吾謀適不用也。'"適：恰。二句代爲綦毋潛发言，婉指其落第。結句感慨蒼涼，並有安慰勸勉之意。

被出濟州

微官易得罪，謫去濟州陰〔一〕。執政方持法，明君無此心〔二〕。閭閻河潤上，井邑海雲深〔三〕。縱有歸來日，多愁年鬢侵〔四〕。

王維開元九年進士及第，授太樂丞。同年因太樂署舞黄獅子與太樂令劉貺同時被貶，受濟州(今山東省長清縣)司倉參軍(見《集異記》)。當時執政者張説嫉賢，又和劉貺父劉知幾有隙。"執政方持法，明君無此心"，即顯有託諷之意。王維雖然心胸曠達，但自知黄獅子非對皇帝就不准舞，其罪非同一般，故深感歸日無期，幾瀕絶望。全詩語氣委婉淡泊，格調頗高。

〔一〕微官：指太樂丞。太樂丞爲太常寺屬官，太樂令副手，掌管供祭祀享宴用的音樂舞蹈。陰：河之南。

〔二〕持法：即執法。《漢書·翟方進傳》云："翟方進爲相公潔，請託不行郡國，持法深刻。舉奏牧守九卿，峻文深詆，中傷者尤多。"此託喻張説執法過苛。二句意指執政者借執法爲名中傷自己，非賢明君主的本意。

〔三〕閭閻：原指閭里，此指村落。河潤上：《尚書·洪範》："水曰潤下。"此指河邊濕潤地。井邑：指鄉間城邑。周制九夫爲井，四井爲邑。二句寫被貶之地的環境。

〔四〕侵：漸進。二句謂即使有歸京之日，只怕是歲月荏苒，雙鬢漸白了。

早入滎陽界

汎舟入滎澤，茲邑乃雄藩〔一〕。河曲閭閻隘，川中煙火繁〔二〕。因人見風俗，入境聞方言〔三〕。秋晚田疇盛，朝光市井喧〔四〕。漁商波上客，鷄犬岸旁村〔五〕。前路白雲外，孤帆安可論〔六〕。

此詩寫于開元九年去濟州途中。滎陽，《唐書·地理志》：河南道鄭州滎陽郡有滎陽縣。在今河南省鄭州市西部，黄河南岸。詩人對山川、風俗、人情有特殊的愛好，"朝光市井喧"、"漁商波上客"等句均寫出了滎澤地區的特有風光；只有"前路白雲外，孤帆安可論"二句，微露貶謫之意。

〔一〕滎澤：古澤名，在滎陽縣西北四里，唐時已成旱地。此指滎陽。雄藩：猶重鎮。二句謂乘船進入滎陽地界，此城乃藩衛東都洛陽的重鎮。

〔二〕河曲：黄河彎曲處。閭閻：里巷。班固《西都賦》："内則街衢洞達，閭閻且千。"川中：水中。二句言河曲住家和舟船甚多。

〔三〕因人二句：謂由人的活動，便能見出當地的風俗；一入縣境，就可聽到與京洛不同的方言。

〔四〕田疇：一説穀地爲田，麻地爲疇。此泛指田畝。市井：市集。二句寫晚秋田中莊稼長勢喜人，晨光微露時市集已開始喧鬧。

〔五〕漁商二句：寫水鄉景色，漁商往來，雞犬時聞。

〔六〕前路二句：謂前程尚在白雲之外，已借一叶孤舟前往，前途尚未可言。

宿鄭州

朝與周人辭，暮投鄭人宿〔一〕。他鄉絶儔侶，孤客親童僕〔二〕。宛洛望不見，秋霖晦平陸〔三〕。田父草際歸，村童雨中牧〔四〕。主人東皋上，時稼遶茅屋〔五〕。蟲思機杼鳴，雀喧禾黍熟〔六〕。明當渡京水，昨晚猶金谷〔七〕。此去欲何言，窮邊徇微禄〔八〕。

此詩係王維赴濟州途中路經鄭州所作。《唐書・五行志》載，開元八年、十年均暴雨成災，則九年河洛一帶亦有秋霖。詩中"田父"二句情景入畫，"主人"二句反映貧富懸殊，亦有深慨。末四句謂王命匆匆，身不由己，情詞清怨，但隱而不顯。

〔一〕周人：洛陽爲周洛邑，因稱洛陽人爲周人。鄭人：今河南鄭州，春秋時屬鄭，因稱鄭州人爲鄭人。

〔二〕儔侣：友伴。二句謂一到異地，親友都離別了，孤獨的遊子只能與僮僕相親。此聯明楊慎認爲語渾含，較崔塗《旅中》詩"漸與骨肉遠，轉于僮僕親"爲勝。

〔三〕宛洛：南陽和洛陽。宛，唐有宛州，故址在今河南南陽縣。秋霖：連綿不斷的秋雨。凡雨三日以上曰霖。平陸：平原。晉陶淵明

《停雲》："八表同昏，平陸成江。"二句謂連綿的秋雨使平原一片晦暗，南陽和洛陽都無法望見。

〔四〕田父二句：寫農夫牧童冒雨整地放牧。

〔五〕皋：高地。二句謂主人家地處村東高坡，茅屋周圍種滿了應時的禾稼。

〔六〕蟲思二句：寫促織已在爲催促紡織而鳴叫，鳥雀也在爲禾黍成熟而喧噪。二句反襯災情。

〔七〕京水：在鄭州滎陽縣東二十二里，東北流入濟水，爲去濟州的必經之路。金谷：谷名。在洛陽西北，晉石崇嘗於此構館築園。二句寫行程匆匆。

〔八〕窮邊：貧瘠的邊遠地區。徇：亦作"殉"，捨身以求之意。末二句謂已對此行無話可説，只是到邊地去求得一點微薄的俸禄罷了。

千塔主人

逆旅逢佳節，征帆未可前〔一〕。窗臨汴河水，門渡楚人船〔二〕。鷄犬散墟落，桑榆蔭遠田〔三〕。所居人不見，枕席生雲煙〔四〕。

千塔主人疑爲雲遊在外的僧人，所居是僧舍。王維自汴東去，故有"門渡楚人船"之句。詩中三、四句寫近岸村落景色，瀟灑自然。末二句以虚無縹渺的想象寫千塔主人，顯出主人超凡拔俗，連枕席還存有靈氣。

〔一〕逆旅：旅舍。《列子・黄帝篇》："楊子過宋，東之于逆旅。"征帆：指行船。二句言旅居客舍，適逢佳節，船只得停泊不行。

〔二〕汴河：鄭樵《通志》："汴水一名鴻溝，一名官渡水，一名通濟渠，一名莨蕩渠,或云莨蕩渠别汴。首受河水,自汜水縣東南過滎陽、陳留、睢陽、符離,至泗州入淮。”楚人船:即楚人還鄉之船。許渾《與韓鄭二秀才同舟東下,洛州親朋送至景雲亭》:“洛客盡迴臨水寺,楚人皆處下江船。”二句謂窗口對着汴河之水,門前時有楚人下江之船在行駛。

〔三〕墟落:村落。二句寫岸景,近處鷄犬隨地可見,遠處桑榆遮野。

〔四〕所居:指主人居處。二句謂主人不在,屋中枕席却似有雲烟昇起。據《神仙傳》載,薊子訓所到數十處,去後數處都有雲起,此借譽千塔主人道行深厚。

齊州送祖三

相逢方一笑,相送還成泣〔一〕。祖帳已傷離,荒城復愁入〔二〕。天寒遠山浄,日暮長河急〔三〕。解纜君已遥,望君猶佇立〔四〕。

此詩《河嶽英靈集》、《文苑英華》、《唐文粹》、《唐詩紀事》并作《淇上送趙仙舟》。《國秀集》作《河上送趙仙舟》。齊州,治歷城,在今濟南。祖三名詠,開元十三年進士,維又有《贈祖三詠》詩,原注:“在濟州官舍作。”詩結語云:“良會詎幾日,終自長相思。”與此詩首二句意略同。詩似王維送祖三至歷城時作。其寫一笑一泣,感慨萬端;後六句全就祖三去後,自己佇立遥望落筆,顯得空曠悠遠,别具一格。

〔一〕相逢二句:謂方得相逢一笑,倏又相送啜泣。十字於情態入手,却藴含無限感慨。

〔二〕祖帳:古人送行,例行祖餞,祖原是祭道路神的祭名,後人因稱送別爲祖道。此指爲祖詠送行所設之帳。荒城:指齊州城。二句謂祖餞傷别,返城又傷孤寂。

〔三〕天寒二句:謂天氣已寒,遠山明净;時值日暮,長河水急。其描寫入畫,爲下句伏筆。

〔四〕解纜:解開纜繩。佇立:久立。二句謂祖詠所乘之舟已隨流遠去,而自己却佇立岸邊,久久不願離去。"解纜"上應第三句,"望君"上應第四句。

雜　　詩

君自故鄉來,應知故鄉事。來日綺窗前,寒梅著花未〔一〕?

此詩當是王維在濟州時所作。故鄉來人,詩人欣喜可知;但所問僅及窗前寒梅,風韻獨存。趙殿成《王右丞集箋注》稱之爲"情到之辭,不假修飾而自工"。又云其一吟一咏,"有悠揚不盡之致,欲於此下復贅一語不得"。

〔一〕綺窗:刻有花紋的窗户。二句不問他事,只問梅花,表現出詩人雖遭貶謫,却心胸坦然,情懷高潔。

送　　别

送君南浦淚如絲〔一〕,君向東州使我悲。爲報故人顦顦顇盡〔二〕，如今不似洛陽時。

《萬首唐人絶句》作《齊州送祖三》。東州指兗州，似爲祖詠所去之地。

〔一〕南浦：梁江淹《别賦》："送君南浦，傷如之何。"後即以南浦代指離别之地。

〔二〕爲報：猶言爲我捎個口信。顦顇：即憔悴，容貌衰疲。

寒食汜上作

廣武城邊逢暮春，汶陽歸客淚沾巾〔一〕。落花寂寂啼山鳥，楊柳青青渡水人〔二〕。

此詩是王維開元十四年春自濟州歸洛時作。詩中寫到的廣武城，是歷史上楚漢相争之處。阮籍嘗於此曰："時無英雄，遂使豎子成名。"王維失意，未免亦有不逢知己之慨。汜：汜水，出今河南汜水縣，經虎牢關，側有古廣武城。

〔一〕廣武城：《史記・項羽本紀》《正義》引《括地志》："東廣武、西廣武在鄭州滎陽縣西二十里，戴延之《西征記》云：'……各在一山頭，相去百步。……'"《清一統志》曰："東連滎澤，西連汜水。"汶陽：地在今山東寧陽縣，汶水之南，和曲阜鄰近，屬濟州。

〔二〕啼山鳥：意謂鳥啼于山。山指廣武山。渡水人：作者自謂。水指汜水。二句形成一幅幽雅恬静的畫面。

新秦郡松樹歌

青青山上松，數里不見今更逢。不見君，心相憶，此心向君君應識。爲君顔色高且閑〔一〕，亭亭迥出浮雲間〔二〕。

《唐書·地理志》載："關内道有麟州新秦郡，開元十二年析勝州之連谷銀城置，十四年廢，天寶元年復置。"詩似作于開元十四年。其通篇詠松，以青松喻人的品格高潔，表現了王維思想有勁直的一面。詩意和劉楨《贈從弟》"稷稷谷中風，離離山上松"相近。

〔一〕高且閑：高雅而從容。
〔二〕亭亭：高聳挺立貌。迥：遠。

榆林郡歌

山頭松柏林，山下泉聲傷客心〔一〕。千里萬里春草色，黄河流水流不息〔二〕。黄龍戍上遊俠兒，愁逢漢使不相識〔三〕。

《唐書·地理志》載，關内道有勝州榆林郡。在今内蒙鄂爾多斯旗後旗黄河南流處。王維未必一定去過，似屬擬作。

〔一〕山頭二句：寫戍人守衛的山，山頭松柏成林，山下泉聲嗚咽。《隴頭歌辭》:"隴頭流水,鳴聲幽咽。"詩即用此意。

〔二〕千里二句:寫山野春草一片,黄河奔流不息,景象闊大。

〔三〕黄龍:又名龍城、龍都。故地在遼寧朝陽。此泛指邊塞。遊俠兒:周遊行俠之士。此指戍邊將士。

贈房盧氏琯

達人無不可,忘己愛蒼生〔一〕。豈復小千室,弦歌在兩楹〔二〕。浮人日已歸,但坐事農耕〔三〕。桑榆鬱相望,邑里多鷄鳴〔四〕。秋山一何浄,蒼翠臨寒城。視事兼偃卧,對書不簪纓〔五〕。蕭條人吏疎,鳥雀下空庭。鄙夫心所向,晚節異平生〔六〕。將從海岳居。守静解天刑〔七〕。或可累安邑,茅茨君試營〔八〕。

開元十三年,房琯應堪任縣令舉,授虢州盧氏令,政多惠愛。王維自濟州歸,寫詩贈之。詩稱頌房琯政績,表示自己負罪累累,將行隱居。結句有依房琯,隱于盧氏之意。王維古詩長篇整潔,心境和平,間雜描寫,也多兼畫意。

〔一〕達人無不可:謂達觀者無可無不可,一切都能適應。語本賈誼《鵩鳥賦》:"達人大觀兮,物無不可。"又嵇康《與山巨源絶交書》:"今空語同知有達人,無所不堪,……""柳下惠、東方朔,達人也,安乎卑位,……"蒼生:指百姓。二句謂房琯係放達之人,故能爲天下百姓而忍受作小官的屈辱。

〔二〕千室:有千户居民的小縣邑。弦歌:指以禮樂教民。《論語·陽貨》記子游爲武城宰,"子之武城,聞弦歌之聲,夫子莞爾笑曰:'割雞焉用牛刀!'"兩楹：兩堂柱間。二句謂琯不以千室爲小,以禮樂治民,弦歌于堂間。

〔三〕浮人：流蕩閒散、不事生産者。坐：因。二句謂遊蕩懶散者已歸鄉從事農業生産。

〔四〕桑榆二句：承上二句而言田中莊稼茂盛,村里雞犬興旺。

〔五〕視事：指處理縣務。偃卧：安卧。此指優閒自得地休息。簪纓：簪髮帶帽。二句寫房琯治縣游刃有餘,瀟灑自適。

〔六〕鄙夫：詩人自謙之詞。晚節：指後來的遭遇。二句謂己嚮往的正是這樣,可後來遭遇却與平素的意志相悖。

〔七〕天刑：指朝廷給予的罪責。王維雖從濟州歸,人們還以負罪者看他。二句謂己擬歸隱海濱山嶽,以消除過去的罪責。

〔八〕累安邑：《高士傳》:"閔貢,字仲叔,太原人也。世稱節士。客居安邑,老病家貧,不能得肉,日買猪肝一片。屠者或不肯與。邑令聞,敕吏常給焉。仲叔怪問之,乃嘆曰：閔仲叔豈以口腹累安邑耶！遂去客沛。"此以安邑比盧氏縣。茅茨：即茅屋。二句用閔貢累安邑故事以示求託庇盧氏之意。

淇上即事田園

屏居淇水上,東野曠無山〔一〕。日隱桑柘外,河明閭井間〔二〕。牧童望村去,獵犬隨人還〔三〕。静者亦何事,荆扉乘晝關〔四〕。

開元十四年,王維從濟州歸來,有一時期曾隱居在淇水之上的田園。此詩寫田園風光,明顯受有陶淵明的影響。詩中"日隱桑柘外,河明閭井間"、"牧童望村去,獵犬隨人還"均係即事,但有隱有顯,色采鮮明。結句

“静者亦何事,荆扉乘晝關”,似對一些不諳田園之趣者表示不以爲然。方回《瀛奎律髓》云:“右丞詩長于山林。‘河明閭井’一聯,詩人所未有也;‘牧童’、‘田犬’句尤雅浄。”淇上,淇水之上。淇水源出河南,流經淇陽、淇陰,至淇縣。

〔一〕屏居:隱居,退居。曠:平坦空曠。

〔二〕日隱:夕陽西下。柘(zhì):一種落葉灌木,葉可飼蠶。閭井:閭里,古代以幾家爲一井,故稱。二句寫夕陽西下,桑柘漸暗,閭巷間的淇水却由反光而變得十分明亮。

〔三〕望:向。二句寫牧童趕着牛羊回村,獵犬跟獵人一同還家。

〔四〕静者:指好静的隱者。事:從事。荆扉:農户用柴編成的園門。二句謂静逸的隱者無所事事,乘着白天關了柴門。

過李揖宅

閑門秋草色,終日無車馬。客來深巷中,犬吠寒林下。散髮時未簪〔一〕,道書行尚把〔二〕。與我同心人,樂道安貧者〔三〕。一罷宜城酌,還歸洛陽社〔四〕。

李揖至德時曾爲房琯行軍司馬,此詩是他隱居洛陽時,王維嘗過其宅而作。詩亦學陶,却能變陶詩專言一己爲贊美别人,也襯托自己。

〔一〕時未簪:經常不簪。古人梳頭用簪集髮,時未簪,意謂常不梳頭。

〔二〕道書:指道教講養生之類的書。行尚把:行走時也拿在手里。二句寫李揖放浪閒散,形象宛然。

〔三〕樂道:《論語·里仁》:“子曰:朝聞道,夕死可矣。”又《漢書·揚雄傳》贊曰："實好古而樂道。"安貧：《論語・雍也》："子曰：賢哉，回也！一簞食，一瓢飲，在陋巷。人不堪其憂，回也不改其樂。"

〔四〕宜城酌：宜城，漢晉宜城在今湖北宜城南。縣東一里有金沙泉，造酒極美，向以産美酒聞名。曹植《酒賦》："其味有宜城濃醪、蒼梧漂清。"此指李揖曾爲宦荆襄。洛陽社：《晉書・隱逸傳》："董京字威輦。初與隴西計吏俱至洛陽，被髪而行，逍遥吟詠。常宿白社中。"吴均《入蘭台贈王治書僧儒》詩云："予爲隴西使，寓居洛陽社。"洛陽社即白社，此指李揖罷官後又歸隱洛陽。

濟上四賢詠三首(選一)

翩翩繁華子，多出金張門〔一〕。幸有先人業，早蒙明主恩〔二〕。童年且未學，肉食騖華軒〔三〕。豈乏中林士，無人獻至尊〔四〕。鄭公老泉石，霍子安邱樊〔五〕。賣藥不二價，著書盈萬言〔六〕。息陰無惡木，飲水必清源〔七〕。吾賤不及議，斯人竟誰論〔八〕。

此詩爲《濟上四賢詠》之三，題爲"鄭霍二山人"。鄭、霍二山人未詳。詩寫法與前二首不同，其先譴責現實貴戚門閥的權勢，然後歌頌老于山林的山人，清濁異源，詩意明朗，結句更以史筆出之。

〔一〕翩翩：輕盈得意貌。繁華子：指富家子弟。阮籍《詠懷》十二："昔日繁華子。"金張門：見前《寓言二首》之一注〔一〕。二句謂京華富貴子弟多出自豪門權貴之家。

〔二〕先人業：祖先的功業。《國語・魯語下》："朝夕處事，猶恐忘先人之業。"早蒙：很早承受。

〔三〕肉食：指高官厚禄者。《左傳·莊公十年》："肉食者謀之。"注："肉食,在位者。"騖：奔馳。華軒：華美有篷之車。二句謂這些京華子弟從小不學無術,却居高位,坐軒車,飛揚跋扈。

〔四〕乏：少。中林士：隱居山林的有識之士。至尊：指皇帝。《唐六典》："凡夷夏之通稱天子曰皇帝,臣下内外兼稱曰至尊。"二句承上啓下,謂哪裏缺少隱居的有才之士,只是無人把他們薦舉給皇帝罷了。

〔五〕老泉石：一生隱居水泉山石。安邱樊：安于山丘竹籬。二句寫鄭霍二山人終老山林。

〔六〕賣藥不二價：《後漢書·韓康傳》：韓康字伯休,京兆霸陵人,"採藥名山,售于長安,口不二價,三十餘年"。盈：滿,超過。二句寫二山人賣藥著書,風操高潔。

〔七〕惡木、清源：晉陸機《猛虎行》："渴不飲盜泉水,熱不息惡木陰。"《尸子》："孔子過于盜泉,渴矣不飲,惡其名也。"江邃《文釋》："管子曰：'夫士懷耿介之心,不蔭惡木之枝'。"按今本《管子》無此語。二句謂二山人一生堅貞,守正不阿。

〔八〕不及議：不够評論資格。二句謂己地位卑賤,自無評論的資格,可是又有誰能爲他們講話呢？結語感慨至深。

喜祖三留宿

門前洛陽客,下馬拂征衣〔一〕。不枉故人駕,平生多掩扉〔二〕。行人返深巷,積雪帶餘暉〔三〕。早歲同袍者,高車何處歸〔四〕？

祖三即祖詠。王維被貶濟州,曾有《濟州官舍贈祖三》詩。開元十四年濟州刺史裴耀卿已轉任宣州刺史,王維辭官回長安。此時王維尚無官職,故詩中有“平生多掩扉”之語。祖詠同時有《答王維留宿》之作唱和,詩云:“四年不相見,相見復何爲? 握手言未畢,却令傷離别。升堂還駐馬,酌醴便呼兒。語默自相對,安用傍人知。”據此可知二人濟州一别至此已有四年。本年祖詠登進士第。

〔一〕洛陽客:指從洛陽來的祖詠。拂:撣拭。征衣:行衣。二句謂祖詠自洛初至長安即來訪,下馬拂塵,行色匆匆。

〔二〕枉駕:屈尊相訪。扉:柴門。時王維無官閒居,故云。二句謂若不是你屈尊來訪,我的柴門平常是不開的。

〔三〕行人二句:寫祖詠來時的景色:行人正返回深巷,積雪上還殘留着夕陽的餘暉。

〔四〕早歲:早年。同袍:指極有交誼的朋友。《詩·秦風·無衣》:“豈曰無衣,與子同袍。”高車:一種立乘之車。二句謂已早年好友車歸無處。言外之意是再没有比到此留宿更合適了,從而點出題中的“喜”字。

别綦毋潛

端笏明光宫,歷稔朝雲陛〔一〕。詔看延閣書,高議平津邸〔二〕。適意偶輕人,虚心削繁禮〔三〕。盛得江左風,彌工建安體〔四〕。高張多絶弦,截河有清濟〔五〕。嚴冬爽羣木,伊洛方清泚〔六〕。渭水冰下流,潼關雪中啓〔七〕。荷蓧幾時還,塵纓待君洗〔八〕。

綦毋潛,字孝通,荆南人。開元十四年進士,曾官宜壽尉、秘書省校書郎。後隱居，又入長安官右拾遺，終著作郎，有詩一卷。李頎有《送綦毋潛謁房給事》詩云："夫子大名下，家無鍾石儲。"與王維友善。王維在這首送别詩中稱頌了他的爲人和詩歌成就，並對綦毋潛一度還鄉隱退表示傾慕。時王維尚未復官。

〔一〕端笏：執板。笏：一名手板。古代臣僚朝見天子時用于記事，以備遺忘。用木、竹、象牙或玉石製成。明光宫：見前《燕支行》注〔一〕。此指奏事的宫殿。《雍録》："至尚書郎主作文書起草，更直于建禮門内，則近明光殿矣。建禮門内得神仙門，神仙門内得明光殿省中。省中皆胡粉塗壁，以丹漆地，謂之丹墀。尚書郎握蘭含鷄舌香奏事。此之明光殿，約其方向，必在未央正宫殿中，不與北宫甘泉設爲奇玩者比，則臣下奏事之地也。"歷稔：歷年。雲陛：天子殿中刻有雲龍的臺階。二句謂綦毋潛爲秘書閣校書郎，常執板奏事，面見天子。

〔二〕延閣：秘書省藏書處。漢劉歆《七略》："孝武皇帝勅丞相公孫弘廣開獻書之路，百年之間，書積如丘山。故外則有太常、太史、博士之藏。内則有延閣、廣内、秘書之府。"平津邸：宰相官邸。《漢書·公孫弘傳》："公孫弘爲丞相，封平津侯，於是啓客館，開東閣以延賢人，與參謀議。"陸厥《奉答内兄希叔》詩："出入平津邸。"張銑注："邸，國舍（官舍）也。"二句謂綦毋潛詔許披覽内府延閣的藏書，參謀議事于宰相官邸。

〔三〕繁禮：繁文縟禮。《史記·禮書》："孝文好道家之學，以爲繁禮適貌，無益于事。"二句應據《文苑英華》作"適意輕微禄，遇人削繁禮"。意謂待人接物求適己意而輕視微薄的官俸，廢棄無謂的禮節。

〔四〕江左風：指東晉宋齊梁時的詩風。江左：長江以東。東晉和南朝宋、齊、梁，陳均建都江左。《宋書·謝靈運傳》："文章之美，江左莫逮。"建安體：漢末建安時的詩體。建安爲獻帝遷都許昌後的年號。當時詩體多變，風格遒勁，以曹氏父子及鄴中七子爲代表。

二句謂綦毋潛詩深得江左詩的俊逸清新，又具建安詩的風骨。

〔五〕高張：高施琴瑟。顔延年《秋胡》詩："高張生絶絃，聲急由調起。"截河：僞孔安國《尚書・禹貢》傳："濟水于河，並流十數里，而南截河，又並流數里。溢爲滎澤。"孔穎達《正義》："濟水既入于河，與河相亂，而知截河過者，以河濁濟清。南出還清，故可知也。"二句以高絃易絶、截河清濟喻綦毋潛性格孤高、持身清白。

〔六〕伊洛：伊水、洛水。《括地志》："伊水出虢州盧氏縣東巒山，東北流入洛。洛水出商州洛南縣冢嶺山。東流入洛州部内，又東合伊水。"泚（cǐ此）：清冽。二句寫綦毋潛歸隱伊洛，時在嚴冬。

〔七〕渭水：渭河。黄河最大支流。源出甘肅渭源縣烏鼠山，東流横貫陝西渭河平原，在潼關入黄河。潼關：在今潼關縣境内。《元和郡縣志》："潼關在華州華陰縣東北三十九里，古桃林塞也。春秋時晉侯使詹嘉處瑕以守桃林之塞是也。關西一里有潼水，因以名關。"《雍録》："由長安東一百八十里，出華州華陽縣外，則唐潼關也。"二句承上而言，寫綦毋潛辭官離京的時節景物。

〔八〕荷蓧：背竹筐。《論語・微子》："子路從而後，遇丈人以杖荷蓧。子路問曰：'子見夫子乎？'丈人曰：'四體不勤，五谷不分，孰爲夫子。'植其杖而芸。"蓧：竹器，猶今筐簍一類用具。纓：繫在頷下的帽帶。《孟子・離婁》："滄浪之水清兮，可以濯我纓。"後常以洗纓指退隱。二句表示自己也要一洗塵心，與綦毋潛一同隱處。

新晴晚望

新晴原野曠，極目無氛垢〔一〕。郭門臨渡頭，村樹連溪口〔二〕。白水明田外，碧峯出山後〔三〕。農月無閒人，傾家事南畝〔四〕。

此詩似王維隱居終南時作。詩寫田原風光,中四句極富畫意,末二句反映出農夫的辛勞,亦在畫中。

〔一〕新晴:雨後初晴。曠:空曠無際。氛垢:煙塵和污穢。二句言雨後初霽,縱目遠眺,原野顯得格外空曠和清新。

〔二〕郭門:外城門。渡頭:渡口。二句言郭門外就是渡口,村樹碧緑與溪水相連。

〔三〕白水二句:言河水在田地之外,明潔閃亮,高峯在山巒後青翠如洗。以上四句描寫山村景色明麗如畫。

〔四〕農月:農忙季節。傾家:全家出動。南畝:古代田地分隴多是南北向,此泛指農田。二句謂山村農忙時節没有閑人,男女老少都在田裏勞作。

終南山

太乙近天都〔一〕,連山到海隅〔二〕。白雲迴望合,青靄入看無〔三〕。分野中峯變,陰晴衆壑殊〔四〕。欲投人處宿,隔水問樵夫〔五〕。

本篇寫于隱居終南時。詩寫詩人被終南山色所吸引,移步换景,觀賞入迷。《唐宋詩舉要》注:"'近天都'言其高,'到海隅'言其遠,'分野'二句言其大,四十字中無所不包,手筆不在杜陵下。或謂末二句似與通體不配,今玩其語意,見山遠而人寡也,非尋常寫景可比。"按末二句寫其本無深入之意而竟至深處,妙在忘我,與大自然融而爲一。終南山又稱秦嶺,在陝西省長安縣南五十里,延綿八百餘里,爲渭水與漢水的分界。

〔一〕太乙：終南山的一個主峯。《漢書·地理志》："太一山，古文以爲終南。"《五經要義》："太乙一名終南山，在扶風武功縣。"又云："終南、太一不得爲一山，蓋終南南山之總名，太一一山之别號耳。"高步瀛以爲"此詩則以終南爲太乙，即本《漢書》。《五經要義》不爲無據，風人爲詩，固不必執一以繩之也"(《唐宋詩舉要》)。天都：天帝所居之處。此極言太乙山之高。

〔二〕海隅：海邊，海角。形容終南山峯巒連亘，直達海隅。

〔三〕迴望合：適才分散的雲，回頭再看時已合攏。青靄：飄浮於山間的青色雲氣。入看無：接近時又不見了。二句描寫山中雲靄變化，飄緲虚無。

〔四〕分野：古人以二十八宿星座的位置區分中國境内的地域叫"分野"。《周禮·春官·保章氏》曰："以星土辨九洲之地，所封封地皆有分星以觀妖祥。"衆壑：羣谷。二句寫終南山之大之美，一峯之隔便屬不同分野，一時之内羣谷間陰陽各異。

〔五〕欲投二句：意謂本無意深入山中，却不覺已至深處，便只得隔着水向樵夫打聽投宿之處。

戲贈張五弟諲三首(選二)

其　二

張弟五車書，讀書仍隱居〔一〕。染翰過草聖，賦詩輕《子虚》〔二〕。閉門二室下，隱居十年餘〔三〕。宛是野人也，時從漁父漁〔四〕。秋風日蕭索，五柳高且疏〔五〕。望此去人世，渡水向吾廬〔六〕。歲晏同攜手，只應君與予〔七〕。

張諲與李頎同爲王維詩酒丹青好友，善草隸，工山水。其先隱嵩山，後見秋風蕭索,五柳高疏,因有離嵩洛而隱南山之意,于是渡洛水至長安,與王維結鄰同隱,王維贈詩相戲。詩言二人志同道合,亦寓有才難用知音少之慨。

〔一〕五車書:《莊子·天下篇》云:"惠施多方,其書五車。"後多用指學問富博。鮑照《擬古》詩:"五車摧筆鋒。"二句謂張諲雖然讀書很多,但仍然隱居讀書。

〔二〕染翰:潤筆。草聖:指唐代草書專家張旭或漢代張芝。據《新唐書》本傳,張旭精楷法,尤善草書。嗜酒,每大醉,呼叫狂走,乃下筆。時稱張顛,又稱"草聖"。又《三國志·劉劭傳》注引晉衛恒《四體書勢》,謂張芝尤長草章,魏韋誕稱之爲"草聖"。《子虛》:漢司馬相如《子虛賦》。《史記·司馬相如列傳》:相如"客游梁,……居數歲,乃著《子虛》之賦。……上(武帝)讀《子虛賦》而善之,曰:'朕獨不得與此人同時哉!'"相如由此得薦於武帝。二句稱譽張五詩書超羣,不同凡響。

〔三〕二室:指嵩山中的太室和少室。太室在東,少室在西;少室高八百六十丈,上方十里,與太室相埒,但較小。合而謂嵩高山,分而謂二室。二句言張五在嵩高山隱居十餘年。

〔四〕宛:真像。漁父漁:後一"漁"本作魚,今從一本改爲"漁"。二句謂張五生活宛如野老,又時從漁人捕魚。

〔五〕五柳:見前《老將行》注〔九〕。二句寫秋風漸緊,門前五柳雖高大而枝葉日疏。此以"五柳"(陶潛)喻張諲。

〔六〕去:離去。水:洛水。吾廬:指南山王維隱居之處。二句謂諲望秋風五柳而想遠離濁世,于是渡水來就我卜居。

〔七〕歲晏二句:謂歲晚時攜手同遊,只能是你我兩人。

其　三

設罝守毚兔,垂釣伺遊鱗〔一〕。此是安口腹,非關羨隱論〔二〕。吾生好清静，蔬食去情塵〔三〕。今子方豪蕩，思爲鼎食人〔四〕。我家南山下，動息自遺身〔五〕。入鳥不相亂，見獸皆相親〔六〕。雲霞成伴侣，虚白侍衣巾〔七〕。何事須夫子，邀予谷口真〔八〕。

詩寫詩人隱居終南，張諲隱居京洛招王，王説張諲還想作官，而己早已物我兩忘，不須張諲招他偕隱。此詩從反面寫張，正面耀己甘于淡泊，與前首不同，正見嘲戲之意。

〔一〕設罝(jū)：設網。罝：捕獸之网。毚(chán)兔：狡兔。語本鮑照《擬古詩八首》之一："伐木清江湄，設罝守毚兔。"遊鱗：遊魚。二句寫張諲設網捕兔，垂鈎釣魚。

〔二〕安口腹：飽口腹。隱論：隱逸。二句謂張諲幹這些事只是爲了一飽口腹，與慕隱逸毫不相干。

〔三〕情塵：佛家語，指世俗感情漩渦。

〔四〕豪蕩：任俠而放宕。鼎食：指富貴人家。漢張衡《西京賦》："若夫翁伯、濁、質、張里之家，擊鐘鼎食，連騎相過。"鼎，古代盛器。二句寫二人志趣不同，王志在清静無爲，而張則任俠使氣，思富欲貴。

〔五〕南山：終南山。遺身：自然忘我。二句謂己隱居終南，動息皆超然物外。

〔六〕入鳥二句：《莊子·山木》云："入獸不亂羣，入鳥不亂行，鳥獸不惡，而况人乎?"意謂人無機詐之心，鳥獸也能與其相安。二句言己清静無欲，能與鳥獸相親。

〔七〕虚白：《莊子·人間世》："瞻彼闋者，虚室生白。"又《淮南子》"虚室生白，吉祥止也。"高誘注："虚，心也；室，身也；白，道也。能虚其心以生於道，道性無欲，吉祥來止舍也。"二句寫己與雲霞爲侣，心無旁染。

〔八〕夫子：指張諲。谷口真：據《高士傳》載，西漢鄭樸字子真，谷口(在今陝西涇陽西)人。修道静默。成帝時王鳳以禮相聘，不就，爲揚雄所稱。此指張諲隱居處。二句意謂己素志以守,無須張諲再來邀請。

終 南 别 業

中歲頗好道,晚家南山陲〔一〕。興來每獨往,勝事空自知〔二〕。行到水窮處,坐看雲起時〔三〕。偶然值林叟,談笑無還期〔四〕。

此係王維自濟州還,最後隱居終南時所作。詩於集中收入古詩一類,蓋以其平仄未符近體,實亦近律。其寫遠絶人事的山居生活,頗具陶淵明“採菊東籬下,悠然見南山”那樣毫無塵念的自在。《苕溪漁隱叢話》前集引《後湖集》云:“此詩造意之妙,至與造物相表裏,豈直詩中有畫哉!知其蟬蜕塵埃之中,蜉蝣萬物之表者也。”詩的興致很高,又富于生活情趣,没有任何哲理語言,故爲人廣泛傳誦,沈德潛云:“行所無事,一片化機。末語無還期,謂不定還期也。”(《説詩晬語》)

〔一〕中歲:中年,三四十歲左右。道:似指禪學。南山:即終南山。陲:邊。二句謂己中年愛好超脱的哲理,後即移家南山邊。

〔二〕每:總是。勝事:值得欣賞的事。二句言興致一來便總是一人獨自遊山,那些賞心悦目的美事,也只是自我品嘗。

〔三〕行到二句:寫己百念俱釋,隨心所欲,至水盡處便休止,坐看遠岫雲生。劉辰翁評此二句云:“無言之境,不可説之味,不知者以爲淡易。”(《唐詩品彙》引)

〔四〕偶然二句:謂偶然遇見看林老人,便海闊天空,説笑無已,忘了歸還。

過香積寺

不知香積寺，數里入雲峯〔一〕。古木無人徑，深山何處鐘〔二〕？泉聲咽危石，日色冷清松〔三〕。薄暮空潭曲，安禪制毒龍〔四〕。

香積寺又名開利寺。《長安志》云："長安縣，開利寺在縣南三十里皇甫邨，唐香積寺也。永隆二年建，皇朝太平興國三年改今名。"寺在今陝西省長安縣南神禾原上，離終南山尚遠，無雲峯可言。詩人大約不知古寺所在而誤入雲峯，故別有洞天，人迹罕到，隨緣而往，境界愈高。

〔一〕不知二句：謂不了解香積寺所在而經數里誤入雲霧繚繞的山峯。

〔二〕古木二句：寫山中林木蒼古，人迹罕至，聞鐘而不知寺在何處。

〔三〕危石：亂石。二句寫泉濺亂石，發出幽咽之聲；陽光從林隙透出，使青松平添寒意。趙殿成《箋注》云："下一'咽'字，則幽静之狀恍然；著一'冷'字，則深僻之景若見，昔人所謂詩眼是矣。"

〔四〕空潭曲：安静無魚的潭水灣處。安禪：僧人坐禪時晏然入定，進入一種萬念俱寂的境界。制毒龍：克服妄想。《涅槃經》："但我住處有一毒龍，其性暴急，恐相危害。"趙殿成云："毒龍宜作妄心譬喻。若作降龍實事用，失其解矣。"按此二句一語雙關，謂潭水深静，必是毒龍已制；而己也近禪定，心跡雙清。

山居秋暝

空山新雨後，天氣晚來秋〔一〕。明月松間照，清泉石上流。竹喧歸浣女〔二〕,蓮動下漁舟。隨意春芳歇,王孫自可留〔三〕。

隱居終南山時作。詩意如畫,句句可見作家審美意趣。雨後山翠,晚來秋爽。聽竹喧而知浣女歸來,見蓮動而知漁舟晚下。心目中似有紅衣浣女,緑簑漁人,極引人遐想。詩人本自無心,但憑審美敏感,便入妙境。且結語不用《楚辭》原意,無所執着而去留隨意。高步瀛云:"隨意揮寫,得大自在。"(《唐宋詩舉要》)

〔一〕晚來秋:近晚才感到秋天的涼意。

〔二〕竹喧:竹林因受風或觸物而發出響聲。浣女:洗衣女。

〔三〕歇:凋謝。王孫:指遊子。《楚辭·招隱士》:"春草生兮萋萋,王孫遊兮不歸。"又云:"王孫兮歸來,山中兮不可以久留。"二句反其意而用之,謂盡管春芳凋盡,王孫仍可隨意留賞秋山。

山居即事

寂寞掩柴扉,蒼茫對落暉〔一〕。鶴巢松樹徧,人訪蓽門稀〔二〕。嫩竹含新粉,紅蓮落故衣〔三〕。渡頭漁火起,處處採菱歸〔四〕。

王維喜愛田園,並不是意志消沉。更多的却是對於自然景物的熱烈嚮往。詩寫山居的深秋景色,嫩竹枝干的新粉,蓮花的落瓣,渡頭的熒熒漁火,以及處處歸來的採菱女。詩人熱愛生活,在平淡的詩風中藴含着濃厚的生活情趣。

〔一〕寂寞二句：寫在寂寞中掩上柴門，面對暮色蒼茫中的夕陽。

〔二〕徧：即遍，到處都是。蓽門：荆竹所編之門。二句寫鶴巢搭滿了松樹，柴門人迹罕至，含有入鳥不亂羣之意。

〔三〕故衣：老花瓣。二句寫嫩竹皮上蒙着一層粉霜，紅蓮花瓣正片片凋落。

〔四〕渡頭二句：謂渡口漁船點起了燈火，採菱的女伴們紛紛從湖上歸來。

登河北城樓作

井邑傅巖上，客亭雲霧閒〔一〕。高城眺落日，極浦映蒼山〔二〕。岸火孤舟宿，漁家夕鳥還〔三〕。寂寥天地暮，心與廣川閒〔四〕。

河北，《唐書·地理志》："陜州平陸縣本河北縣。"即今陜西省平陸縣。此詩約作于開元十五年。王維隱居終南後，遠離官場，以山水爲樂，可能到過此地，與其日後曾出塞無關。詩側重反映黄昏城内外及水上風光。結句寫自己與天地俱冥，心無罣礙。

〔一〕井邑：猶言人家。周制九夫爲井，四井爲邑。晉陸雲《答張士然》詩："修路無窮跡，井邑自相循。"傅巖：《元和郡縣志》："傅巖在陜州平陸縣北七里，即傅説版築之處。"客亭：驛館。二句謂登上河北城樓，只見住家分布在傅巖上，亭驛隱現于雲霧間。

〔二〕眺：遠望。極浦：遥遠的水濱。

〔三〕岸火二句：前句即"舟人投岸火"之意，謂岸邊有火光處即爲孤舟所宿之處。次句言漁家與夕鳥同歸。

〔四〕寂寥：寂寞沉静。廣川：廣闊的河流。《史記·春申君列傳》："此皆廣川大水，山林溪谷，不食之地也。"閒：恬静舒展。二句謂大地在暮色中一片沈静，心胸和廣闊的河水一樣舒展自在。

送崔興宗

已恨親皆遠，誰憐友復稀〔一〕。君王未西顧，游宦盡東歸〔二〕。塞闊山河浄，天長雲樹微〔三〕。方同菊花節，相待洛陽扉〔四〕。

崔興宗字、里均不詳，與王維、裴迪友善，曾俱隱終南，經常唱和。後官右補闕。此詩大約作于開元十八年後，王維已從濟州返長安歸隱終南。"君王未西顧，游宦盡東歸"，反映了玄宗長期居洛，求仕者雲集東都的史實。這種情況使隱居長安的王維亦有去洛陽的想法，"相待洛陽扉"，即此意。

〔一〕已恨二句：謂親屬均遠在他鄉已是恨事，誰又憐惜身邊友人也漸漸稀少呢！二句對送别深表惋惜。

〔二〕未西顧：指玄宗長期居洛，至今未駕返長安。游宦：求仕者。其中包括崔興宗。《舊唐書·玄宗紀》開元十八年："是歲，百僚及華州父老累表請……封西嶽(即請玄宗回長安)，不允。"二句含有微諷之意，暗示崔興宗去洛也是不得已之舉。

〔三〕塞：似指陝西潼關以東的桃林塞。二句寫崔興宗所經之地的沿路風光，季節當是秋天。

〔四〕菊花節：指九月初九重陽節。古有飲酒持蟹賞菊的風俗，故又稱菊花節。洛陽扉：指崔興宗在洛陽的居處。二句謂已打算去洛與崔共度重陽節。

藍田石門精舍

落日山水好，漾舟信歸風〔一〕。玩奇不覺遠，因以緣源窮〔二〕。遥愛雲木秀，初疑路不同〔三〕。安知清流轉，偶與前山通〔四〕。捨舟理輕策，果然愜所適〔五〕。老僧四五人，逍遥蔭松柏。朝梵林未曙，夜禪山更寂〔六〕。道心及牧童，世事問樵客〔七〕。暝宿長林下，焚香卧瑶席〔八〕。澗芳襲人衣〔九〕，山月映石壁。再尋畏迷誤，明發更登歷〔一〇〕。笑謝桃源人，花紅復來覿〔一一〕。

此詩仿謝靈運《石壁精舍還湖中作》一類詩，依次寫來，不加雕飾，更見自然，很少對仗，辭句秀麗。殷璠《河嶽英靈集》謂其詩“一字一句，皆出常境。至如‘落日山水好，漾舟信歸風’，又‘澗芳襲人衣，山月映石壁’，又‘天寒遠山静，日暮長河急’，……不愧于古人。”藍田：陝西藍田縣。石門，即石門泉，在藍田縣西十里。精舍，古代儒者隱居教授生徒之所，以及名僧所居均可稱精舍，此指佛寺。此詩或作于居輞川時。

〔一〕漾舟：蕩舟。信：任，隨。二句寫落日時分，詩人乘着一片美好的山光水色蕩舟隨風而歸。杜甫《陪諸貴公子丈八溝攜妓納涼晚際遇雨》：“落日放船好，輕風生浪遲。”

〔二〕玩奇：遊玩觀賞奇妙的景色。緣：循。源：水的源頭。晉陶淵明《桃花源記》：“晉太元中，武陵人捕魚爲業，緣溪行，忘路之遠近。……復前行，欲窮其林。林盡水源，便得一山。”二句即用其意，謂一路玩賞兩岸奇景，不覺走入水雲深處，于是就此尋找水的源頭。

〔三〕遥愛二句：寫遠林秀美，最初使人懷疑道路隔絶，難以到達。

〔四〕安知：豈知。偶：不期然而然。二句謂哪裏知道水流折轉，不想却正和前山相通。劉辰翁云："此景亦常有之，其詩亦若無意，故是佳趣。"（《品彙》引）

〔五〕捨舟：丢下小船。輕策：輕便的手杖。謝靈運《登永嘉緑嶂山詩》："裹糧杖輕策，懷遲上幽室。"愜（qiè）：適意。二句謂捨舟登岸，果然找到了適意的去處。

〔六〕朝梵：早晨誦經。曙：天亮。夜禪：即夜晚坐禪。坐禪爲佛門修行的一種功課，指在一定時間内屏息静坐，以摒除心中雜念。

〔七〕道心：講究佛道之心。及：影響，浸染。二句謂道心已廣及牧童，對世事却全然不知，須向樵夫打聽。

〔八〕暝宿：夜間止宿。長林：高大的樹林。瑶席：指仙人所用之席。《楚辭·九歌·東皇太一》："瑶席兮玉瑱。"此指僧徒所卧之席。二句寫入夜投宿長林，借卧僧舍。

〔九〕澗芳：山澗邊花草的清香。襲：浸染。

〔一〇〕明發：指天亮後出發。登歷：攀登游歷。二句謂因恐忘却來路，次日登程前又將這愜人的地方重新登覽了一番。

〔一一〕笑謝：笑着告訴。桃源人：即陶淵明所描寫的桃花源中人。此指孤居深山野林的老僧。覿（dí）：看。二句意仿《桃花源記》，謂已笑别衆僧，待到花紅時再來相見。

輞川閒居贈裴秀才迪

寒山轉蒼翠，秋水日潺湲〔一〕。倚仗柴門外，臨風聽暮蟬〔二〕。渡頭餘落日，墟里上孤烟〔三〕。復值接輿醉，狂歌五柳前〔四〕。

《陝西通志》："輞川在藍田縣南嶢山之口，去縣八里，川口爲兩山之峽，隨山鑿石，計五里許，路甚險狹。過此豁然開朗。村野相望，蔚然桑麻肥饒之地。四顧山巒掩映，似若無路。環轉而南，凡十三區，其美愈奇。王摩詰別業在焉。有孟城坳、華子崗、文杏館、斤竹嶺二十景。維日與裴迪游詠其間。"裴迪，字未詳，關中人。初與王維、崔興宗俱隱終南，相互倡和。肅宗時爲蜀州刺史。王維曾與裴迪將輞川別業附近景物各賦絶句二十首，編爲《輞川集》。此詩寫了二人在輞川時的曠達生活。

〔一〕轉：變得。蒼翠：深翠色。潺湲：水流聲。二句寫山色變化，水聲潺潺，時届深秋。

〔二〕倚：拄。臨風：迎風。二句寫閒居的悠閑和自在。

〔三〕墟里：村落。孤烟：炊烟。二句寫山村晚景，意境與陶淵明《歸園田居》詩中的"曖曖遠人村，依依墟里煙"相似。其中"餘"、"上"二字分别寫出夕陽之下和孤烟之上，平淡而安閑。

〔四〕復值：又當，正趕上。接輿：春秋時楚國隱士，佯狂避世。相傳因其迎孔子車而歌，故稱接輿，《論語·微子篇》又稱楚狂。此喻裴迪。五柳：見前《老將行》注〔九〕。二句轉而欣賞裴迪的醉後狂歌與倚杖聽蟬的閒適恰成鮮明對照。這一動一静，將人物性格表現得淋漓盡致。

輞川閒居

一從歸白社，不復到青門〔一〕。時倚簷前樹，遠看原上村〔二〕。青菰臨水映，白鳥向山翻〔三〕。寂寞於陵子，桔槔方灌園〔四〕。

寫輞川的静穆安閒。輞川,見前《輞川閒居贈裴秀才迪》題解。此詩除首二句外都是作者的觀感,景與人相互滲透,渾然一體。

〔一〕白社:《太平寰宇記》:"白社里在洛陽故城建春門東。即董威輦(名京)舊居之地。"此指輞川别業。青門:《三輔黄圖》:"長安城東出南頭第一門霸城門,民見門色青,名曰青城門。或曰青門。"秦東陵侯邵平淪貶爲平民,種瓜門外,甚有名。二句謂已自歸輞川,足不遠涉。

〔二〕時倚二句:化用晉陶淵明《歸田園居》"榆柳蔭後簷"、"曖曖遠人村,依依墟里烟"句意。

〔三〕菰(gū):生于陂澤淺水的一種植物,高五六尺,葉如蒲葦,實若米,稱菰米,可食。翻:上下翻轉飛翔。二句寫大自然的意趣:菰葉青青倒映水中,白色水鳥翻飛山前。

〔四〕於陵子:戰國時齊人。《高士傳》:"陳仲子者,齊人也。其兄戴爲齊卿,食禄萬鍾。仲子以爲不義,將妻子適楚,居於陵,自謂於陵仲子。楚王聞其賢,欲以爲相,遣使持金百鎰,至於陵聘仲子。仲子出謝使者,逃去爲人灌園。"桔槔(jié gāo):一種汲水器,以竹木爲架,中繫一竿,前掛汲桶,竿尾繫重石,使之舉重若輕,用以灌禾稼。

戲題輞川别業

柳條拂地不須折,松樹梢雲從更長〔一〕。藤花欲暗藏猱子,柏葉初齊養麝香〔二〕。

此詩爲王維初隱輞川時作。其體裁以七言絶句而用拗體,四句皆對仗,别具一格。猿猱及麝香入詩,以不見爲見,遠勝于司空圖"放生鹿大出寒林"(《山中》)之句。

〔一〕拂:拂拭。梢:樹梢。此用爲動詞,作觸及解。從:任。二句寫垂柳枝條垂地,松樹樹梢拂雲,萬物生長皆任其自然,不受拘束。

〔二〕猱(náo):猿類,善攀援。麝香:指雄香獐,能分泌麝香。二句寫野藤花遮掩着猿猴,柏樹葉隱蔽着香獐,一切都各得其所。

戲題盤石

可憐盤石臨泉水〔一〕,復有垂楊拂酒杯。若道春風不解意〔二〕,何因吹送落花來?

此詩作于隱居輞川時。詩寫詩人傍石臨水飲酒的逸趣,悠閒自得,宛然若畫。

〔一〕可憐:可愛。盤石:此指可置杯盤的大石。

〔二〕解意:了解詩人的情趣。

輞川集(選四)

鹿柴

空山不見人,但聞人語響〔一〕。返景入深林,復照青苔上〔二〕。

《輞川集》係王維自編詩集,收録其與裴迪詠輞川諸景詩共二十首,均爲隱居輞川别業時所作。原序云:"余别業在輞川山谷,其遊止有孟城坳、華子岡、文杏館、斤竹嶺、鹿柴、木蘭柴、茱萸沜、宫槐陌、臨湖亭、南垞、欹湖、柳浪、欒家瀨,金屑泉、白石灘、北垞、竹里館、辛夷塢、漆園、椒園等。與裴迪閒暇,各賦絶句云爾。"今選四首。

此爲《輞川集》第五首。詩人僅取空山夕照,寫出了鹿柴清幽静謐的景色。《李杜詩緯》云:"詩貴意,意貴遠不貴近,貴淡不貴濃……摩詰'返景入深林,復照青苔上',皆淡而濃,近而遠,可爲知者道也。"鹿柴(zhài),似爲輞川别業中的一個養鹿之地,柴同砦,栅欄。

〔一〕空山二句:形容山地空廓,很少干擾。
〔二〕返景:夕陽返照。景:日光。二句寫夕陽返照既入深林,又折光于青苔之上,反映出王維寫景的細緻。

欒家瀨

颯颯秋雨中,淺淺石溜瀉〔一〕。跳波自相濺,白鷺驚復下〔二〕。

此爲《輞川集》第十三首。胡應麟《詩藪·内編》:"右丞卻入禪宗,如'人閒桂花落'、'木末芙蓉花',讀之身世兩忘,萬念皆寂,不謂聲律之中有此妙詮。"此詩却别創新意,且情趣盈然。尤其是"白鷺驚復下"一句神韻天然,不可凑泊。欒家瀨,輞川景物之一。瀨(lài),水流沙石,激而成湍。

〔一〕淺淺(jiàn):水急速流動貌。石溜:山泉越石而下形成的激流。

謝朓《郊遊》:"霍靡青莎被,潺湲石溜瀉。"

〔二〕跳波: 跳蕩的波浪。司馬相如《上林賦》:"馳波跳沫,汩急漂疾。"白鷺: 一種水鳥。

竹里館

獨坐幽篁裏〔一〕,彈琴復長嘯〔二〕。深林人不知,明月來相照。

此爲《輞川集》第十七首。竹里館,王維輞川别業奇景之一。詩寫竹林幽静,自坐館内彈琴長嘯,與明月爲伴,不須人知。

〔一〕幽篁: 深密的竹林。《楚辭·九歌·山鬼》:"余處幽篁兮終不見天。"

〔二〕長嘯: 蹙口出聲曰嘯: 其音清越而舒長,故稱長嘯。嘯作爲一種口技,魏晉時曾廣泛流行於隱逸之士中,並形成一種時尚。《藝文類聚》卷十九引《孫登别傳》:"(登)端坐岩下鼓琴,(阮)嗣宗(籍)乃嘲嘈長嘯,與鼓琴音諧會,雍雍然。登……因嘯和之,妙響動林壑。"晉成公綏作有《嘯賦》,曰嘯"聲不假器,用不借物,……動唇有曲,發口成音。觸類感物,因歌隨吟"。

辛夷塢

木末芙蓉花,山中發紅萼〔一〕。澗户寂無人〔二〕,紛紛開且落。

此爲《輞川集》第十八首。詩寫自然之美不因人而轉移,生滅一任自然。辛夷塢,長滿辛夷的山坳。辛夷,又名木筆花。早春開花,香氣馥鬱。

〔一〕木末,樹梢。芙蓉:蓮花。辛夷花似蓮而小,故稱。《楚辭·九歌·湘君》:"搴芙蓉兮木末。"紅萼:紅色花骨朵。此指花蕾。

〔二〕澗户:山澗旁的住户。

田園樂七首(選二)

萋萋芳草春緑〔一〕,落落長松夏寒〔二〕。牛羊自歸深巷,童稚不識衣冠〔三〕。

此組詩作于開元十八年。開元十六年王維歸隱藍田,後移輞川。生活頗爲閒適。詩均六言,别具一格。其意在學陶,但只欣賞農村的古朴無知。原七首,今選二首。此其四。

〔一〕萋萋:茂盛貌。《楚辭·招隱士》:"王孫遊兮不歸,春草生兮萋萋。"

〔二〕落落:直立貌。漢杜篤《首陽山賦》:"長松落落,卉木蒙蒙。"

〔三〕牛羊自歸:《詩·王風·君子于役》:"日之夕矣,羊牛下括。"衣冠:古代士大夫的穿戴。《論語·堯曰》:"君子正其衣冠,……儼然人望而畏之。"二句寫日夕牛羊自歸,村童不識衣冠,足見民風淳古,與田園景色相得益彰。

桃紅復含宿雨〔一〕,柳緑更帶春烟〔二〕。花落家僮未掃,鶯啼山客猶眠〔三〕。

此爲原組詩中的第六首。詩寫山居春色，於清麗中露出疏曠。

〔一〕宿雨：隔夜雨。
〔二〕春烟：春天籠罩在草木上的緼絪之氣。
〔三〕山客：山居之客。此指隱士。

酬虞部蘇員外過藍田別業不見留之作

貧居依谷口〔一〕，喬木帶荒村〔二〕。石路枉迴駕，山家誰候門〔三〕。漁舟膠凍浦，獵火燒寒原〔四〕。惟有白雲外，疎鐘間夜猿〔五〕。

輞川原爲宋之問別墅，詩人熱愛那裏的一山一水，一草一木。昏暗陰晴，景色百殊，都入筆下。此詩寫夜色，雖着筆不多，但喬木荒村、漁舟涼浦、獵火寒原、疎鐘夜猿等種種景物已足以彌補蘇員外的觀賞不足。虞部，掌漁獵之官。蘇員外，名未詳。據《唐書·職官志》，工部有虞部員外郎一員，從六品上。藍田別業，即輞川。《一統志》："輞川別業在西安府藍田縣西南輞谷，唐王維置別業於此。"

〔一〕谷口：輞谷之口。
〔二〕喬木：高大的樹木。帶：映帶、夾帶。
〔三〕枉，屈。迴駕：即回駕。指蘇員外特地彎道來看望詩人。山家：詩人自稱其別業。候門：在門前迎候。二句點明"過藍田別業不見留"。
〔四〕膠：指凍結。獵火：爲驅趕野獸而點起的山火。二句寫漁船凍結在冰封的浦口,獵火燒遍了寒冷的原野。

〔五〕間:原作"聞"誤,今改。二句謂夜間無所見,只有白雲外時或傳來聲聲鐘聲和猿啼。

黎拾遺昕裴迪見過秋夜對雨之作

促織鳴已急,輕衣行向重〔一〕。寒燈坐高館,秋雨間疏鐘〔二〕。白法調狂象,玄言問老龍〔三〕。何人顧蓬徑,空愧求羊蹤〔四〕。

黎昕,生平未詳。拾遺,唐代武則天時所置官名,有左右拾遺,專掌諷諫。此詩寫詩人隱居輞川學佛情景,字裏行間表現出克服問世之意,可見他並未能真正忘却世事。

〔一〕促織:蟋蟀,因其鳴聲如"急織"而名。輕衣:猶單衣。重:重疊。此謂添衣。二句言時已深秋,蟋蟀鳴聲急促,使人深感衣單而擬增添。

〔二〕寒燈二句:寫學佛坐禪情景,面對青燈高館孤坐,聽秋雨陣陣,寺鐘聲聲。

〔三〕白法:佛家用語。釋氏以善法爲白法,惡法爲黑法。狂象:佛家用語。喻不受佛門拘束的世俗之心。《遺教經》:"又如狂象無鉤,猿猴得樹,騰躍踔躑,難可禁制。"《涅槃經》:"譬如醉象,狂騃暴惡,多欲殺害。有調象師,以大鉤,鉤斲其頸,即時調順,惡心都盡。一切衆生,亦復如是,貪欲瞋恚,愚癡醉故,欲多造惡。諸菩薩等,以聞法鉤,斲之令住,更不得起,造諸惡心。"玄言:深奥玄妙的言辭。《老子》:"玄之又玄,衆妙之門。"老龍:複姓。此指老龍吉,傳説中的懷道人。《莊子·知北游》:"妸荷甘與神農同學于老龍吉。"二句謂以佛理克制雜念，悟玄理須請教老龍。

〔四〕蓬徑：長滿野草的小路。求羊踪：指求仲、羊仲二人的行踪。《羣輔録》："求仲、羊仲不知何許人，皆治車爲業，挫廉逃名。蔣元卿之去兖州，還杜陵，荆棘塞門。舍中有三徑不出，惟二人從之游，時人謂之二仲。"謝靈運《田南樹園激流植援》詩："惟開蔣生徑，永懷求羊踪。"二句謂平時無人過往自己的柴門荒徑，對於黎、裴二君的造訪深感慚愧。

贈裴十迪

風景日夕佳，與君賦新詩〔一〕。澹然望遠空，如意方支頤〔二〕。春風動百草，蘭蕙生我籬。曖曖日暖閨〔三〕，田家來致詞：欣欣春還皋，澹澹水生陂〔四〕。桃李雖未開，荑萼滿其枝〔五〕。請君理還策，敢告將農時〔六〕。

此詩作于開元二十年左右。詩寫園田風光，效陶淵明體，於淡泊中含田野逸趣。

〔一〕日夕：黄昏時。陶淵明《飲酒》："山氣日夕佳。"《移居》："春秋多佳日，登高賦新詩。"二句即融其意。

〔二〕澹然：閑恬貌。如意：有二説：一説謂爪杖，即今俗稱之搔癢棒。《釋氏要覽指歸》："如意，古之爪杖也。或骨、角、竹、木，刻作手指爪。柄長三尺許，或脊有癢，手所不到，用以搔爪，如人之意，故曰如意。"一説謂佛家手執之物，狀如葉，象心字。講僧爲備忘，常私記節文祝詞於柄，要時手執目對，如人之意，故名如意。用如俗官之手板。此指後者。支頤：支撑面頰。

〔三〕曖曖：日光朦朧貌。閭：小門。此指所隱之舍。

〔四〕欣欣：生機盎然貌。皋：水邊高地。澹澹：水波搖蕩貌。陂：水塘。

〔五〕荑萼：初生的花芽花萼。二句點明時節。

〔六〕理還策：準備回歸園田。策，手杖。二句即陶淵明《移居》"農務各自歸，閒暇輒相思"之意，謂春種時節已到，請裴迪即回輞川。

歸嵩山作

清川帶長薄，車馬去閑閑〔一〕。流水如有意，暮禽相與還〔二〕。荒城臨古渡〔三〕，落日滿秋山。迢遞嵩高下，歸來且閉關〔四〕。

王維自濟州還，曾滯留洛陽，有嵩山别業。此詩未詳作于何時，或隱終南、輞川後，又曾歸嵩山。王維詩多寫暮景落日與渡頭，方回云："閒適之趣，淡泊之味。不求工而未嘗不工者，此詩是也。"（《瀛奎律髓》）嵩山又名嵩高山，在河南登封縣。

〔一〕長薄：一帶草木交錯之地。《楚辭・涉江》王逸注："草木交錯曰薄。"閒閒：舒徐貌。二句寫清澈的川流連着一片草木，自己沿着水乘車馬緩緩走向嵩山。

〔二〕暮禽：歸鳥。相與：結伴。二句意謂流水似乎知己心意，歸鳥也與己相偕而還。句本陶淵明《飲酒》："山氣日夕佳，飛鳥相與還。此中有真意，欲辯已忘言。"此用其意而移情入景，一切都顯得十分自然。

〔三〕荒城：已廢置了的前代城址。古渡：古代的渡口。

〔四〕迢遞：遥遠貌。閉關：即閉門。二句謂遠道來到嵩山下，且閉門高卧，静心息慮。王維詩中多此類句子，如"翛然尚閉關"(《憶胡居士家》)，"荆扉乘晝關"(《淇上即事田園》)等。

輞川别業

不到東山向一年〔一〕，歸來纔及種春田。雨中草色緑堪染，水上桃花紅欲然〔二〕。優婁比邱經論學〔三〕，傴僂丈人鄉里賢〔四〕。披衣倒屣且相見，相歡語笑衡門前〔五〕。

王維自隱輞川，其間似又曾往東都嵩山，一年後又返回。此時詩人尚未出仕，故有"種春田"之語。詩極寫輞川草緑桃紅的初春之美，以及與高僧、鄰里相見的愉快。詩用拗體，韻味古朴。

〔一〕東山：輞川在藍田縣東，又晉謝安曾隱居東山，此處語含雙關。向：接近。《後漢書·段熲傳》："今適期年，所耗未半，而餘寇殘盡，將向殄滅。"

〔二〕然：同燃，喻花紅似火。二句寫春色極妍。

〔三〕優婁：梵語優樓頻螺，佛弟子。比邱：求法僧人。此皆泛指佛徒。經論學：學佛經與高僧論述的學者。釋氏以佛所説者爲經，聲聞所著者爲論。

〔四〕傴僂丈人：駝背老人。據《莊子·達生篇》載，孔子適楚，見痀僂者承蜩，無所不中。"顧謂弟子曰：'用志不分，乃凝於神，其痀僂丈人之謂乎！'"鄉里賢：鄉鄰中的賢者。

〔五〕披衣：陶淵明《移居》："相思則披衣，言笑無厭時。"倒屣：穿倒了鞋。《三國志·魏志·王粲傳》記王粲往見蔡邕，蔡邕"聞粲在門,倒屣迎之”。後多形容迎接尊者或友人時的欣喜和匆忙。衡門:柴門。《詩·陳風·衡門》:“衡門之下,可以棲遲。”此指己所居茅舍。

鳥鳴磵

人閒桂花落〔一〕,夜静春山空〔二〕。月出驚山鳥,時鳴春澗中〔三〕。

此爲《皇甫岳雲溪雜題五首》之一。據趙殿成《王右丞集箋注》:“《唐書·宰相世系表》有皇甫岳,乃皇甫恂之子,未知即此人否。”《雲溪雜題》是皇甫岳原唱,《鳥鳴磵》諸篇爲王維和作。詩寫春山夜静,意境空靈,給人以一種恬美的享受。

〔一〕閒:閒静。桂花:當指桂竹香一類春天開花的草本植物。此人閒與花落互爲因果,人閒纔能覺察桂花輕聲落下;而花的輕聲落下也反襯出人的閒静。

〔二〕句中夜静與山空也彼此映托:夜静山纔顯得空寂;山的空寂愈使人感到夜的沉静。以上二句皆直寫静景。

〔三〕澗:山谷。二句寫月光從林間透出,驚動了宿鳥,不時從澗間傳出鳴聲,使整個畫面静中有動,動而愈静。

送孟六歸襄陽

杜門不欲出,久與世情疏〔一〕。以此爲長策,勸君反舊廬〔二〕。醉歌田舍酒,笑讀古人書〔三〕。好是一生事,無勞獻《子虛》〔四〕。

此詩一作《送孟浩然》,《瀛奎律髓》作張子容詩。然《文苑英華》等書歸諸王維,可據。孟浩然於開元二十一年入京,值張九齡丁憂,不遇。時王維正隱居輞川,故此詩以己爲例,勸孟浩然回襄陽,不必出來求仕。詞意明白,無可懷疑。孟六,孟浩然。唐人常以本族兄弟中的排行爲稱。襄陽,孟浩然的家鄉,即今湖北省襄樊市。

〔一〕杜門:閉門。《資治通鑒·秦記》始皇帝三年:"李牧杜門稱病不出。"注:"塞門以拒來者。"疎:同"疏",疏遠。二句謂己長期閉門不出,已和世俗人情疏遠了。

〔二〕長策:最好的打算。舊廬:舊日隱所。二句謂歸隱是良策,勸孟返歸舊廬。

〔三〕醉歌二句:寫閒居之樂:喝村酒而醉歌,讀古書而笑,無拘無束,自由自在。

〔四〕《子虛》:見前《戲贈張五弟諲三首》其二注〔二〕。據《史》、《漢》本傳載,《子虛賦》非司馬相如所獻,相如得官爲郎是由於"請爲天子遊獵之賦"。故此《子虛》係泛指那些爲了博取一官半職而作的詩賦作品。二句謂這樣生活是一生中最好的事,無須以獻賦去謀取卑官微禄。

酌酒與裴迪

酌酒與君君自寬,人情翻覆似波瀾〔一〕。白首相知猶按劍,朱門先達笑彈冠〔二〕。草色全經細雨濕,花枝欲動春風寒〔三〕。世事浮雲何足問,不如高卧且加餐〔四〕。

此詩作于開元二十二年張九齡爲中書令前。自開元十四年到開元二十一年,王維曾隱居嵩山、終南及輞川,在輞川時與裴迪過從最密,所寫山水詩也最多。但論及世事,又頗多牢落自寬之辭,説明詩人對世事並未忘却。此詩即是其中的一首。其自胸中流出,自然形成流水對,風格高爽,遣詞明麗。王世貞云:"摩詰七言律自應制、早朝諸篇外,往往不拘常調。至'酌酒與君'一篇,四聯皆用仄法,此是初盛唐所無,尤不可學。凡爲摩詰體者,必以意興發端,神情傅合,渾融疎秀,不見穿鑿之迹,頓挫抑揚,自出宫商之表,可耳。"(《藝苑卮言》卷四)

〔一〕自寬:自我寬解。翻覆似波瀾:語本晉陸機《君子行》:"休咎相乘躡,翻覆若波瀾。"二句以勸慰發端,對世態人情的反覆無常深表憤懣。

〔二〕按劍:撫劍。先達:指同輩中先做官者。彈冠:整理衣冠。此用西漢王吉已在高位,貢禹便命人彈冠,以待王吉推薦入朝之事。王吉字子陽,世稱"王陽在位,貢禹彈冠"(見《漢書·貢禹傳》)。二句承上而言,謂即使白頭老相知,還會按劍相待;那些朱門先貴者也會嗤笑落魄的故友。按此即上句"人情翻覆似波瀾"之意,在當時必實有所指。

〔三〕草色二句:以經雨草色和受寒花枝爲喻,言裴迪(當包括詩人自己)時遭不測,仕途困躓。趙殿成云:"草色一聯,乃是即景托諭。以衆卉而邀時雨之滋,以奇英而受春寒之痼,即植物一類,且有不得志者,况世事浮雲變幻,又安足問耶?擬之六義,可比可興。"

〔四〕加餐:《古詩十九首·行行重行行》:"棄捐勿復道,努力加餐飯。"二句謂世事猶如浮雲,永遠無常;不如高卧山林,努力加餐。

獻始興公

寧棲野樹林，寧飲澗水流〔一〕。不用食粱肉，崎嶇見王侯〔二〕。鄙哉匹夫節，布褐將白頭〔三〕。任智誠則短，守仁固其優〔四〕。側聞大君子，安問黨與仇〔五〕。所不賣公器，動爲蒼生謀〔六〕。賤子跪自陳，可爲帳下不〔七〕？感激有公議，曲私非所求〔八〕。

始興公，指張九齡。據《唐書》本傳載，張九齡開元二十二年爲中書令，二十三年累封始興縣伯。王維由其提拔，擢右拾遺。此詩爲開元二十三年所獻，表明自己隱居見識甚短，願依張九齡帳下；同時又表白張之用己，全出公議，絶非阿私。詩寫得光明磊落。

〔一〕棲：止息。此指隱居。二句謂寧可棲居山林，止飲澗水。

〔二〕粱肉：指美食佳餚。《韓非子・五蠹》："糟糠不飽者不務粱肉。"粱：粱米，指精糧。崎嶇：曲折。此指想盡辦法。二句承上而言，謂也不願因想過"食必粱肉，衣必文繡"的生活而千方百計求謁王侯。以上四句直陳其志，頗有民歌風味。

〔三〕匹夫：普通人。節：節操。布褐：粗布短衣。二句轉稱上述想法不過是匹夫之節，最終只能布衣到老，無所作爲。

〔四〕任智：運用智慧。守仁：持守仁義。二句謂隱居不出就應變智慧來講，固然見識短淺；但求仁得仁本也是長處。以上八句陳述自己歸隱的本意並略加剖析。

〔五〕側聞：從旁聽説。大君子：指張九齡。《漢書・董仲舒傳》："故不足稱于大君子門也。"黨：親族，同類。二句謂聽説你用人唯才德是舉，不問親仇。

〔六〕公器：指官爵。蒼生：天下百姓。二句稱張九齡不以買賣官爵營私，舉措皆爲百姓考慮。

〔七〕賤子：詩人謙稱。跪自陳：應璩《百一》詩："避席跪自陳，賤子實空虛。"帳下：即帳下吏。《三國志・樂進傳》："樂進以膽烈從太祖，爲帳下吏。"不：同"否"。二句請爲張九齡的帳下吏。

〔八〕曲私：枉道循私。二句感激張九齡憑仗公議用人，表示如果枉道循私，亦非己所求。這是王維立身不願阿黨的表現。

偶然作六首（選一）

趙女彈箜篌，復能邯鄲舞〔一〕。夫婿輕薄兒，鬬鷄事齊主〔二〕。黄金買歌笑，用錢不復數〔三〕。許史相經過，高門盈四牡〔四〕。客舍有儒生，昂藏出鄒魯〔五〕。讀書三十年，腰下無尺組〔六〕。被服聖人教，一生自窮苦〔七〕。

《偶然作》共六首，或詠陶潛，或詠接輿，或自詠。此爲第五首。詩借古諷今，感慨頗深。其格調接近阮籍的《詠懷》，左思的《詠史》和鮑照的《擬古》。觀詩中有"家貧禄自薄"之語，可知其作于開元二十二年爲右拾遺時或稍後。

〔一〕趙女：《古詩》："燕趙多佳人，美者颜如玉。"箜篌：一種彈撥樂器，形似瑟而小，七弦撥彈如琵琶。復：又。邯鄲舞：地方民間舞蹈。邯鄲，戰國時趙國國都。其地女子向以善舞見稱。史載吕不韋曾獻善舞的邯鄲姬於在趙爲質的秦國王子子楚，生子政(即秦始皇，見《史記・吕不韋傳》)。又《樂府詩集・雜曲歌辭》有《邯鄲行》，題注引《樂府廣題》曰："《邯鄲》，舞曲也。"齊陸厥《邯鄲行》："趙女攦鳴琴,邯鄲紛躧步。長袖曳三街,兼金輕一顧。”據此可知邯鄲舞與漢時流行的《長袖舞》類似。

〔二〕輕薄兒:不務正業者,猶今所謂浪蕩子。鬬鷄:古代以鬬鷄爲樂的一種遊戲。事:供奉。齊主:齊王。戰國時齊王以養鬬鷄著稱于史,《戰國策·齊策》一:“臨淄(齊都)甚富而實,其民無不吹竽鼓瑟,擊筑彈琴,鬬鷄走犬……”唐代此風亦盛。李白《古風》二四:“大車揚飛塵,亭午暗阡陌。……路逢鬬鷄者,冠蓋何輝赫。”

〔三〕黄金二句:寫夫婿驕奢淫逸,揮金如土。

〔四〕許史:許,許伯。史,史高。許伯爲漢宣帝皇后之父,史高係宣帝外家。此泛指外戚。相經過:彼此來往。高門:《漢書·于定國傳》:“始定國父于公其閭門壞,父老方共治之,于公謂曰:‘少高大閭門,令容駟馬高蓋車。’”四牡:原《詩經·小雅》篇名,因詩有“四牡騑騑”之句。此泛指駟馬高車。二句謂夫婿以鬬鷄得寵,富貴至極。

〔五〕昂藏:氣宇軒昂。鄒魯:孟子和孔子的故鄉,後多指文教興盛之地。《莊子·天下篇》:“其在於《詩》《書》《禮》《樂》者,鄒魯之士搢紳先生多能明之。”又《史記·貨殖列傳》:“鄒魯濱洙泗,猶有周公遺風。俗好儒,備於禮。”二句寫其客舍内有一個儒生,氣宇軒昂,有鄒魯遺風。

〔六〕無尺組:猶言尚無功名。組,絲帶,古用以佩印。二句謂其雖讀書三十年,却與功名無緣。

〔七〕被服:喻長期承受如衣之在身。《漢書·河間獻王傳》:“修禮樂,被服儒術,造次必於儒者。”二句謂其長期聆受聖人教誨,結果却窮困終生。

别輞川别業

依遲動車馬,惆悵出松蘿〔一〕。忍别青山去,其如緑水何〔二〕！

開元二十二年張九齡爲中書令，徵王維爲右拾遺，王維因有此作。詩表示了對輞川山水的依戀之情。王縉有和作云："山月曉仍在，林風涼不絕。殷懃如有情，惆悵令人别。"

〔一〕依遲：戀戀不捨貌。松蘿：纏繞在松樹上的女蘿一類的蔓生植物。

〔二〕忍别二句：意謂此去不忍與青山辭别，更無法向緑水表示。

早朝

皎潔明星高，蒼茫遠天曙〔一〕。槐霧暗不開，城鴉鳴稍去〔二〕。始聞高閣聲，莫辨更衣處〔三〕。銀燭已成行，金門儼騶馭〔四〕。

開元二十二年，王維由張九齡薦擢爲右拾遺，結束了八年的隱居生活，重返仕途。此詩約作于開元二十三年，描寫了早朝情景，格調清新，反映了詩人當時的愉快心情。

〔一〕皎潔二句：總寫早朝時的天色：明星還高掛於空，天際已露出朦朧的曙光。

〔二〕槐霧：蒙在槐樹上的霧氣。古代朝廷衙署多植槐樹，此曰槐霧，即暗契早朝。不開：不散。稍去：漸去。

〔三〕更衣處：古代臣僚上朝須更换衣服，故於宫中設更衣處。《漢書·王莽傳》："張於西廂及後閣更衣中。"晉灼曰："更衣中，謂朝賀易衣服處,室屋名也。”二句謂才聽到高閣中的聲響,却不能分辨更衣之處。

〔四〕金門:即金馬門。《三輔黄圖》:“金馬門,宦者署。武帝得大宛馬,以銅鑄像,立於署門,因以爲名。”門在未央宫前,朝臣多於此待詔。儼:整肅貌。騶馭:車馬與馭者。二句寫銀燭已排列成行,朝官的車馬與御者已静肅地站在金馬門前等候朝見。

奉和聖製從蓬萊向興慶宫閣道中留春雨中春望之作應制

渭水自縈秦塞曲〔一〕,黄山舊繞漢宫斜〔二〕。鑾輿迥出仙門柳〔三〕,閣道迴看上苑花〔四〕。雲裏帝城雙鳳闕〔五〕,雨中春樹萬人家。爲乘陽氣行時令,不是宸游重物華〔六〕。

這是一首應制詩。作於開元年間,故仍有盛唐氣象,方東樹稱其“興象高華”(《昭昧詹言》),結句似賦,歌頌而兼微諷。實際上玄宗時已安于逸樂。蓬萊,宫名,即大明宫。閣道即複道。興慶宫,玄宗爲太子時所居,遺址在西安興慶公園。

〔一〕渭水:黄河最大支流。源出甘肅渭源縣,東入陝西後經寶鷄、眉縣,由西南到咸陽東北流納灞水滻水,圍繞長安,東去到臨潼、新豐,在潼關入黄河。縈:纏繞。秦塞:指寶鷄、潼關等地,戰國時均爲秦國要塞。

〔二〕黄山:《清一統志》:“陝西西安府:黄麓山在興平縣北一里,亦名黄山。”漢宫:指漢代的黄山宫。《三輔黄圖》卷三:“黄山宫在興平縣西三十里。"

〔三〕鑾輿：皇帝出行所乘繫鈴的車駕。仙門：當從《唐詩品彙》作"千門"。《史記·封禪書》："作建章宫，度爲千門萬户。"

〔四〕上苑：皇帝園林。

〔五〕鳳闕：《關中記》："建章宫園闕臨北道，有金鳳在闕上，故號鳳闕。"

〔六〕陽氣：指春天的陽和之氣。行時令：《後漢書·郎顗傳》："方春東作，布德之元，陽氣開發，養導萬物。王者因天視聽，奉順時氣，宜務崇温柔，遵其行令。"宸遊：皇帝出遊。物華：指景物。二句謂此行係乘春天陽氣萌生，發布應時的政令，布德施惠，不是爲了觀賞景物。趙殿成《箋注》曰：結句"因事進規，深得詩人温厚之旨，可爲應制體之式"。

送方城韋明府

遥思葭菼際，寥落楚人行〔一〕。高鳥長淮水，平蕪故郢城〔二〕。使車聽雉乳，縣鼓應鷄鳴〔三〕。若見州從事，無嫌手板迎〔四〕。

方城，古楚地。《左傳·僖公四年》載："屈完對齊桓公曰：楚國方城以爲城，漢水以爲池。"《元和郡縣志》："山南道唐州方城縣（即今河南省方城縣治），方城山在縣東五十里。"明府，此指方城令，唐人稱縣令爲明府。詩寫送韋明府赴方城，前半陳景物古跡；後半敦勉，結語闊達；不持高論。

〔一〕葭菼（tǎn）：葭，初生蘆葦；菼，初生荻，似葦而小。寥落：孤寂貌。

楚人：指韋明府。

〔二〕高鳥：高飛之鳥。《史記·淮陰侯傳》："上令武士縛信載後車。信曰：'高鳥盡，良弓藏。'"淮水：源出河南桐柏山，東流經安徽、江蘇入洪澤湖。平蕪：平曠的草地。郢城：遺趾在今湖北江陵西北。春秋時楚文王建都於此。二句既寫楚地景物，兼懷楚地舊事。

〔三〕使車：公使之車。此指韋明府。聽雉乳：據《後漢書·魯恭傳》，恭爲中牟令，郡國蟲災傷禾，獨不入中牟。河南尹袁安不信，即遣郡吏肥親查。肥至中牟，恭親陪肥至田查看，憩於桑下。有童在旁，適有一雉落止。"親曰：'兒何不捕之？'兒言：'雉方將雛。'"肥聞言大驚，始信魯恭政績，並起曰："今蟲不犯禁，此一異也；化及鳥獸，此二異也；豎子有仁心，此三異也。"縣鼓句：喻受民擁戴。《晉書·良吏傳》：鄧攸刑政清明，百姓歡悦，後去職，百姓數千人留鄧攸船，不得進。攸乃小停，夜中發去。吴人歌之曰："紞如打五鼓，鷄鳴天欲曙。鄧侯挽不留，謝令推不去。"二句以魯恭、鄧攸爲例，敦勉韋明府以德政化民，争取赢得人民的信賴。

〔四〕州從事：州刺史的輔佐官。據《續漢志》，每州刺史皆有從事史。手板：古時記事之具，後持手板成爲表示尊敬上級的一種儀節。縣令見州從事亦須持手板。《周禮·天官·序官》賈公彦疏："古有簡策以記事，若在君前以笏記事，後代用簿，簿今平板。"二句謂倘與州從事相見，不要嫌其地位卑微而恥以手板送迎。

送沈子福歸江東

楊柳渡頭行客稀，罟師蕩槳向臨圻〔一〕。惟有相思似春色，江南江北送君歸〔二〕。

沈子福,未詳。江東,長江自九江以下東南流,此指其下游地區,即吴郡、揚州、建業等地。詩結語入妙,表示思念之情,將一直伴其歸鄉。

〔一〕罟(gǔ)師:漁父。此指船夫。臨圻(qí):舊注謂臨近曲岸。高步瀛云:"此詩臨圻,當是地名,故云'向'。"(《唐宋詩舉要》)地當在江蘇江陰一帶。

〔二〕惟有二句:言只有悠長的相思之情,像春光遍緑江北江南一樣,一直送你回歸江東。

贈李頎

聞君餌丹砂,甚有好顏色〔一〕。不知從今去,幾時生羽翼〔二〕。王母翳華芝,望爾崑崙側〔三〕。文螭從赤豹,萬里方一息〔四〕。悲哉世上人,甘此羶腥食〔五〕。

李頎,東川(今四川會澤縣)人,開元二十三年進士,官新鄉尉。長期不得升遷,即棄官歸隱,好服丹砂。工七言歌行及律詩,詩風俊邁。與王維、王昌齡等人友善。王維此贈立意新穎,具有浪漫色采。

〔一〕餌:食。丹砂:硃砂。二句謂聽説您服用硃砂,面色變得極好。

〔二〕生羽翼:道教傳説服藥煉丹能使人飛昇成仙,亦稱羽化。魏文帝《折楊柳行》:"服藥四五日,身輕生羽翼。"

〔三〕王母:西王母。神話傳説中的女神。《穆天子傳》:"吉日甲子,天子賓於西王母。"注:"西王母如人,虎齒,蓬髮,戴勝,善嘯。"翳(yì役):遮蔽。華芝:車蓋。揚雄《甘泉賦》:"迺登夫鳳凰兮而翳華芝。"李善注:"華芝,蓋也。"崑崙:即崑崙山。相傳西王母率諸仙集居于此。二句言西王母乘華芝蓋車,正在崑崙之側等你。

〔四〕文螭(chī):有花紋的螭龍。《楚辭·山鬼》:"乘赤豹兮從文螭。"《説文》:螭,若龍而黄,或云無角爲螭。二句謂成仙後即可乘文螭、從赤豹,瞬間萬里。

〔五〕羶(shān):羊腥味。二句謂可悲的世人却以吃羶食腥爲滿足,以此反襯李頎的高潔。

與盧員外象過崔處士興宗林亭

緑樹重陰蓋四鄰,青苔日厚自無塵〔一〕。科頭箕踞長松下,白眼看他世上人〔二〕。

盧象在張九齡當政時任司勛員外郎,是當時著名詩人。崔興宗是王維的内弟,當時隱居未仕。二人均與王維友善。此詩贊頌崔興宗的隱逸生活和不合流俗的品格。詩或作于開元二十四年十一月張九齡罷相前,此後盧象也遭貶官。

〔一〕重陰:濃蔭。蓋:遮蓋。二句寫崔興宗林亭景色,林蔭寬廣,青苔深厚,不染塵埃。

〔二〕科頭:不帶帽子,露出髮結。箕踞:伸開兩脚而坐,形如箕。《莊子·至樂》:"莊子妻死,惠子吊之,莊子則方箕踞鼓盆而歌。"白眼:白眼看人,表輕視。據《世説新語·簡傲》注引《晉百官名》、《晉書·阮籍傳》,阮籍不拘禮教,能作青白眼,見禮俗之士,以白眼對之。二句描繪崔興宗不拘禮法的放達形象,宛然如畫。

和太常韋主簿五郎温湯寓目

漢主離宫接露臺，秦川一半夕陽開〔一〕。青山盡是朱旗繞，碧澗翻從玉殿來〔二〕。新豐樹裹行人度，小苑城邊獵騎迴〔三〕。聞道甘泉能獻賦，懸知獨有子雲才〔四〕。

《唐書・百官志》："太常寺有主簿二人，從七品上。"韋主簿，名未詳。温湯，即温泉。《雍州圖》："温湯在新豐縣界温谷。"《長安志》："温湯在臨潼縣南一百五十步，驪山之西北。"又《十道志》："今按泉有三所，其一處即皇堂石井，周武帝天和四年，大冢宰宇文護所造。隋文帝開皇三年，又修屋宇，列樹松百千餘株。貞觀十八年，詔左屯衛大將軍姜行本、將作少匠閻立德營建宫殿御湯，名湯泉宫。……咸亨二年，名温泉宫。天寶六載，改爲華清宫。驪山上下，益治湯井爲池。臺殿環列山谷。明皇歲幸焉。"明楊慎曰："予嘗愛王維《温泉寓目贈韋五郎》詩。夫唐至天寶，宫室盛矣。秦川八百里而夕陽一半開，則四百里之内皆離宫矣。此言可謂肆而隱。奢麗若此，而猶以漢文惜露臺之費比之，可謂反而諷。末句欲韋郎效子雲之賦，則其諷諫可知也。"(《升庵詩話》)按唐開元中國力很强，詩人對長安繁榮基本上持歌頌態度，但詩反映了玄宗的享樂，並希望韋主簿能像揚雄一樣獻《甘泉賦》，自有一定的諫諍意義。又王夫之云："題云温泉寓目，固有規諷，通篇皆含此旨，故首以漢主二字隱之，乃使淺人不覺。"(《唐詩評選》)

〔一〕離宫：天子出游時居住的别宫。露臺：露天臺榭。漢文帝時擬作露臺，後因須費中人十家之産而罷。至武帝時，則廣建樓閣臺榭。據《三輔黄圖》等書記載，武帝時曾築柏梁、通天等臺。秦川：泛指陝西、甘肅秦嶺以北平原地帶，因春秋戰國時屬秦國得名。二句借漢諷唐。極言離宮露臺奢麗宏偉,綿亘鈎連,致使陽光只能映照八百里秦川的一半。白居易《聽歌》:"長愛夫憐第二句,請君重唱夕陽開。"自注:"謂王右丞辭'秦川一半夕陽開',此句尤佳。"

〔二〕翻從:反從。二句寫葱翠山巒爲天子出行的朱旗環繞,清澈的澗水反從玉殿高處流下。

〔三〕新豐:漢縣名,故治陝西臨潼東北。漢高祖定都關中,因太公思歸故里,乃於故秦驪邑仿豐地街巷築城,並遷故舊居此,改名新豐。小苑:即芙蓉小苑,芙蓉園。唐又稱南苑,在曲江西南。玄宗於開元二十年從大明宫築夾城複道經興慶宫達芙蓉園,常與貴妃遊宴於此。杜甫《秋興》之六:"花萼夾城通御氣,芙蓉小苑入邊愁。"二句寫皇家獵騎正從小苑夾城歸來,來往行人只能從新豐林中經過。以上四句言唐玄宗安于享樂。

〔四〕甘泉:漢甘泉宫。在陝西淳化縣西北甘泉山。獻賦:《漢書·揚雄傳》:"孝成帝時,客有薦雄文似相如者。上方郊祠甘泉泰畤、汾陰后土以求繼嗣,召雄待詔承明之庭。正月,從上甘泉還,奏《甘泉賦》以諷。"懸知:料知。子雲:揚雄字子雲。二句希望韋主簿對此有所諷諫。

送李判官赴江東

聞道皇華使〔一〕,方隨皂蓋臣〔二〕。封章通左語,冠冕化文身〔三〕。樹色分揚子,潮聲滿富春〔四〕。遥知辨璧吏,恩到泣珠人〔五〕。

雖是一般送别詩,却寫得筆力嚴整,氣象不凡。特别是頸聯概括吴越,景色動人。其通篇對仗,在王維詩中也别具一格。李判官,名未詳。

判官,唐代節度、觀察、團練、防禦諸使,各有判官一人,主判倉、兵、騎、胄四曹事。江東,指長江以東地區。

〔一〕皇華使:對使臣的頌語。《詩經·小雅》有《皇皇者華》,杜預《左傳》注:"皇皇者華,君遣使臣之詩也。"後人即以皇華使稱使臣。

〔二〕皂蓋:青色車蓋。《後漢書·輿服志》:"中二千石、二千石皆皂蓋朱兩幡。"此"皂蓋臣"似指江南東道節度使。

〔三〕封章:即封事。古代臣下上書奏事,防有泄漏,用袋封緘,稱爲封事。左語:指少數民族語言。揚雄《蜀紀》:"蜀之先代人民,椎結左語,不曉文字。"冠冕:穿着朝服。文身:古代少數民族盛行的風俗,在人身上畫飾花紋、圖案。《禮記》:"東方曰夷,被髮文身,有不火食者矣。"孔穎達《正義》云:"文身者,謂以丹青文飾其身。"二句謂判官通曉江東方言,便于奏陳,同時望其以中原的禮教來教化當地文身的陋習。

〔四〕揚:揚子江。此指長江下游。《方輿勝覽》:"揚子江在真州揚子縣南,與鎮江分界。"《一統志》:"揚子江在揚州府儀真縣南,經通泰二州入于海。"富春:富春江。《一統志》:"富春江在杭州富陽縣南,即浙江之上游。"二句寫長江下游景色,上句指吴,下句指越,藝術概括力極強。

〔五〕辨璧吏:指能分辨冤獄的官吏。《史記·張儀傳》:"楚相亡璧,門下意張儀,……掠笞數百,不服,醳(釋)之。"駱賓王《獄中書情》:"絶縑非易辨,疑璧果難裁。"泣珠人:《搜神記》:"南河之外有鮫人,水居如魚,不廢織績,其眼泣則能出珠。"此指海邊居民。二句係稱頌語,言李判官此行定能施恩于沿海百姓。

送趙都督赴代州得青字

天官動將星,漢地柳條青〔一〕。萬里鳴刁斗,三軍出井陘〔二〕。忘身辭鳳闕，報國取龍庭〔三〕。豈學書生輩，窗間老一經〔四〕。

趙都督，未詳何人。《唐書·百官志》載："大都督府都督一人，從二品。中都督府都督一人，正三品。下都督府都督一人，從三品。掌督諸州兵馬甲械，城隍、鎮戍、粮廩，總判府事。"代州，雁門郡，中都督府，隶河東道。治所在今山西省代縣。得青字，古時幾人一同作詩，常分拈詩韻，各人按所得韻作詩。詩人得青字，故云。詩對仗精工，風格俊逸，表示出詩人自己也有立功邊陲之志。當作于開元二十二年入仕之後、出塞之前。

〔一〕天官：古人認爲天文亦有官，如人之官曹列位，因稱天官。《史記·天官書》《索隱》曰："按天文有五官，官者星官也。星座有尊卑，若人之官曹列位，故曰'天官'。"將星：《隋書·天文志》"天將軍十二星，在婁北，主武兵。中央大星，天之大將也。"漢地：代州在楚漢相争時屬漢地，故云。二句寫趙都督赴代州，上應天象，下得春時。

〔二〕刁斗：古代軍中用器。《史記·李廣傳》："不擊刁斗以自衛。"孟康注曰："刁斗以銅作鐎器，受一斗，晝炊飯食，夜擊持行，名曰刁斗。"井陘：今河北井陘縣古關口，地處太行，四面高，中央下似井，故名井陘。《唐書·地理志》云："鎮州常山郡獲鹿縣有故井陘關。"即韓信破趙之地。二句寫大將出軍的壯觀。以刁斗對井陘也較工巧。

〔三〕句本楊炯《從軍行》："牙璋辭鳳闕，鐵騎繞龍城。"鳳闕：指朝廷。《史記·武帝本紀》："于是作建章宫……其東有鳳闕，高二十餘丈。"《索隱》引《三輔故事》："上有銅鳳凰，故曰鳳闕也。"龍庭：單于祭天地處，即其根據地。班固《封燕然山銘》："躡冒頓之區落，焚老上之龍庭。"龍庭的具體地點則常有變化。二句寫趙都督自許以身報國。

〔四〕豈學二句：稱頌趙都督投筆從戎，不學書生白首窮經，老死窗下。這實際也是詩人的自我表白。

别弟縉後登青龍寺望藍田山

陌上新别離，蒼茫四郊晦〔一〕。登高不見君，故山復雲外〔二〕。遠樹蔽行人，長天隱秋塞〔三〕。心悲宦游子，何處飛征蓋〔四〕？

王縉曾中特科，早年事跡不詳，當曾出塞。此詩係王維出仕後，送縉北去時作。除"故山復雲外"追憶兄弟隱居藍田外，其餘均爲送别情景。青龍寺在長安南門之東，張禮《游城南紀》："青龍寺北枕高原，前對南山，爲登眺之絶勝。"

〔一〕陌：郊野小道。晦：暗。二句寫和王縉才分手，郊野已暮色四合。

〔二〕君：指王縉。故山：即題中之"藍田山"。二句寫登上青龍寺極目遠眺，已不見北去的行人，回望故山也在雲層之外。

〔三〕遠樹二句：寫遠樹遮住了行人的去向，長天又隱没了兄弟要去的秋風中的關塞。

〔四〕宦游子：外出做官者。陸機《贈從兄車騎詩》："翩翩游宦子，辛苦誰爲心。"征蓋：行車篷。陶淵明《詠荆軻》："飛蓋入秦庭。"二句謂爲弟四處奔波，行踪無定而感到悲傷。

寄荆州張丞相

所思竟何在，悵望深荆門〔一〕。舉世無相識，終身思舊恩〔二〕。方將與農圃，藝植老邱園〔三〕。目盡南飛鳥，何由寄一言〔四〕。

張丞相即張九齡。開元二十五年，御史周子諒上諫被杖死，張九齡因引薦周子諒，爲李林甫所讒，貶荆州長史（見《舊唐書》本傳）。王維不久亦以監察御史外調，參河西節度使崔希逸幕府，詩當作于此時。詩中感張九齡爲知己，並表示也將歸老邱園，但事實上王維並未再度歸隱。

〔一〕荆門：此指荆州。《荆州記》云："郡西泝江六十里，南岸有山，名曰荆門……然唐人多呼荆州爲荆門，文人稱謂如此，不僅指荆門一山矣。"句本劉孝綽《櫂歌行》："所思竟何在，相望徒盈盈。"

〔二〕舊恩：指開元二十二年張九齡爲中書令時，擢王維爲右拾遺。二句寫己不爲世人所識，惟對你的提拔之恩終生難忘。

〔三〕圃：專種蔬菜花果者。邱園：即田園。邱同"丘"。二句謂己亦將終老田園。

〔四〕飛鳥：一作"飛雁"。古人相傳魚雁皆能傳書。詩人目盡飛雁而無語可寄，自有其難言之隱，其深意自在言外。

送魏郡李太守赴任

與君伯氏別，又欲與君離〔一〕。君行無幾日，當復隔山陂〔二〕。蒼茫秦川盡，日落桃林塞〔三〕。獨樹臨關門，黄河向天外〔四〕。前經洛陽陌，宛路故人稀〔五〕。故人離別盡，淇上轉騤騑〔六〕。企予悲送遠，惆悵睢陽路〔七〕。古木官渡平，秋城鄴宫故〔八〕。想君行縣日，其出從如雲〔九〕。

遥想魏公子,復憶李將軍〔一〇〕。

魏郡李太守,李峴。劉眴《舊唐書·李峘傳》:"楊國忠秉政,郎官不附己者悉出于外。李峘自考功郎中出爲睢陽太守,尋而弟峴出爲魏郡太守,兄弟夾河典郡,皆以理行稱。"此詩"與君伯氏别,又欲與君離"當指峘、峴兄弟。詩云"故人離别盡",可知不附楊國忠者皆爲其所擯。魏郡於天寶元年已改名鄴郡,此係沿用舊名。

〔一〕伯氏:指李峴長兄李峘。君:指李峴。二句謂剛送别峴的長兄,現在又要與峴告别。

〔二〕隔山陂(bēi):爲山陂所隔。《古詩十九首》:"悠悠隔山陂。"二句是謂君行不要多久,我們又要爲山川所隔了。

〔三〕秦川:見前《和太常韋主簿五郎温湯寓目》注〔一〕。桃林塞:又稱桃林、桃園,其地約當今河南靈寶縣以西、陝西潼關縣以東地區。

〔四〕關:指潼關。當時其旁當有一棵古木。以上四句描寫秦川黄河日落時的雄渾景色。

〔五〕洛陽陌:洛陽道。宛路,指去南陽的路。宛,宛縣,地在今河南南陽縣。二句謂一出潼關,踏上去洛陽及鄴城的道路,故人就越來越少了。

〔六〕淇上:淇水上。淇水源出河南林縣臨淇鎮,流經淇陽、湯陰至淇縣入衛河。驂騑:駕車轅馬傍的馬統稱驂騑。此指車駕。二句謂故人已離我而去,而您此行又要在淇水轉車向北遠行。

〔七〕企:舉踵而望。惆悵:失意哀傷貌。睢陽:即睢陽郡。春秋時宋地,與東周洛陽接壤。杜佑《通典》:"洛陽郡東至彭城郡西界二百十里,西南到睢陽郡二百八十里。"故城在今河南商丘南。二句謂爾兄李峴如望見我們遠别相送,在睢陽也會哀傷的。

〔八〕官渡:水名。李賢《後漢書·獻帝紀》注:"裴松之《北征記》曰:'中牟臺下臨汴水,是爲官渡。袁紹、曹操壘尚存焉。'"在今鄭州中牟縣北。鄴:古都邑北城,曹魏因舊城增築建都,在今河北臨漳西南鄴鎮。鄴宫泛指鄴城宫殿。二句謂李峴到鄴城後,所見古木官渡已一片平蕪,秋天的鄴宫也已破敗不堪。

〔九〕行縣:指上級官吏巡行所治各縣。從:僕從,隨員。《詩·齊風·敝笱》:"齊子歸止,其從如雲。"毛傳:"如雲,言盛也。"二句想像李峴巡行屬縣時的情景。

〔一〇〕魏公子:指魏文帝曹丕。曹子建《公燕詩》:"公子敬愛客,終宴不知疲。"李將軍:指李典。典功烈逾人。《三國志·魏志·李典傳》:"從圍鄴,鄴定。與樂進圍高幹于壺關,擊管承于長廣,皆破之。遷捕虜將軍,典宗族部曲三千餘家,居乘氏,自請願徙詣魏郡。太祖笑曰:'卿欲慕耿純耶?'典謝曰:'典駑怯功微,而爵寵過厚,誠宜舉宗陳力,加以征伐未息,宜實郊遂之内,以制四方,非慕純也。'遂徙部曲宗族萬三千餘口居鄴。太祖嘉之,遷破虜將軍。"二句謂其行縣之時,或思魏公子之風流,或憶李將軍之義烈,贊美李峴尚友古人。

奉寄韋太守陟

荒城自蕭索,萬里山河空〔一〕。天高秋日迥,嘹唳聞歸鴻〔二〕。寒塘映衰草,高館落疏桐〔三〕。臨此歲方晏,顧景詠《悲翁》〔四〕。故人不可見,寂寞平林東〔五〕。

《舊唐書·韋陟傳》:"陟字殷卿,代爲關中著姓,人物衣冠,奕世榮盛。……開元初,丁父憂,居喪過禮。……于時才名之士王維、崔顥、盧象等,常與陟唱和遊處。……後爲禮部侍郎。……李林甫忌之,出爲襄陽太守。"時在天寶二年。王維深爲懷念,因作詩相贈。此詩全從韋陟一邊落筆,懷念之情愈深。結語點出韋陟所在之地及寂寞之情,是全詩要旨。

〔一〕荒城：指襄陽郡城。蕭索：蕭條索漠。空：空曠明净。二句擬寫韋陟所在地襄陽的深秋景色。

〔二〕迥：遠。嘹唳：鴻雁鳴聲。二句寫日遠雁叫，以襯托人物的思歸之情。

〔三〕寒塘二句：寫寒塘衰草，高館落桐，景象凄清。

〔四〕歲方晏：一年將盡。顧：看。《悲翁》：《樂府詩集》卷一六鼓吹曲辭漢鐃歌十八曲中有《思悲翁》曲。此借其名字表達老人自悲之意。沈烱《長安少年行》："杖策尋遺老，歌嘯詠《悲翁》。"二句謂陟於一年將盡之時環顧這四周的光景，該會吟詠《悲翁》曲來排憂遣傷吧。

〔五〕故人：昔日的朋友。平林：在襄陽西，西漢末王常於此起兵，號平林兵。平林東即指韋陟任職之地襄陽。

觀　　獵

風動角弓鳴，將軍獵渭城〔一〕。草枯鷹眼疾，雪盡馬蹄輕〔二〕。忽過新豐市〔三〕，還歸細柳營〔四〕。回看射鵰處，千里暮雲平〔五〕。

開元二十五年秋，王維作爲監察御史出使塞上。此詩當作於入崔希逸幕府時。明胡應麟云："右丞五言，工澹閒麗，自有二派：'楚塞三江接'、'風動角弓鳴'、'楊子談經處'等篇綺麗精工，沈宋合調者也；'寒山轉蒼翠'、'一從歸白社'、'寂寞掩柴扉'、'晚年惟好静'等篇幽閒古淡，儲、孟同聲也。"(《詩藪》)清方東樹《昭昧詹言》卷二十一："起手貴突兀，王右丞'風動角弓鳴',杜工部'莽莽萬重山'、'帶甲滿天地',岑嘉州'送客飛鳥外'等篇,直如高山墜石,不知其來,令人驚絶。"

〔一〕角弓:用牛角裝飾的硬弓。《詩經·角弓》毛傳:"角弓以角飾弓也。"此句逆起得勢,意謂角弓發射引起風動,發出鳴響。渭城:秦時咸陽城,漢改名渭城。在今西安市西北,渭水之北。

〔二〕鷹:獵鷹。疾:鋭利,敏捷。盡:消失。輕:輕快,勁捷。

〔三〕新豐:新豐縣。見前《和太常韋主簿五郎温湯寓目》注〔三〕。市:集市。

〔四〕細柳營:漢代名將周亞夫屯軍之地,在今陝西省長安縣。《漢書·文帝紀》:"後六年,周亞夫爲將軍,次細柳。"

〔五〕鵰:鷙鳥名,其飛極速,不易射中。古稱神射者爲"射鵰手"。《史記·李將軍傳》:"此匈奴射鵰手也。"二句描寫將軍飛馬射鵰,氣度安閑。

少年行四首(選三)

新豐美酒斗十千〔一〕,咸陽遊俠多少年〔二〕。相逢意氣爲君飲〔三〕,繫馬高樓垂柳邊〔四〕。

《樂府詩集》卷六十六録此詩于"雜曲歌辭"《結客少年場行》後,並引《樂府解題》:"《結客少年場行》言輕生重義,慷慨以主功名也。"王維此詩言少年任俠殺敵報國,似出塞時作。原詩四首,今選三首。第一首寫遊俠少年意氣相投,縱情豪飲;第二首寫慷慨出塞,以身許國;第三首寫馳騁敵陣,身手不凡。

〔一〕新豐:古代美酒産地。見前《和太常韋主簿五郎温湯寓目》注

〔三〕。斗十千：極言酒價昂貴。曹植《名都篇》："歸來宴平樂，美酒斗十千。"

〔二〕咸陽：此指長安。

〔三〕意氣：指使意任氣。君：游俠間互指。

〔四〕高樓：指酒樓。

出身仕漢羽林郎，初隨驃騎戰漁陽〔一〕。孰知不向邊庭死，縱死猶聞俠骨香〔二〕。

〔一〕仕漢：爲官漢廷。此以漢代唐。羽林郎：即御林軍，其出身多爲游俠兒。《後漢書・百官志》："羽林郎比三百石，無員，掌宿衛侍從。"驃騎：指漢代名將霍去病，武帝元狩二年爲驃騎將軍。漁陽：在漁水之陽，屬幽州，即今天津市薊縣。此代指邊塞。

〔二〕孰知：豈知。死：趙本作"苦"。其注"苦，一作死"，今從之。俠骨香：張華《博陵王宫俠曲》："生從命子遊，死聞俠骨香。"二句謂不料未戰死邊庭，不然亦可流芳百世。

一身能擘兩彫弧，虜騎千重只似無〔一〕。偏坐金鞍調白羽，紛紛射殺五單于〔二〕。

〔一〕擘(bò)：張開，古時以手張弓曰"擘張"，以脚張弓曰"蹶張"。彫弧：雕弓，飾有雕畫的良弓。虜騎：匈奴的戰馬。二句寫游俠少年驍勇異常，出入敵陣如入無人之境。

〔二〕白羽：指飾有白色羽毛的箭。五單于：指匈奴王。《漢書・宣帝紀》："匈奴虚閭權渠單于病死，右賢王屠耆堂代立，骨肉大臣立虚閭權渠之子爲呼韓邪單于，擊殺右賢王屠耆堂，諸王並自立，分爲五單于,更相攻擊,死者以萬數。"五單于名原于此,此係泛指。二句寫游俠少年飛馬調箭,中者紛紛落馬。

涼州郊外游望

野老纔三户,邊村少四鄰〔一〕。婆娑依里社,簫鼓賽田神〔二〕。灑酒澆芻狗〔三〕,焚香拜木人〔四〕。女巫紛屢舞,羅襪自生塵〔五〕。

此詩作于開元二十五年。王維以監察御史身份出參河西節度崔希逸幕府,直到涼州地區。由于崔希逸在保衛河西走廊的戰鬭中取勝,王維頗受鼓舞。到達涼州後,塞外風光與民俗給他以全新的感受。此詩寫涼州祭賽巫風頗生動,反映出邊州的安定。

〔一〕三户:本古諺"楚雖三户,亡秦必楚",表示户口甚少。二句寫涼川郊外農户不多,邊塞地區村與村也離得很遠。

〔二〕婆娑:翩然起舞貌。《詩·陳風·東門之枌》:"子仲之子,婆娑其下。"毛傳:"婆娑,舞也。"里社:古代鄉里祭祀土地神之處。社内多大神樹。賽田神:《史記·封禪書》:"冬賽禱祀。"《索隱》:"賽,謂報神福也。"此言報謝田神。二句寫女巫在社樹下婆娑起舞,吹簫擊鼓向田神報謝。

〔三〕芻(chú)狗:結草爲狗以謝過求福,供社祀之用。《老子》:"天地不仁,以萬物爲芻狗;聖人不仁,以百姓爲芻狗。"

〔四〕木人:即木偶,木刻神像。

〔五〕紛屢舞:謂衆人多次起舞。生塵:曹植《洛神賦》:"凌波微步,羅襪生塵。"二句謂女巫一個個接連起舞,脚下羅襪揚起陣陣塵霧。

使至塞上

單車欲問邊,屬國過居延〔一〕。征蓬出漢塞,歸雁入胡天〔二〕。大漠孤烟直,長河落日圓〔三〕。蕭關逢候騎,都護在燕然〔四〕。

開元二十五年王維入河西節度使崔希逸幕府,時崔方勝吐蕃,自涼州南入青海西部。王維奉王命監軍過居延,寫下此詩。其中"大漠"二句集中概括了大漠一望無垠的景色。王夫之認爲"因景因情,自然靈妙"(《薑齋詩話》)。

〔一〕單車:獨身前往。《李陵答蘇武書》:"足下昔以單車之使,適萬乘之虜。"問邊:到邊塞去慰勞。屬國:漢代稱存其國號、不改其俗而歸附朝廷的少數民族王國爲屬國。居延:漢屬國之一,在張掖縣東北一百六十里,玉門關外,鄰大漠。《後漢書·郡國志》:"張掖居延屬國。"二句謂單車赴邊慰問,途經屬國居延。

〔二〕征蓬:形容行旅飄泊。胡天:指西北方少數民族地區。二句以飛蓬歸雁爲喻,言已已深入邊地。

〔三〕大漠:浩瀚無垠的沙漠地帶。孤烟直:《埤雅》:"古之烽火,用狼糞,取其烟,直而聚。"趙殿成注:"親見此景者,始知'直'字之佳。"長河:黄河。二句寫邊塞所見之景,氣象雄渾闊大。

〔四〕蕭關:一名古隴山關,在今甘肅平涼縣境,爲古代邊境要塞。候騎:巡邏偵察的騎兵。何遜《見征人分别詩》:"候騎出蕭關,追兵赴馬邑。"都護:唐置燕然大都護府,此指河西節度使崔希逸。燕然:山名,即杭愛山,東漢大將軍竇憲曾追匈奴至此,勒石紀功而還。二句意謂在蕭關遇見偵騎,纔知統帥已乘勝到了燕然山。此借竇憲故事言崔希逸已追敵至青海之西。結語挺拔,聞捷欣喜全在不言之中,足以振起全篇。

出 塞 作

居延城外獵天驕,白草連天野火燒〔一〕。暮雲空磧時驅馬,秋日平原好射雕〔二〕。護羌校尉朝乘障〔三〕,破虜將軍夜渡遼〔四〕。玉靶角弓珠勒馬,漢家將賜霍嫖姚〔五〕。

原注:時爲御史,監察塞上作。方東樹云:"前四句目驗天驕之盛,後四句侈陳中國之武,寫得興高采烈,如火如錦。"(《昭昧詹言》)按詩寫得無輕敵之意而有鼓舞將士之心。

〔一〕居延:見《使至塞上》注〔一〕。《漢書·地理志》師古注:"武帝使伏波將軍路博德築遮虜障於居延城。"可知居延城外即匈奴之地。獵天驕:天驕,匈奴自稱。見《燕支行》注〔二〕。獵天驕指匈奴在城外打獵示威。野火燒:指圍獵時用火燒草驅趕野獸。

〔二〕空磧(qì):杳無人煙的大沙漠。磧,沙漠。射雕:見《觀獵》注〔五〕。雕,鷹鵰。

〔三〕護羌校尉:防護西羌的武官。《後漢書·光武紀》注引《漢官儀》:"護羌校尉,武帝置。秩比二千石,持節以護西羌。"羌,古對西域少數民族的統稱。乘:登。障:塞上險要之處别築之城。

〔四〕破虜將軍:漢代將軍的一種稱號。《三國志·吴志·孫堅傳》:"(袁)術表堅行破虜將軍。"夜渡遼:此泛指渡水夜襲。遼,遼水,在遼東一帶。

〔五〕玉靶:玉飾轡頭。珠勒馬:珠飾馬絡頭。霍嫖(piáo)姚:指漢驃騎將軍霍去病。《史記·霍去病傳》:"霍去病年十八爲侍中,善騎射。再從大將軍。大將軍受詔,予壯士爲剽姚校尉。"據《漢書》師古注,"票姚,勁疾之貌也"。

送韋評事

欲逐將軍取右賢〔一〕,沙場走馬向居延〔二〕。遥知漢使蕭關外,愁見孤城落日邊〔三〕。

此詩當作于王維出塞時。韋評事,名未詳,似亦崔希逸幕府中人。評事,大理寺屬官。《唐書·百官志》:"大理寺有評事八人,從八品下。"

〔一〕逐:追隨。右賢:漢代匈奴有左、右賢王。《史記·匈奴傳》:"漢以衛青爲大將軍,……出朔方高闕擊胡。右賢王以爲漢兵不能至,飲酒醉。漢兵出塞六七百里,夜圍右賢王,右賢王大驚,脱身逃走。"此泛指匈奴首領。

〔二〕居延:見《使至塞上》注〔一〕。

〔三〕蕭關:見《使至塞上》注〔四〕。孤城:當指居延。

送宇文三赴河西充行軍司馬

横吹雜繁笳,邊風捲塞沙〔一〕。還聞田司馬,更逐李輕車〔二〕。蒲類成秦地,莎車屬漢家〔三〕。當令犬戎國,朝聘學昆邪〔四〕。

宇文三,名未詳。王維又有《送宇文太守赴宣城》詩,未知是否一人。河西,唐有河西道,治所涼州(今甘肅武威縣)。《舊唐書·地理志》:"河西節度使斷羌胡,統赤水、大斗、建康、寧寇、玉門、墨離、豆盧、新泉等八軍,張掖、白亭、交城三守捉。"行軍司馬,《唐書·百官志》:"節度使有行軍司馬一人,掌弼戎政。"唐代國威曾遠達安西四鎮,但又與吐蕃多次争奪河西走廊。由於事關重大,此詩寄厚望于當時河西節度使和行軍司馬宇文三。

〔一〕橫吹:軍中樂,有短笛、角等。笳:古管樂器,流行於西域一帶。二句寫邊地音樂和自然風光,充滿異域情調。

〔二〕田司馬:田廣明。《漢書·田廣明傳》云:"田廣明以郎爲天水司馬。"此指宇文三。李輕車:指李蔡,李廣從弟。《漢書·李廣傳》:"初廣與從弟李蔡俱爲郎,事文帝。景帝時蔡積功至二千石。武帝元朔中爲輕車將軍。"此指河西節度使。二句謂聽説宇文三以行軍司馬身份,更隨河西節度使出塞。

〔三〕蒲類:國名。《漢書·西域傳》:"蒲類國王治天山西疏榆谷。去長安八千三百六十里,西南至都護治所千三百八十七里。"又爲海名。《後漢書·班固傳》:"戰于蒲類海。"李賢注:"蒲類,匈奴中海名,在燉煌北也。"此當指國名。莎車:國名。《後漢書·西域傳》:"莎車國西經蒲犂、無雷至大月氏,東去洛陽萬九百五十里。"二句言盛唐國力強大,疆域遼闊。

〔四〕犬戎:古西戎别名,此指吐蕃。朝聘:朝見聘問。昆邪:匈奴王名。《漢書·匈奴傳》:"昆邪休屠王謀降漢,漢使驃騎將軍迎之,昆邪王殺休屠王,並將其衆降漢。"二句係勉勵語,意謂此番赴邊,定能建功樹勳,讓吐蕃像昆邪那樣前來歸降。

送平淡然判官

不識陽關路,新從定遠侯〔一〕。黄雲斷春色,畫角起邊愁〔二〕。瀚海經年到,交河出塞流〔三〕。須令外國使,知飲月支頭〔四〕。

平淡然,未詳。判官,《新唐書·百官志》:"節度使、觀察使皆有判官。"此詩描寫邊塞景色,氣氛蒼涼,音節鏗鏘。

〔一〕陽關:《漢書·地理志》:"敦煌郡龍勒有陽關、玉門關。"因居玉門之南,故稱陽關。在今燉煌縣西南四百三十里。古爲通往西域的要道。定遠侯:即漢使班超。《後漢書·班超傳》:"故使軍司馬班超安集于寘以西,超遂踰葱嶺迄縣度,出入二十年,莫不賓從,……其封超爲定遠侯,邑千户。"二句點題,寫平淡然新從節度使出邊任職。

〔二〕黄雲:邊地風沙蔽天,黄色如雲。畫角:古代軍中所用號角。二句寫邊地黄沙入雲,難見春色;邊角悲涼,易生鄉愁。

〔三〕瀚海:大沙漠。到:趙本作别,今據顧本、《文苑英華》等改。交河:發源于天山,流經交河城下,因以得名。《漢書·西域傳》:"車師前王國治交河城,河水分流繞城下,故號交河",在今新疆吐魯番地區。二句謂絶域遼闊,人跡難到。

〔四〕月支:見《燕支行》注〔一二〕。二句勸勉平淡然加强邊防,遠揚國威。

送劉司直赴安西

絶域陽關道,胡烟與塞塵〔一〕。三春時有雁,萬里少行人〔二〕。苜蓿隨天馬,蒲桃逐漢臣〔三〕。當令外國懼,不敢覓和親〔四〕。

劉司直,未詳。司直,《舊唐書·職官志》:"大理寺司直六人,從六品,掌出使推覆。"安西,指安西都護府,治所在龜茲,即今新疆庫車地區。杜佑《通典》:"安西都護府,本龜茲國也,大唐顯慶中置。東接焉耆,西連疏勒,南鄰吐蕃,北距突厥。"安西都護府所轄之境遠達天山以西的碎葉。詩寫絶域路遥、景色荒涼,以及勉劉與鄰國交往,宣揚國威。

〔一〕絶域:泛指邊塞極遠之地。《漢書·陳湯傳》:"討絶域不羈之君,係萬里難制之虜。"陽關:見《送平淡然判官》注〔一〕。二句極言出使路途的遥遠、空曠和荒寂。

〔二〕三春:春季三月。阮籍《詠懷》詩:"願爲三春游。"二句寫塞外之春雁罕至,萬里行程人少到。前句意近"春風不渡玉門關",後句頗類"西出陽關無故人"。

〔三〕苜蓿:馬飼料。《史記·大宛傳》:"大宛左右以蒲桃爲酒。……俗嗜酒,馬嗜苜蓿。漢使取其實來,于是天子始種苜蓿、蒲桃肥饒地。及天馬多,外國使來衆,則離宫别館旁盡種蒲桃、苜蓿極望。"天馬:初指烏孫馬,後指大宛汗血馬。《史記·大宛傳》:"初天子發《書》《易》云,神馬當從西北來。得烏孫馬好,名曰天馬。及得大宛汗血馬,益壯,更名烏孫馬曰西極,名大宛馬曰天馬云。"又《漢書音義》:"大宛國有高山,其上有馬不可得,因取五色母馬置其下與交,生駒汗血,因號曰天馬子。"蒲桃:即葡萄。二句言隨着交往日多,域外名物多傳入中國。

〔四〕和親:在中國歷史上,凡國力不敵外族時,常以皇室女子出嫁外族,以聯姻求得一時和平的一種方法。漢元帝以宫人王昭君嫁匈奴呼韓邪單于,即是較著名的一例。二句望劉司直不辱使命,遠揚國威。

送張判官赴河西

單車曾出塞,報國敢邀勳〔一〕。見逐張征虜,今思霍冠軍〔二〕。沙平連白雪，蓬卷入黄雲〔三〕。慷慨倚長劍，高歌一送君〔四〕。

張判官，未詳。河西，見《送宇文三赴河西充行軍司馬》題解。王維邊塞詩以五律見長。"沙平"二句，逼肖涼州、玉門一帶風光。高歌送别，情懷慷慨，與山水詩不同。

〔一〕單車：見《使至塞上》注〔一〕。邀勳：居功請賞。二句謂張判官曾出過塞，但不居功邀賞。

〔二〕見逐：謂受命追隨。張征虜：三國蜀名將張飛。《三國志·蜀志》："先主既定江南，以張飛爲宜都太守、征虜將軍。"此以張飛喻張判官曾追隨的主將。霍冠軍：漢代名將霍去病。霍曾以伐匈奴屢建戰功，封冠軍侯。此以霍去病喻其將效力的大將。

〔三〕沙平二句：寫河西風光，平沙連天，白雪無垠；孤蓬自振，飛捲入雲。

〔四〕倚劍：江淹《擬鮑參軍昭戎行》詩："倚劍臨八荒。"李周翰注："倚，佩也。"君：指張判官。

送元二使安西

渭城朝雨裛輕塵〔一〕，客舍青青柳色新。勸君更進一杯酒，西出陽關無故人〔二〕。

此詩大約是王維出塞歸長安後所作。其寫别情含蓄深沉，别有一種豪邁而悲涼的情韻。詩入樂後改稱《渭城曲》或《陽關曲》，歷代傳唱甚廣。白居易《晚春欲攜酒尋沈四著作》："最憶陽關唱，真珠一串歌。"劉禹錫《與歌者》:"舊人唯有何戡在,更與殷勤唱渭城。"李商隱《贈歌妓》亦有"斷腸聲裏聽陽關"之句,對此詩均推崇備至。故李東陽《麓堂詩話》説:"後之詠别者,千言萬語殆不能出其意之外。"元二,未詳。杜甫有《送元二》詩,注云:"元常應武舉",殆即此人。安西,見《送劉司直赴安西》詩題解。

〔一〕渭城:秦時咸陽城,漢武帝時改名渭城,在長安西北,渭水北岸,古人多於此送别。裛(yì):同"浥",浸潤之意。

〔二〕進:一作"盡"。陽關:見《送平淡然判官》注〔一〕。

送邱爲落第歸江東

憐君不得意,況復柳條春〔一〕。爲客黄金盡〔二〕,還家白髮新。五湖三畝宅〔三〕,萬里一歸人。知禰不能薦,羞爲獻納臣〔四〕。

此詩與《送邱爲往唐州》爲同時所作,二詩結語都表明當時詩人正官侍御史。時張九齡已貶荆州,李林甫當權,王維政治上是失意的,故詩有"知禰不能薦,羞爲獻納臣"之語。邱爲,蘇州嘉興(今浙江嘉興)人。官終太子右庶子。詩一氣呵成,對仗自然。其中"五湖三畝宅,萬里一歸人"係當時廣爲流傳的名句。

〔一〕君:指邱爲。不得意:指落第。柳條春:唐代京試在春天放榜,充滿生氣的景色使落第文人更感悲酸。

〔二〕爲客:指邱爲應試借寓京師。黄金盡:阮籍《詠懷》之五:"黄金百鎰盡,資用常苦多。北臨太行道,失路將如何!"此句即用其意。

〔三〕五湖：歷代所指甚多，此指太湖。三畝宅：言宅地狹小。《淮南子·原道訓》："任一人之能，不足以治三畝之宅也。"

〔四〕知禰：《後漢書·文苑傳》：孔融"深愛其才。(禰)衡始弱冠而融年四十，遂與爲交友，上書薦之"。此以邱爲比禰衡。獻納臣：詩人自稱。王維於開元二十八、九年時曾任侍御史，負有向皇帝舉薦進諫之職。二句謂知道你這樣的才士却無法向上推薦，實在愧爲言官。言外之意是李林甫專權，侍御史亦空有其名，不能行使自己的職權。

送邱爲往唐州

宛洛有風塵，君行多苦辛〔一〕。四愁連漢水，百口寄隨人〔二〕。槐色陰清晝，楊花惹暮春。朝端肯相送，天子繡衣臣〔三〕。

此詩約作于《送邱爲落第歸江東》稍後，可能當時邱爲未能還鄉而去了唐州。唐州，據《唐書·地理志》，武德五年以唐城山更名唐州，九年徙治比陽，即今河南泌陽縣治。詩寫得很含蓄，季節與别情相互映襯，讀來楚楚動人。

〔一〕宛洛：宛，宛縣，治所在今河南南陽市。洛，洛陽。陸機《爲顧彦先贈婦》："京洛多風塵，素衣化爲緇。"二句謂邱爲離宛洛而行，風塵僕僕。

〔二〕四愁：東漢張衡永平初爲河間相，時天下漸弊，言路不通，因作《四愁詩》以舒其憂。詩以美人喻君子，抒寫了自己四處尋找而不得的惆悵之情。漢水：源出陝西寧強，流經陝西南部、湖北西部、中部,於武漢入長江。百口：指全家。《晉書·孫盛傳》:"請爲百口切計。"隨人：隨地之人,此指唐州之人。《元和郡縣志》:"隨州本春秋時隨國,西至唐州三百六十里。"二句謂邱不遇之愁與漢水相連,將舉家遷寓唐州。

〔三〕朝端：朝廷班行,此指朝官。《宋書·王宏傳》:"忝承人乏,位副朝端。"繡衣臣：指侍御史。《漢書·百官公卿表》:"侍御史有繡衣直指,出討奸猾,治大獄。"師古注:"衣以繡者,尊寵之也。"時王維正官殿中侍御史,故稱。二句點出題中"送"字。

漢江臨眺

楚塞三湘接,荆門九派通〔一〕。江流天地外,山色有無中〔二〕。郡邑浮前浦,波瀾動遠空〔三〕。襄陽好風日,留醉與山翁〔四〕。

漢江,即漢水。開元二十八年,王維以侍御史知南選,路過荆襄。詩似于未過漢江時望襄陽而作,因有"郡邑浮前浦"之句。眺,一本作"汎",與詩意更合。方回曰:"《漢江臨汎》詩中兩聯皆言景,而前聯尤壯,足敵孟、杜岳陽之作。"(《瀛奎律髓》)

〔一〕楚塞：楚國邊塞。此指漢水流域荆郢一帶。三湘：湖南湘、江三條支流瀟湘蒸湘、沅湘的合稱。荆門：山名,在湖北宜都縣,臨長江。九派：據《漢書·地理志》應劭注,長江至江西潯陽(今九江)分爲九支,實際是九水于潯陽會合入江。據《潯陽記》,九江指烏江、蚌江、烏白江、嘉靡江、畎江、源江、累江、提江和箘江。二句寫漢水南聯湘水,荆門下長江又與潯陽九派相通。

〔二〕江流二句：寫江湘一帶的水光山色，目極千里，浩渺蒼茫。王世貞謂此聯"是詩家極俊語，却入畫三昧"(《弇州山人四部稿》)。

〔三〕郡邑：指襄陽郡城。二句形容水勢浩大：襄陽城似在浦口浮動，波瀾搖動着遠天。其景象壯闊，頗類孟浩然"波撼岳陽城"、杜甫"乾坤日夜浮"之句。

〔四〕襄陽：即今湖北襄陽。好風日：指風清日朗的好天氣。山翁：《文苑英華》作"山公"，與《晉書·山簡傳》合。山簡鎮襄陽，好優遊飲酒，多醉于高陽池上，時有兒歌云："山公出何許，往至高陽池。日暮倒載歸，酩酊無所知……"此指襄陽地方長官。二句謂正值襄陽好天氣，自應與山翁留飲盡歡。

哭孟浩然

故人不可見，漢水日東流〔一〕。借問襄陽老，江山空蔡洲〔二〕。

《新唐書·孟浩然傳》："孟浩然字浩然，襄州襄陽人。少好節義，喜振人患難。隱鹿門山，年四十乃游京師。嘗於太學賦詩，一座嗟伏，無敢抗。張九齡、王維雅稱道之。……張九齡爲荆州，辟置于府，府罷。開元末，病疽背卒。"又王士源《孟浩然集序》："開元二十八年，王昌齡遊襄陽，時浩然疾疹發背，且愈，相得歡甚，浪情宴謔，食鮮疾動，終於冶城南園。"知王維此詩當作於開元二十八年孟浩然死後。

〔一〕故人：指孟浩然。漢水：見《送邱爲往唐州》注〔二〕。二句寫故人已逝，水流依舊，出語沉痛。

〔二〕襄陽：孟浩然的故鄉。蔡洲：《荆州圖經》："襄陽峴山東南一里江中有蔡洲。"《清一統志》："蔡洲在襄陽城東北漢水中，後漢蔡瑁居其上。"二句寫尋訪襄陽耆舊,得到的也只是浩然在峴山、蔡洲一帶留下的游踪,大有"黄鶴一去不復返,此地空餘黄鶴樓"(崔顥《黄鶴樓》)的感嘆。

曉行巴峽

際曉投巴峽,餘春憶帝京〔一〕。晴江一女浣,朝日衆鷄鳴〔二〕。水國舟中市,山橋樹杪行〔三〕。登高萬井出,眺迥二流明〔四〕。人作殊方語,鶯爲舊國聲〔五〕。賴諳山水趣,稍解别離情〔六〕。

開元二十八年王維作侍御使知南選,曾至荆州襄陽,後溯江西上巴峽。詩爲春末去巴峽途中所作。時張九齡、孟浩然已相繼去世,詩雖未涉及,但也可見詩人索然寡歡,有孤獨之感。結句寄情山水,亦自我寬解之詞。王維係知黔府選,可參考《唐會要》和孫逖《送張環攝御史監南選》詩。

〔一〕際曉:臨曉。巴峽:長江流經巴東縣西,巴山臨江對峙,江水從中而過,名曰巴峽。在巫峽之東,夷陵之西。餘春:晚春將盡。帝京:指長安。《水經注》寫三峽有"猿鳴三聲淚沾裳"之句,逐臣到此無不感傷,所以王維很自然地由春盡而想念帝京。

〔二〕女浣:女子洗紗。二句寫晴明的春江上只有一個女子在浣紗,衆鷄報曉打破了江村的寂静。

〔三〕水國:即水鄉。市:集市貿易。杪:樹梢。二句寫舟中所見水鄉集市和山上行人。

〔四〕萬井:指萬户千家。眺迥:遠望。二流:當指長江和巴峽附近的長江支流。二句寫登臨遠眺,是俯視。

〔五〕殊方語:異地方言。舊國:指中原地區。二句謂巴峽一帶人操着當地方言,只有黄鶯鳴囀還是家鄉的聲音。

〔六〕諳(ān):熟悉,懂得。二句謂幸賴深諳山水之趣,鄉思才得以稍解。

送友人南歸

萬里春應盡,三江雁亦稀〔一〕。連天漢水廣,孤客郢城歸〔二〕。鄖國稻苗秀,楚天菰米肥〔三〕。懸知倚門望,遥識老萊衣〔四〕。

友人,未詳所指,從詩内容來看,似爲今湖北沔陽一帶人,即古鄖國人。《輿地廣記》:"復州沔陽縣,春秋鄖子之國。"《括地志》又稱安州安陸(故址在今湖北安陸北)爲鄖國。觀此詩氣魄甚大,似王維在知南選後,於天寶初所作。

〔一〕三江:當指漢江、長江和沔江。沔水發源於今陝西沔縣,下游即漢水,但古人常漢沔分稱。

〔二〕漢水:見《送邱爲往唐州》注〔二〕。郢城:一説爲紀南城,在江陵北;一説在江陵東南,楚平王所遷,地近安陸。劉辰翁謂此二句:"畫謝點染,情思肖然。"(《唐詩品彙》引)。

〔三〕鄖國:《括地志》:"安州安陸縣城,本春秋時鄖國城。"《輿地廣記》則以爲是復州沔陽縣。菰米:生南方淺水中,一名茭,一名蔣,實稱菰米或雕胡飯。杜甫《秋興》:"波飄菰米沈雲黑。"

〔四〕懸知:唐宋詩常用語,料知之意。倚門:指友人的母親。《戰國策·周策》:"王孫賈年十五,事閔王,其母曰:'汝朝出而晚來,則吾倚門而望。'"老萊衣:《初學記》十七引《孝子傳》:"老萊子性至孝,奉二親,行年七十,着五采褊襴(斑爛)衣,弄鶵于親側。"

積雨輞川莊作

積雨空林烟火遲〔一〕,蒸藜炊黍餉東菑〔二〕。漠漠水田飛白鷺,陰陰夏木囀黄鸝〔三〕。山中習静觀朝槿〔四〕,松下清齋折露葵〔五〕。野老與人争席罷,海鷗何事更相疑〔六〕。

此詩約作于天寶元年丁母憂前。時李林甫當國,排斥異己,爲張九齡提拔的王維自然不得不與其周旋。張九齡《海燕》詩曾有"無心與物競,鷹隼莫相猜"之句示意于李林甫,此詩用意與其相仿,希望李林甫等人不必對他有所猜忌。

〔一〕積雨:久雨不晴。烟火遲:指天因久雨而陰濕不明,延遲了農家的早炊。

〔二〕藜:一年生草本植物,高五六尺,新葉嫩苗皆可食。餉:送飯。菑:開墾了一年的田地。此泛指農田。

〔三〕漠漠:廣闊而平静貌。陰陰:樹陰濃密貌。朱叔重《鐵網珊瑚》:"王右丞水田白鷺、夏木黄鸝之詩,即畫也。"

〔四〕習静:養習萬慮皆息的寂静心境。何遜《苦熱詩》:"習静悶衣巾,讀書煩几案。"朝槿:即木槿,落葉灌木,夏秋之交開花,有紅、紫、白數種,朝開暮落。

〔五〕露葵:緑葵,一種蔬菜,以霜露時最佳。

〔六〕争席：指争奪席位。《列子·黄帝篇》曰："楊朱南之沛，至梁而過老子。老子曰：'而睢睢，而盱盱，而誰與居？太白若辱，盛德若不足。'楊朱慼然變容曰：'敬聞命矣！'其往也，舍者迎將家，公執席，妻執巾櫛，舍者避席，煬者避竈。其反也，舍者與之争席矣。"海鷗：《列子·黄帝篇》曰："海上之人有好鷗鳥者，每旦之海上從鷗鳥游，鷗鳥之往者百住而不止。其父曰：'吾聞鷗鳥皆從汝游，汝取來吾玩之。'明日之海上，鷗鳥舞而不下也。"二句意謂已志同野老，縱有争席，但海鷗可盡管放心，不應有所猜疑。

秋夜獨坐懷内弟崔興宗

夜静羣動息，蟪蛄聲悠悠〔一〕。庭槐北風響，日夕方高秋〔二〕。思子整羽翮，及時當雲浮〔三〕。吾生將白首，歲晏思滄洲〔四〕。高足在旦暮，肯爲南畝儔〔五〕。

崔興宗，王維詩中多稱崔爲處士，又稱爲崔九弟。杜甫《贈李龜年》詩："崔九堂前幾度聞"，或即一人，後官右補闕。此詩當作於天寶初。時王維復思隱居，而崔正圖進取。

〔一〕羣動：一切動物。蟪蛄：一種青紫色的蟬。《楚辭·招隱士》："歲暮兮不自聊，蟪蛄鳴兮啾啾。"

〔二〕方：剛。二句謂日暮時庭院裏槐葉在北風中作響，才使人感到時届深秋。

〔三〕子：古代男子的美稱，此指崔興宗。翮(hé)：鳥翎。雲浮：謂翱翔雲空。此喻仕途得意。

〔四〕滄洲：即水濱古隱者游處之地。阮籍《爲鄭沖勸晉王牋》："臨滄洲而謝支伯,登箕山以揖許由。"二句謂己已年老,多思隱退。

〔五〕高足:指出仕。《古詩十九首》:"何不策高足,先據要路津。"肯:豈肯。儔:伴侶。二句謂崔高升在即,自然不肯與我同耕田畝。

送　別

下馬飲君酒,問君何所之〔一〕?君言不得意,歸卧南山陲〔二〕。但去莫復問,白雲無盡時〔三〕。

此詩爲王維在官送友人歸山之作,故問答多有山中况味語。末二句可與"行到水窮處,坐看雲起時"媲美,是深識南山的美語和與濁世訣決語。《西清詩話》:"王摩詰詩渾厚閑雅,但如久隱山林之人,從成曠淡也。"

〔一〕飲(yìn)君酒:酌酒給友人飲。何所之:到什麼地方去。之:往。

〔二〕南山:終南山。陲:邊。

〔三〕莫復問:指山間白雲之悠閒自得,不問自知。盡時:窮盡之時。二句變陶弘景"山中何所有,嶺上多白雲。只可自怡悦,不堪持贈君"(《詔問山中何所有賦詩以答》)詩意,但更怡悦和沖淡。

渭川田家

斜光照墟落,窮巷牛羊歸〔一〕。野老念牧童,倚杖候荆扉〔二〕。雉雊麥苗秀,蠶眠桑葉稀〔三〕。田夫荷鋤立,相見語依依〔四〕。即此羡閑逸,悵然吟《式微》〔五〕。

此詩當是王維在李林甫當政時所作。李林甫排斥異己,詩人遂有歸田之意。王夫之云:"通篇用'即此'二字,括收前八句,皆情語,非景語,屬詞命篇,總與建安以上相合。"(《唐詩評》卷二)渭川即渭水,源出甘肅渭源縣,東南入陜西,於華陰縣渭口入黄河。

〔一〕斜光:夕暉。"光"一作"陽"。墟落:村落,村莊。墟,指集市。牛羊歸:《詩·君子于役》:"日之夕矣。牛羊下來。"

〔二〕野老:老農。荆扉:柴門。

〔三〕雉雊(gòu):雉鷄鳴叫。蠶眠:蠶脱皮時卧而不食,狀如睡眠,故謂蠶眠。二句點出時近夏收。

〔四〕荷鋤:扛鋤。依依:留戀低語貌。二句寫農夫荷鋤站着和野老講話,農村晚景宛然。

〔五〕即此:就此,指上述村落閒適之景。《式微》:《詩·邶風》篇名。詩有"式微式微胡不歸"之句。式,發語詞;微,衰落。此取"胡不歸"之意,表現作者厭倦官場、嚮往歸耕的願望。

早秋山中作

無才不敢累明時,思向東溪守故籬〔一〕。不厭尚平婚嫁早,却嫌陶令去官遲〔二〕。草堂蛩響臨秋急,山裏蟬聲薄暮悲〔三〕。寂寞柴門人不到,空林獨與白雲期〔四〕。

此詩當作於開元末、天寶初在輞川休浣時。前段寫無才爲官,不如早隱,爲憤激語;後段寫山中秋色和閒居之樂,爲自寬語。敍心事真率,寄慨良深。

〔一〕累：拖累，累贅。明時：聖明盛世。是對當朝的稱譽。東溪：右丞集外篇有《東溪玩月》詩，溪當在輞川。

〔二〕尚平：《高士傳》："尚長字子平，（東漢）河内朝歌（今河南安陽殷墟）人也，隱居不仕。建武中，男女嫁娶既畢，敕斷家事勿相關，當如我死也。於是肆意與同好北海禽慶俱游五嶽名山。竟不知所終。"陶令：陶潛，字淵明。曾官彭澤令，後世因或稱陶令。劉宋義熙元年，年四十一歸隱田園。二句謂不厭惡尚平早早了却兒女婚嫁，擺脱世務，却嫌陶令四十一歲棄官太遲了。按開元二十八年王維四十一，張九齡卒。天寶元年年四十三，故有恨自己尚未辭官之意。

〔三〕蛩：蟋蟀。薄暮：傍晚。薄，迫近。"臨秋急"、"薄暮悲"，足見詩人有遲暮之感。

〔四〕期：約。二句謂己欲擺脱塵世，獨與白雲爲伴。

酬郭給事

洞門高閣靄餘暉，桃李陰陰柳絮飛〔一〕。禁裏疏鐘官舍晚，省中啼鳥吏人稀〔二〕。晨搖玉佩趨金殿，夕奉天書拜瑣闈〔三〕。强欲從君無那老，將因卧病解朝衣〔四〕。

郭給事即郭慎微，與李林甫關係密切，雖年齡比王維小，但屢次被拔擢，官已過之。李林甫不會詩文，《唐書》本傳謂"郭慎微、苑咸，文士之闒茸者，代爲題尺"。詩人與二人均有交往和唱和。在這些唱和詩作中，王維往往極力表現自己的消極退隱思想，以冀不被猜忌。此詩結句"强欲從君無那老,將因卧病解朝衣",就是一例。詩前四句寫省禁風光。五、六句寫郭給事得意情狀。給事,給事中的省稱,唐屬門下省。其職爲侍從皇帝,備顧問應對諸事。

〔一〕洞門:《漢書·董賢傳》:"重殿洞門"颜師古注:"洞門謂門門相對也。"此指門下省官署。陰陰:樹葉濃密貌。

〔二〕禁裏:宫内。省中:據《漢書·昭帝紀》"共養省中"伏儼注引蔡邕説云:"本爲禁中。門閤有禁,非侍衛之臣,不得妄入。孝元皇后父名禁,避之,故曰省中。"二句寫郭爲給事中,常入值省中,但政務不多,官職清閒。

〔三〕玉佩:衣上所帶玉製佩飾,古人多用以節制行步。天書:指皇帝詔書。瑣闈:宫中門户。《吴都賦》注:"青瑣,户邊青鏤也。"《漢舊儀》:"黄門郎日暮入拜青瑣門,名曰夕郎。"二句寫郭給事早朝夕拜,伴君左右。

〔四〕無那:無奈。解朝衣:指辭官歸隱。晋張協《咏史》:"抽簪解朝衣,散髮歸海隅。"二句意謂自己雖想隨你爲官,無奈年老多病,將退居山林。

重酬苑郎中 并序

頃輒奉贈,忽枉見酬。敍末云:"且久不遷,因而嘲及。"詩落句云:"應同羅漢無名欲,故作馮唐老歲年"〔一〕,亦《解嘲》之類也〔二〕。

何幸含香奉至尊,多慚未報主人恩〔三〕。草木豈能酬雨露,榮枯安敢問乾坤〔四〕,仙郎有意憐同舍。丞相無私斷掃門〔五〕。揚子《解嘲》徒自遣,馮唐已老復何論〔六〕。

苑郎中即苑咸。《新唐書·藝文志》：苑咸，"京兆人。開元末上書，拜司經校書中書舍人，貶漢東郡司户參軍。復起爲舍人，終永陽太守。"此詩原注："時爲庫部員外。"則當作於天寶元年。按王集前此又有《苑舍人能書梵字兼達梵音皆曲盡其妙戲爲之贈》，苑咸有《答詩》，其序云："王員外兄以予嘗學天竺書，有戲題見贈。然王兄當代詩匠，又精禪理，枉採知音，形於雅作，輒走筆以酬焉。且久未遷，因而嘲及。"此爲王維再答之詩，故題云"重酬"。惟稱"郎中"未詳所以，或王二次贈詩時苑的官職已有變遷。又趙殿成《箋注》後附《右丞年譜》，於"天寶元年"詩文欄内有"贈苑舍人詩"、"重酬苑舍人詩"，其仍稱"舍人"而不稱"郎中"，也未詳所以。

〔一〕"應同"二句：見苑咸《答詩》。其原詩云："蓮花梵字本從天，華省仙郎早悟禪。三點成伊猶有想，一觀如幻自忘筌。爲文已變當時體，入用還推間氣賢。應同羅漢無名欲，故作馮唐老歲年。"羅漢，《四十二章經》："常行二百五十戒，進止清浄，爲四真道行，成阿羅漢。"阿羅漢又稱羅漢。馮唐，《史記·馮唐傳》云："馮唐以孝著，爲中郎署長，事文帝，拜爲中郎都尉。景帝立，以唐爲楚相免。武帝求賢良，舉馮唐，唐時年九十餘，不能復爲官，乃以唐子馮遂爲郎。"二句謂王維已淡薄功名一如羅漢，因此像馮唐那樣聊度晚年。

〔二〕《解嘲》：漢揚雄著。《漢書·揚雄傳》云："哀帝時丁傅、董賢用事，諸附離者，或起家至二千石。時雄方草《太玄》，有以自守，泊如也。或嘲雄以《玄》尚白，而雄解之，號曰《解嘲》。"

〔三〕含香：古時尚書郎接近皇帝，口含鷄舌香，使其奏事對答而其氣芬芳。二句謂已幸爲近臣，但愧不能報主人之恩。按王維前此嘗官左補闕，因有此説。

〔四〕酬：酬報，答謝。乾坤：天地。二句謂已如草木難報雨露之恩，升遷之事又何敢責問上蒼。

〔五〕仙郎：指苑咸。同舍：即同僚。王維亦官郎中，故稱。掃門：《史記·魏勃傳》："魏勃少時欲求見齊相曹參，家貧無以自通，乃嘗獨早夜掃齊相舍人門外。舍人怪之,以爲物而伺之,得勃。勃曰:'顧見相君無因,故爲子掃,欲以求見。'于是舍人見勃曹參,因以爲舍人。"二句謂即便仙郎(苑咸)有意加憐,無奈丞相無私而不允許有人"掃門"求見。此用反語暗示李林甫對己不會有所拔擢。

〔六〕揚子:即揚雄。二句謂己作詩正如揚雄的《解嘲》,是一種徒勞的自我排遣罷了,自己已像馮唐一樣年高,再無舉薦的必要了。

冬夜書懷

冬宵寒且永,夜漏宫中發〔一〕。草白靄繁霜,木衰澄清月〔二〕。麗服映頹顔,朱燈照華髮〔三〕。漢家方尚少,顧影慚朝謁〔四〕。

詩約作於天寶元年或二年,李林甫當政時。詩人在政治上十分苦悶,他嘆老嗟卑,慚愧無用,意在抒發對當朝援引朋黨、年少競進的不滿。王維另有《冬日游覽》,寫作時間與用意均與此相近。

〔一〕夜漏:古計時器。趙殿成注:"漏刻之法,孔壺爲漏,浮箭爲刻。視水高下,以定昏明之候,故曰漏刻。在晝謂之晝漏,在夜謂之夜漏。"《唐六典》注:"凡候夜漏,以爲更點之節,每夜分爲五更,每更分爲五點,更以擊鼓爲節,點以擊鐘爲節,後人謂之漏鼓亦謂之漏聲。"二句寫入值省中,寒夜漫長,夜漏聲聲。

〔二〕靄:降集。二句寫所見夜景,草白霜凝,木衰月清,由此引起遲暮之感。

〔三〕麗服:指華麗的朝服。頹顔:衰老的容貌。朱燈:紅色宫燈。鮑照《夜坐吟》:"朱燈滅,朱顔尋。"華髮:白髮。二句自繪其形,物華人老對比鮮明。

〔四〕漢家：漢朝，此以漢喻唐。尚少：《漢武故事》："上至郎署，見一老郎，龐眉皓髮，問：'何時爲郎？何其老也？'對曰：'臣姓颜名駟，以文帝時爲郎，文帝好文而臣好武，景帝好老而臣獨少，陛下好少而臣獨老，以是三叶不遇也。'上感其言，擢爲會稽都尉。"慚：羞愧。朝謁：朝見皇帝。二句謂時值朝廷喜提拔少年，而己顧影龍鍾，羞于上朝。其中暗寓一生不遇之慨。

酬張少府

晚年惟好静，萬事不關心〔一〕。自顧無長策，空知返舊林〔二〕。松風吹解帶，山月照彈琴〔三〕。君問窮通理，漁歌入浦深〔四〕。

張少府，未詳何人。詩作于天寶二年丁母憂前，約四十五歲。時李林甫當政，炙手可熱，詩人懼其猜忌，曾多次表示要歸隱山林，此詩寫得十分淡泊。

〔一〕晚年二句：寫晚年性格和興趣變化，其中包括青壯年時屢受挫折的感嘆。

〔二〕顧：念。長策：濟世良策。空：徒然。二句謂自念無濟世良策而只想歸居山林。

〔三〕解帶：散開的衣帶。二句想像退居生活的閒散和曠逸。

〔四〕窮通理：仕宦通達和困阨之理。浦：水濱。二句暗用《楚辭・漁父》之意，以不答爲答，與李白《山中答問》"問余何事棲碧山，笑而不答心自閒"相類。

臨高臺送黎拾遺

相送臨高臺,川原杳何極〔一〕。日暮飛鳥還,行人去不息〔二〕。

黎拾遺名昕,王維另有《與黎拾遺昕裴迪見過秋夜對雨之作》,爲在輞川時作。臨高臺,渭川旁地名。此詩同情遠行之人,似由《詩·小星》"肅肅宵征"脱化而來。

〔一〕杳(yǎo):遠。極:邊際。二句謂於臨高臺送别,渭川平原一望無際。

〔二〕飛鳥還:本陶淵明《飲酒》:"山氣日夕佳,飛鳥相與還。"二句以飛鳥與行人對比,飛鳥日暮時能很自由地歸林,而行人却不得不奉王命不停息地趕路。

送張五歸山

送君盡惆悵,復送何人歸。幾日同攜手,一朝先拂衣〔一〕。東山有茅屋,幸爲掃荆扉〔二〕。當亦謝官去,豈令心事違〔三〕。

張五即張諲。張彦遠《名畫記》云:"官至刑部員外郎,和王維、李頎交好。"此詩當在天寶中作。張諲與王維昔日曾同隱,現張諲又歸山,詩人因萌再次退隱之願。詩措詞自然,毫不造作,係古詩而兼律味。

〔一〕同攜手：指在朝爲官。拂衣：《後漢書·楊震傳》："(孔融曰)孔融魯國男子,明日便當拂衣而去,不復朝矣!"後因以拂衣指退隱。謝靈運《述祖德詩》之二："高揖七州外,拂衣五湖裏。"二句謂張諲入朝不久,一朝之間竟先自辭歸。

〔二〕東山：此指輞川。見《輞川別業》注〔一〕。荆扉：柴門。二句謂張諲先期而歸,可代爲整理舊居。

〔三〕謝官：辭官。二句謂不久亦將辭官,以不違背平生之願。

秋夜獨坐

獨坐悲雙鬢,空堂欲二更。雨中山果落,燈下草蟲鳴〔一〕。白髮終難變,黄金不可成〔二〕。欲知除老病,唯有學無生〔三〕。

此詩約作于天寶初。時李林甫擅權,幾經宦海浮沉的王維不能不表示自己無意過問世事。"欲知除老病,唯有學無生",正是這種思想的反映。他這樣做的確躲過了李林甫的猜忌,但也暴露了政治上妥協軟弱的一面。詩中所言"雨中山果落,燈下草蟲鳴",則表現出一種政治上由得意變爲失意的孤寂感。

〔一〕雨中二句：由極静的環境中寫出極細微的聲音,動中見静,體物入妙;且寓意於景,語近情長。

〔二〕黄金：此指道家修煉以企長生的金丹。江淹《從建平王遊紀南城詩》："丹砂信難學,黄金不可成。"二句謂無論怎樣修煉,白髮終究難于變黑,金丹也無從煉就。

〔三〕無生：佛家語,即生本虚幻之意。《大乘義章十二》："理寂不起,稱曰無生,慧安此理,名無生忍。"二句意謂要解除衰老之病,關鍵還在於求得精神上的解脱,一老幼,等生死。

冬 日 游 覽

步出城東門,試騁千里目〔一〕。青山横蒼林,赤日團平陸〔二〕。渭北走邯鄲,關東出函谷〔三〕。秦地萬方會,來朝九州牧〔四〕。鷄鳴咸陽中,冠蓋相追逐〔五〕。丞相過列侯,羣公餞光禄〔六〕。相如方老病,獨歸茂陵宿〔七〕。

詩作于天寶元年或二年,王維時官庫部員外郎。此詩暗諷新貴追名逐利。"相如方老病,獨歸茂陵宿",是詩人在李林甫秉政時受排擠、被冷落故萌退志的自我比况。

〔一〕城東門:指長安城東門。古樂府有《東門行》和《步出夏門行》之題,此套用之。千里目:形容極目遠眺。孫楚《之馮翊祖道》:"撫我千里目。"

〔二〕蒼林:蒼翠的叢林。平陸:《爾雅》:"大野曰平,高原曰陸。"謝瞻《王撫軍庾西陽集》:"夕陽曖平陸。"

〔三〕走邯鄲:即有大路通邯鄲。邯鄲,即今河北邯鄲市。函谷:即函谷關。《括地志》:"函谷關在陝州桃林縣西南十二里。"《雍録》:"秦函谷關在唐陝州靈寶縣南十里。靈寶縣者,漢弘農縣也。路在谷中深險如函,故以爲名。"二句謂渭水北通邯鄲,潼關東走函谷,地處要道。

〔四〕九州牧:《晉書·阮籍傳》:"上欲圖三公,下不失九州牧。"古分天下爲九州,九州之長稱牧。二句謂萬方人士集聚長安,各地太守紛來朝會。

〔五〕咸陽：在今陝西咸陽市東北二十里。因位於九嵕山之南，渭水之北，故名。冠蓋：冠冕及車蓋。此指官吏。二句謂咸陽城中晨鷄纔鳴，高官顯宦即争相奔走。

〔六〕過：拜訪。餞：以酒食送行。光禄：古代官名，有光禄卿和光禄大夫二種。此當指前者，其職專司膳。後者爲散官。二句寫高官顯爵間頻繁的互相應酬。

〔七〕相如：漢代辭賦家司馬相如。茂陵：在今陝西興平縣東北，武帝即葬於此。《史記·司馬相如傳》："司馬相如既病免，家居茂陵。"二句以相如衰老多病獨居茂陵喻己被官場冷落。

冬晚對雪憶胡處士家

寒更傳曉箭，清鏡覽衰顔〔一〕。隔牖風驚竹，開門雪滿山〔二〕。灑空深巷静，積素廣庭閑〔三〕。借問袁安舍，翛然尚閉關〔四〕。

此詩寫冬晚雪中懷人，意境静美。胡處士未詳何人。

〔一〕曉箭：古代計時儀器上指示時刻的工具，上刻時刻度數，置漏壺中，漏水下滴，箭上時刻依次顯露，據以報更。清鏡：明鏡。二句謂報更聲傳時已拂曉，自己對鏡深感衰老。

〔二〕牖：窗。風驚竹：指風吹動竹林發出沙沙響聲。二句寫景入妙。前句聞聲，後句見景，静美之至。

〔三〕灑空：形容雪花在空中飄灑。積素：積雪。王士禛謂此二句與"韋左司'門對寒流雪滿山'句最佳"(《漁洋詩話》)。

〔四〕袁安：字劭公，東漢汝陰(今河南商水縣以北)人。《汝南先賢傳》："時大雪積地丈餘，洛陽令自出案行，見人家皆除雪出。有乞食者至袁安門，無有行路，謂安已死。令人除雪入户，見安僵卧，問何以不出，安曰：'大雪人皆餓，不宜干人。'令以爲賢，舉爲孝廉。"翛(xiāo)然：無所繫念貌。二句以袁安比胡處士，謂此時胡處士一定像袁安一樣，無所顧念地在家閉門高卧。

早朝

柳暗百花明，春深五鳳城〔一〕。城烏睥睨曉，宫井轆轤聲〔二〕。方朔金門侍，班姬玉輦迎〔三〕。仍聞遣方士，東海訪蓬瀛〔四〕。

詩約作于天寶六載。時唐玄宗初寵楊貴妃，同時還迷信方士，欲求長生不老之藥。此詩顯然對此進行了委婉的諷諭。雖然詩人還未能看出此中潛伏着更深的危機，但這首王維集中少見的政治諷諭詩仍可證明詩人不乏洞察時政昏亂的卓識。

〔一〕五鳳城：又稱鳳城。相傳秦穆公之女弄玉吹簫，鳳皇降於京城，後即稱京都爲鳳城。此指長安。五鳳，其説不一。一説指鳳、鸕鷀、發明、焦明、幽昌五種鳥(見《樂緯・樂叶圖徵》)，一説指鳳、鵷鶵、鸞、鷟鸑、鵠(見宋王應麟《小學紺珠》)。二句總寫長安春色滿城。

〔二〕烏：烏鴉。睥睨(bì nì)：城上女牆。轆轤：井中汲水工具。二句寫破曉景色。

〔三〕方朔：東方朔。《漢書・東方朔傳》："東方朔侍詔金馬門，稍得親近。”此指一些以神仙方術、滑稽雜技迎奉皇帝的近臣。班姬：班婕妤。《漢書·外戚傳》：“成帝游于後庭，欲與班婕妤同輦載，婕妤辭。”此指楊貴妃。玉輦：皇帝后妃所乘玉飾車駕。二句寫皇帝躭于安樂，上朝時爲言語方術之士圍侍，下朝後又爲楊太真迎接。

〔四〕遣方士：《史記·封禪書》：“天子使方士入海，求蓬萊安期生之屬。”方士，方術之士。蓬瀛：傳説東海中有蓬萊、瀛洲、方丈三島，皆爲仙人所居。二句謂聽到的仍是皇帝派遣方士到東海去尋找蓬萊、瀛洲等仙島的消息。言外之意是玄宗在重蹈秦皇漢武的覆轍。

偶然作六首（選一）

日夕見太行，沉吟未能去〔一〕。問君何以然，世網嬰我故〔二〕。小妹日長成，兄弟未有娶。家貧禄既薄〔三〕，儲蓄非有素。幾迴欲奮飛，踟躕復相顧〔四〕。孫登長嘯臺，松竹有遺處〔五〕。相去詎幾許，故人在中路〔六〕。愛染日已薄，禪寂日已固〔七〕。忽乎吾將行，寧俟歲云暮〔八〕。

《偶然作六首》，約作于天寶八載左右。儲光羲有《同王十三維偶然作十首》，均爲在朝思隱之作。《偶然作六首》或詠接輿，或詠陶潛，或詠趙女。此爲第三首，自敍久未歸隱之因，兼弔嘯臺，追念孫登。

〔一〕太行：太行山。《一統志》：“太行山在衛輝府輝縣西五十里。”地處山西高原和河北平原間。沉吟：深思低吟。《後漢書·曹褒傳》：“晝夜精研，沈吟專思。”去：棄家前往。二句謂雖然早晚都望見太行，但反復思慮却未能作出歸隱的決定。

〔二〕何以然：爲何如此。世網：指爲官入世猶入羅網。陶淵明《歸田園作》："誤落塵網中。"嬰：纏，籠。二句謂若問爲何如此，那只是世務纏身的緣故。

〔三〕禄：做官的俸禄。此句表明爲官實出不得已。

〔四〕迴：同"回"。奮飛：指衝破世網，歸隱太行。踟躕：徘徊不定貌。顧：顧念。二句謂幾次想奮然前去，但又因顧念家事而猶豫不定。

〔五〕孫登：晉代隱士，善長嘯。《晉書·隱逸傳》："阮籍嘗于蘇門山遇孫登，與商略終古及棲神導氣之術，登皆不應。籍因長嘯而返。至半嶺，聞有聲若鸞鳳之音，響乎山谷，乃登之嘯也。"長嘯臺：即相傳孫登導氣行嘯之所。《太平寰宇記》："懷州修武縣有天門山，今謂之百家巖。"《圖經》："百家巖有孫登長嘯臺。"又《一統志》："蘇門山在衛輝府，輝縣西北七里，一名百門山，嘯臺在百門山上，即孫登隱居長嘯之所。"遺處：遺跡。二句寫孫登的長嘯臺松竹猶存，遺迹宛在。

〔六〕詎：豈。幾許：多少。故人：未詳確指。中路：路中。二句謂離太行山不遠，故人也已在歸隱途中。

〔七〕愛染：佛家語，言情愛中人如染色。《大般若經》："於妙欲境，心不愛染。"禪寂：佛家語，釋家以寂滅爲宗旨，故稱禪寂。《維摩詰經》："一心禪寂，攝諸亂意。"二句謂已入世情愛之心日薄，而寂滅之意日固。

〔八〕忽乎：不久。《楚辭·涉江》："懷信侘傺，忽乎吾將行兮。"寧：哪能。俟：等待。二句謂已不久也將歸隱，哪能等到歲暮。"歲云暮"一語雙關，既指歲末，又指晚年。

送秘書晁監還日本國

積水不可極，安知滄海東〔一〕。九州何處遠，萬里若乘空〔二〕。向國惟看日,歸帆但信風〔三〕。鰲身映天黑,魚眼射波紅〔四〕。鄉樹扶桑外,主人孤島中〔五〕。别離方異域,音信若爲通〔六〕?

開元初日本副使臣阿部仲麿留華,漢名晁衡,歷左補闕、儀王友。天寶八載歸國,舟中途遇難得救。李白有《哭晁卿衡》詩,但晁衡未死。天寶十二載又入朝。此詩係王維送晁衡歸國時作。前有序,述兩國往來交誼,今略。詩全寫想像中的海行,頗具域外風情。秘書,唐有秘書省,設監一人,從三品;少監二人,從四品上。晁監,即晁衡,嘗官秘書監,故稱。

〔一〕積水:指海。極:至。滄海東:此指日本,其地在中國沿海之東。二句謂大海已遠不可及,更不知其東尚有日本國。

〔二〕九州:指中國。處遠:所處之遠。乘空:言海行若行空。

〔三〕向國句:《新唐書·東夷列傳》:"日本使者自言國近日所出,以爲名。"此"惟看日"即暗切回"日本國"。信風:隨風。按晁回國時約秋季,西風方盛,正可揚帆借風力東渡。

〔四〕鰲:大海龜。魚:鯨魚。射波:即噴水。二句想像海中所見之景。

〔五〕鄉樹:故鄉的樹木。扶桑:傳説中的神樹。《山海經·海外東經》:"湯谷上有扶桑,十日所浴。"《十洲記》:"扶桑在碧海中。"主人:指晁所在地的家人。孤島:指日本。《新唐書·東夷列傳》:"日本,……去京師萬四千里,……在海中島而居。"

〔六〕方:正要。異域:不同的國土。若爲:如何,怎樣。二句謂如今一别兩國,音信怎能相通,有無限惋惜之意。

春夜竹亭贈錢少府歸藍田

夜静羣動息〔一〕,時聞隔林犬。却憶山中時,人家澗西遠〔二〕。羨君明發去，采蕨輕軒冕〔三〕。

錢少府即錢起，吴興人，天寶十載(七五一)進士，詩與郎士元齊名。時官藍田尉，《唐書》失載。錢起與王維是忘年交，錢起有《留别王維》五言律詩云："徇禄仍懷橘，看山免采薇。"又有《酬王維春夜竹亭贈别》詩。

〔一〕羣動息：萬物安息。陶淵明《飲酒》："日入羣動息，歸鳥趨林鳴。"

〔二〕山中時：指詩人隱居藍田山中時。二句回憶過去隱居山中，别家相隔甚遠，環境僻静幽美。

〔三〕明發：早晨。《詩·小雅·小宛》："明發不寐。"孔穎達《正義》："夜地而闇，至旦而明。明地開發，故謂之明發也。"采蕨：猶采薇，指隱居山林。相傳武王克殷，伯夷、叔齊隱於首陽山，不食周粟，採薇而餐，至餓死。(見《史記·伯夷列傳》)蕨，一種山菜。初生似蒜，莖紫黑色，可食。軒冕：本指大夫以上所乘之車和所戴之冠，後喻高官顯爵。謝朓《休沐重還丹陽道中》："志狹輕軒冕，恩甚戀閨闈。"二句轉入正題，羨錢起因愛藍田山水，不戀微禄而歸隱。

送陸員外

郎署有伊人，居然古人風〔一〕。天子顧河北，詔書隸征東〔二〕。拜手辭上官，緩步出南宫〔三〕。九河平原外，七國薊門中〔四〕。陰風悲枯桑，古塞多飛蓬〔五〕。萬里不見虜，蕭條胡地空〔六〕。無爲費中國，更欲邀奇功〔七〕。遲遲前相送，握手嗟異同〔八〕。行當封侯歸，肯訪南山翁〔九〕。

陸員外,未詳何人。疑是兵部員外郎,奉使安撫河朔。詩當作於天寶十一載。其時楊國忠當政,表面繁榮的唐帝國已危機四伏。安禄山在北方多次引誘奚、契丹入境,殺戮很多。天寶十一載,安禄山兵敗,又要發兵二十萬征奚、契丹,以邀戰功。詩中所寫,即是對這種情況的諷諭。

〔一〕郎署:尚書郎的府署。伊人:此人,這樣的人。《詩·秦風·蒹葭》:"所謂伊人,在水一方。"此指陸員外。風:風格。

〔二〕顧:顧念。河北:指古幽、冀二州之境。東並于海,南迫于河,西距太行山,北通渝關薊門。隸:隸屬。征東:趙殿成注:"開元天寶間無征東事蹟,當是'安東'之訛。"唐總章元年平高麗後置安東都護府,天寶二年移至遼西故郡。此指當時任河北採訪處置使,對付奚、契丹的安禄山。二句謂玄宗接到安禄山敗報,因顧念河北而頒下詔書,令陸員外隸屬安的帳下。

〔三〕拜手:相拜時頭至於手。《尚書·太甲篇》:"伊尹拜手稽首。"孔安國傳:"拜手,首至手也。"上官:上級官員。南宫:唐代通稱尚書省爲南宫。趙注引《後漢書》"陳忠爲尚書令,前後所奏悉條於南宫閣上",以及杜佑《通典》"鄭宏爲尚書令,前後所陳……皆著之南宫",以爲"謂尚書省爲南宫,當本此"。二句寫陸拜别上司,緩步出省,從容而有謀略。

〔四〕九河:《尚書·禹貢》:"九河既道。"孔安國傳:"河水分爲九道,在兖州界平原以北。"《爾雅·釋水》載九河之名爲:"徒駭、太史、馬頰、覆釜、胡蘇、簡、絜、鉤盤、鬲津。"七國:指幽州所統七個郡國。《晉書·地理志》:"幽州統郡國七:范陽國、燕國、北平郡、上谷郡、廣寧郡、代郡、遼西郡。"薊門:指薊門關,在薊州。二句點出陸員外此行所至之地。

〔五〕枯桑:《古詩十九首》:"枯桑知天風。"飛蓬:隨風飄旋的蓬草。二句寫時届冬令,塞外苦寒。

〔六〕虜:敵兵,此指奚、契丹。胡地:指奚和契丹所在地。空:空曠無人。二句寫戰地蕭條,千里不見人烟。

〔七〕無爲：没有意義。費：耗費。奇功：《漢書·段會宗傳》載谷永與段會宗友善，谷以書勸誡云："方今漢德隆盛，遠人賓服，傅、鄭、甘、陳之功没齒不可復見，願吾子因循舊貫，毋求奇功。"二句謂不必毫無意義地耗費中國，以此爲個人求得"奇功"。

〔八〕遲遲：有所思而緩行貌。《詩·王風·黍離》："行道遲遲，中心有違。"嗟：慨嘆。異同：指朝中對討伐奚、契丹的意見不一。諸葛亮《出師表》："陟罰臧否，不宜異同。"二句寫送别時踟躕之情，一邊握手，一邊慨嘆朝中意見不一。

〔九〕封侯：指建立卓著的軍功。南山翁：詩人自謂。南山，見《不遇詠》注〔一〕。二句祝陸員外此行建功，並相邀日後再見，透露出歸隱之意。

同崔員外秋宵寓直

建禮高秋夜，承明候曉過〔一〕。九門寒漏徹，萬井曙鐘多〔二〕。月迥藏珠斗，雲消出絳河〔三〕。更慚衰朽質，南陌共鳴珂〔四〕。

崔員外，崔圓，曾任文部司勛員外郎。天寶十一載，王維爲文部（即吏部）郎中。此詩作於安史之亂前，所寫即與崔圓同在尚書省值夜情景。當時詩人興致頗高，還未注意到危機的潛伏。但由于楊國忠已取代李林甫，王維仍不得不自稱衰朽，而結好崔圓。寓直，值宿禁中。

〔一〕建禮：漢宫門名。沈約《和謝宣城詩》："晨趨游建禮。"《文選》李善注引《漢書·典職》："尚書郎晝夜更直於建禮門内。"承明：漢未央宫有承明殿。班固《西都賦》："内有承明、金馬著作之庭。"《漢書·

嚴助傳》張晏注:“承明廬在石渠閣外。”候曉過: 直待天曉才出省過外殿。

〔二〕九門: 據《禮·月令》“毋出九門”注,古天子所居有九門: 路門、應門、雉門、庫門、皋門、城門、近郊門、遠郊門和關門。此泛指皇宫。寒漏: 寒夜的滴漏聲。萬井: 指宫外街衢巷宅。

〔三〕珠斗: 北斗星相貫如珠。絳河: 天河。二句寫拂曉時天空景象。

〔四〕珂: 馬勒上所繫玉佩,馬行時能發出聲響。二句謂己衰老,愧與崔員外同值共歸。

敕賜百官櫻桃

芙蓉闕下會千官,紫禁朱櫻出上蘭〔一〕。才是寢園春薦後,非關御苑鳥銜殘〔二〕。歸鞍競帶青絲籠,中使頻傾赤玉盤〔三〕。飽食不須愁内熱,大官還有蔗漿寒〔四〕。

詩原注:“時爲文部郎中。”按《唐書·百官志》:“吏部郎中二人,正五品上。天寶十一載改吏部曰文部。”知此詩即作於天寶十一載三月之後。詩以皇帝賜百官櫻桃爲内容,從場面、器物多方面進行描寫,真實地再現了唐王朝沈溺于安樂的升平景象。

〔一〕芙蓉闕: 指皇宫,古宫門前有雙闕。梁車斆《洛陽道》:“重闕如隱起,雙闕似芙蓉。”紫禁: 内宫。《文選》謝莊《宋孝武宣貴妃誄》曰:“收華紫禁。”李善注:“王者之宫以象紫微,故謂宫中爲紫禁。”朱櫻: 紅色櫻桃。《本草圖經》:“櫻桃,其實熟時深紅色者,謂之朱櫻。”上蘭: 即上蘭觀。《三輔黄圖》曰:“上林苑有上蘭觀。”《清一統志》:“上蘭觀在西安。”二句謂天子在宫内大會羣臣,並賜以出自上蘭觀的紅櫻桃。

〔二〕寢園：古代皇帝陵墓旁的寢廟和園陵。《演繁露》曰："古不墓祭，祭必于廟，廟皆有寢故也。凡廟列諸寢前，寢則位乎廟後，以象人君之前朝後寢也。凡寢之有衣冠几杖，象生之具者，即在廟之寢也。秦人始于墓側立寢，漢世因之，諸陵皆有園寢。"春薦：《禮·月令》："仲夏之月，天子乃以雛嘗黍，羞以含桃，先薦寢廟。"唐李綽《歲時記》："四月一日，内園進櫻桃，寢園薦訖，頒賜百官各有差。"御苑：天子苑囿。鳥銜：《吕氏春秋》高誘注："含桃，櫻桃鶯鳥所含食，故言含桃。"二句謂天子所賜是春薦後新熟的櫻桃，而不是苑囿中被鳥含食的殘果。

〔三〕青絲籠：以植物嫩條編織的籠子。中使：宫中宦官。赤玉盤：《拾遺録》："漢明帝于月夜讌賜羣臣櫻桃，盛以赤瑛盤，羣臣觀之月下以爲空盤，帝笑之。"

〔四〕内熱：《食療本草》："櫻桃食多無損，但發虚熱耳。"大官：即太官，主膳食。蔗漿：用甘蔗汁作成的飲料，性寒。二句謂飽食亦不必躭心内熱，太官已準備了消熱的蔗漿。

送張五諲歸宣城

五湖千萬里〔一〕，況復五湖西。漁浦南陵郭，人家春穀溪〔二〕。欲歸江淼淼，未到草萋萋〔三〕。憶想蘭陵鎮，可宜猿更啼〔四〕。

天寶十三、四載李白在宣城、南陵等地，有《夜别張五》詩，疑張諲于天寶亂前歸宣城，王維因有此作。天寶亂後，張諲亦入蜀。南陵東至宣州一百里，本漢春穀縣地，見《元和郡縣志》。張五似即去南陵。詩只寫五湖、漁浦、春穀溪，便覺引人入勝。宣城，即今安徽宣城縣。隋改稱宣州，唐曾復改爲宣城。其地山水之勝素爲詩人題詠。

〔一〕五湖：所指不一。此指太湖，在江蘇境。

〔二〕南陵：即今安徽南陵，鄰近宣城。春穀溪：即春穀水。《水經注》："江連春穀縣，又合春穀水。"謝朓《宣城郡内登望》："山積陵陽阻，溪流春穀泉。"

〔三〕淼淼：同渺渺，形容水勢浩茫。萋萋：草盛貌。《楚辭·招隱士》："王孫遊兮不歸，春草生兮萋萋。"二句寫宣城一帶的春色，劉辰翁以爲"最是自得"。

〔四〕蘭陵鎮：後魏嘗置蘭陵縣，故址在今安徽省境内。當是張諲所去之地。可：豈。猿更啼：《水經注》："巴東三峽巫峽長，猿鳴三聲淚沾裳。"據此可推張諲去處當在沿江地區。二句懸想張諲至蘭陵後的心境，倍覺此時别情之殷切。

菩提寺禁裴迪來相看説逆賊等凝碧池上作音樂供奉人等舉聲便一時淚下私成口號誦示裴迪

萬户傷心生野烟〔一〕，百官何日再朝天。秋槐葉落空宮裏〔二〕，凝碧池頭奏管弦〔三〕。

菩提寺，據《長安志》載："平康坊南門之東，有菩提寺。隋開皇二年，隴西公李敬道及僧惠英所奏立。"《唐昭陵圖》："菩提寺在麻池之下，與香積寺近。"關于此詩由來，《賈氏談録》謂"賈君嘗自説太原軍前，銜命至永興軍催發馬草，舍于菩提寺。僧有智滿者，言祖師宏道，天寶末爲寺主。值禄山犯闕,王右丞爲賊所執,囚于經藏院,與左丞裴迪密相往來。裴説賊會蕃漢兵馬,宴于太極西内。王聞之泣下,遂爲詩二絶,書于經卷麻紙之後。祖師收得之,相傳至智滿。賈君既獲披閲,遂録得其辭云,……又示裴迪'安得捨塵網'云云。"逆賊,指安禄山叛軍。凝碧池,《唐禁苑圖》:"在西内苑,重元門之北,飛龍院之南。"供奉,指以技藝供奉内廷者。口號,隨口吟成。後肅宗收復西京,處置安禄山佔領時之從逆官員,王維因此詩得以減罪。

〔一〕生野烟:指天寶十五載六月安禄山背叛朝廷,攻陷京城,燒殺虜掠。

〔二〕空:一作"深"。此句描寫安禄山入長安後宫禁一片蕭瑟淒涼的景象。

〔三〕凝碧池句:《明皇雜録》:"天寶末,羣賊陷兩京……禄山尤致意樂工,求訪頗切。于旬日獲梨園子弟數百人,羣賊固相與大會于凝碧池,宴僞官數十人。大陳御庫珍寶,羅列于前後。樂既作,梨園舊人不覺歔欷,相對泣下。羣逆皆露刃持滿以脅之,而悲不能已。有樂工雷海青者,投樂器于地,西向慟哭。逆黨乃縛海青于戲馬殿,支解以示衆,聞之者莫不傷痛。王維時爲賊拘于菩提佛寺,聞之賦詩云云。"

口號又示裴迪

安得捨塵網〔一〕,拂衣辭世喧〔二〕。悠然策藜杖,歸向桃花源〔三〕。

王維前有七絶《私成口號誦示裴迪》言賊陷長安於凝碧池作樂事,此詩作於其後,故題曰"又示"。詩中所謂"捨塵網、辭世喧",實際是一種希望脱身的表示。

〔一〕捨：擺脱。塵網：繁雜的人間世務。此暗指被執、囚禁菩提寺事。

〔二〕拂衣：表示態度决絶、超然。世喧：塵世的喧囂。

〔三〕策：拄。藜杖：以藜草老莖製成的手杖，堅而輕。桃花源：晉陶淵明有《桃花源記》，描寫了一個不爲人知的理想境界。詩人早年亦有《桃源行》之作。此泛指鮮爲人知的隱居之所，並暗寓"避秦時亂"之意。

酬嚴少尹徐舍人見過不遇

公門暇日少，窮巷故人稀〔一〕。偶值乘籃輿，非關避白衣〔二〕。不知炊黍否，誰解掃柴扉〔三〕？君但傾茶椀，無妨騎馬歸〔四〕。

王維陷賊，懾於威逼，受給事中僞職。安史之亂平定後，因曾自賦《口號示裴迪》詩而減罪。乾元元年，年已六十，責授太子中元，不久又遷太子中庶子、中書舍人，又拜給事中。時嚴武任京兆少尹，在王維復官前，曾多次往訪。此詩即是對其來訪而未遇的酬答，寫得沖淡自然，頗有風趣。少尹，《唐六典》："京兆、河南、太原府尹一人，從三品；少尹二人，從四品下。"徐舍人，未詳。

〔一〕公門：指官署。窮巷：陋巷。二句以公門少暇與窮巷人稀反映出當時友人很少敢與陷賊之官來往的現實。

〔二〕偶值：正巧碰上。籃輿：即竹轎。《晉書·陶潛傳》："刺史王宏以元熙中臨州，甚欽遲之。後自造焉，潛稱疾不見。宏每令人候之，密知其當往廬山，乃遣其故人龐通之等齎酒，先於半道邀之。潛既遇酒，便引酌野亭，欣然忘進。宏乃出與相聞，遂欣飲窮日。宏邀之還州,問其所乘,答曰:'素有脚疾,向乘籃輿,亦足自反。'"白衣:指送酒者。《續晉陽秋》:"陶潛九日無酒,出籬邊張望。久之,見白衣人至,乃王弘(即王宏)送酒使也。"二句以陶潛自況,意謂正巧碰到我乘輿外出,並不是有意躲避白衣人來送酒。此將嚴武比作王宏。

〔三〕炊黍:作黄黍米飯。柴扉:柴門。二句謂不知家人是否炊黍款待,我家是無人會想到要掃浄柴門,迎候貴客的。這既是對"故人稀"的一種補充,也表示自己平日閒散,疏於迎送。

〔四〕椀:同"碗"。二句謂只喝了幾碗茶(而不是酒),該不會妨害你們騎馬而歸吧。結語詼諧有趣。

雪中憶李揖

積雪滿阡陌,故人不可期〔一〕。長安千門復萬户,何處蹀躞黄金羈〔二〕?

李揖曾官户部侍郎、行軍司馬,參與房琯陳陶斜戰役。王維早年有《過李揖宅》詩,稱其"與我同心人,安貧樂道者"。此詩約作于乾元元年回長安後。詩中"長安千門復萬户,何處蹀躞黄金羈"句,表現了對友人的誠摯思念,同時又似有對故人官高而不去看詩人的微諷。

〔一〕阡陌:本指田間小路。東西爲阡,南北爲陌。此指街道。不可期:無法期待。

〔二〕蹀躞(dié xiè):漫步。古樂府《白頭吟》:"蹀躞御溝上,溝水東西流。"黄金羈:飾有黄金的馬絡頭,此指馬。此句意謂不知你在誰家停馬。

和賈舍人早朝大明宫之作

絳幘鷄人送曉籌，尚衣方進翠雲裘〔一〕。九天閶闔開宫殿，萬國衣冠拜冕旒〔二〕。日色纔臨仙掌動，香烟欲拂袞龍浮〔三〕。朝罷須裁五色詔，珮聲歸向鳳池頭〔四〕。

詩作于乾元元年。賈舍人即賈至，其原詩《早朝大明宫呈兩省僚友》云："銀燭朝天紫陌長，紫城春色曉蒼蒼。千條弱柳垂青瑣，百囀流鶯遶建章。劍佩聲隨玉墀步，衣冠身惹御爐香。共沐恩波鳳池裏，朝朝染翰待君王。"與王維同和者還有杜甫、岑參。四詩均甚有名，對其優劣歷來評議不一。趙殿成以爲"《早朝》四作，氣格雄渾，句調工麗，皆律詩之佳者。結句俱用鳳池事，惟老杜獨别，此其妙處不容掩也。若評較全篇，定其軒輊，則岑爲上，王次之，杜、賈爲下"，僅其一例。王維此詩第二聯氣勢宏大，的是盛唐景象。大明宫，據《長安志》載，在禁苑東南，北據高原，南望爽塏。

〔一〕絳幘(zé)：漢宿衛之士所戴頭巾。《漢官儀》："宫中興臺並不得畜鷄，夜漏未明，三刻鷄鳴，衛士候于朱雀門外，著絳幘，專傳鷄唱。"鷄人：官名。《周禮》春官之屬，祭祀之夜將旦，則呼，以警百官使起者。《周禮》："鷄人夜呼旦，以嘂百官。"曉籌：即漏刻上的曉箭。尚衣：官名。《唐書·百官志》："尚衣局奉御二人，直長四人，掌供冕服几案。"翠雲裘：綉有翠雲的裘袍。宋玉《諷賦》："主人之女，翳承日之華，披翠雲之裘。"二句寫早朝前宫内活動。

〔二〕九天：指皇帝所居之殿。閶闔(chāng hé)：傳説中的天門，此指宫門。張衡《西京賦》："正紫宫于未央，表嶢闕于閶闔。"薛綜注："宫門立闕以爲表。"萬國衣冠：指入朝的各個少數民族的屬國和四方國家的使臣。冕旒(liú):古代帝王諸侯的冠冕。蓋在冕頂者曰綖,以五采繅繩穿玉,垂在綖前者稱旒。天子之冕十二旒,諸侯九,上大夫七,下大夫五,見《周禮·夏官·弁師》。後代只用于君王。二句謂神聖的殿門開了,大臣、少數民族和外國的使臣們都一起向天子朝拜。

〔三〕仙掌:指銅仙人的手掌。《三輔黄圖·廟記》:“神明臺,武帝造,祭仙人處,上有承露盤。有銅仙人,舒掌捧銅盤玉盃,以承雲表之露。以露和玉屑服之,以求仙道。”《長安記》:“仙人掌大七圍,以銅爲之。”衮(gǔn)龍:天子禮服上綉飾的雲龍。衮,天子所著黄袍。二句寫由於日光的照射,承露盤的仙人掌仿佛在動;皇帝座前御香繚繞,衮袍上的雲龍似乎在飄浮。

〔四〕五色詔:指詔書。《鄴中記》:“石虎詔書,以五色紙,著鳳雛口中。”鳳池:鳳凰池。天子禁苑中池沼。因中書省設在禁苑,故以鳳池代指中書省。《通典》:“魏晉以來,中書省監令掌贊詔命,記會時事,典作文書。以其地在樞近,多承寵任。是以人固其位,謂之鳳凰池焉。”二句轉述中書舍人賈至散朝後因裁制詔書而回中書省官署。

送楊少府貶郴州

明到衡山與洞庭,若爲秋月聽猿聲〔一〕。愁看北渚三湘近,惡説南風五兩輕〔二〕。青草瘴時過夏口,白頭浪裏出湓城〔三〕。長沙不久留才子,賈誼何須弔屈平〔四〕?

此詩約與《和賈舍人早朝大明宫》作於同時。楊少府,未詳,當是被貶爲縣尉。郴州,今湖南郴縣。全詩以寫途程反映謫官的心理,表示理解與同情。末聯轉入安慰,委婉地表示開明的君主將會召他回朝,委以重任。

〔一〕明:天明。衡山:又名岣嶁山,又稱南岳。《括地志》云:"在衡州湘潭縣西四十一里。"《長沙志》謂其山"軒翔聳拔九千餘丈,尊卑差次七十二峯。巖洞溪澗泉石之勝,交錯于中。又有數十洞,十五巖,三十八泉,二十五溪,九池九潭,六源八橋九井,三穿三漏,此最著者。"洞庭:即洞庭湖,在湖南長沙西北。若爲:怎堪。二句謂天一明即可到達衡山、洞庭,怎堪令你今夜於秋月下聽猿悲啼。

〔二〕北渚:指湘水中的沙渚。屈原《九歌·湘夫人》:"帝子降兮北渚。"三湘:見《漢江臨眺》注〔一〕。五兩輕:謂風大。五兩,古代候風器,用鷄毛五兩(或八兩)繫于桅頂製成。李白《送崔氏昆弟之金陵》:"扁舟敬亭下,五兩先飄揚。"沈德潛《唐詩别裁》:"不能北歸,反惡南風,語妙意曲。"

〔三〕青草瘴:《廣州記》:"地多瘴氣,夏爲青草瘴,秋爲黄茅瘴。"此不指青草湖。夏口:三國吴築夏口城,劉宋郢州及江夏郡治此,故城在今湖北武昌西黄鵠山。湓城:即今九江。《元和郡縣志》:"古之湓口城也,漢高帝六年,灌嬰所築。"二句謂於青草瘴時經夏口南下,在白浪中過了湓城。

〔四〕長沙句:才子,指賈誼。《史記·屈原賈生列傳》:"賈生名誼,洛陽人也。年十八,以能誦詩屬書聞於郡中。……孝文皇帝初立,……召爲博士。是時賈生年二十餘,最爲少。每詔令議下,諸老先生不能言,賈生盡爲之對。人人各如其意所欲出,諸生於是乃以爲能不及也。"後因得罪權貴,出爲長沙王太傅。弔屈平:賈誼有《弔屈原賦》。《史記》本傳:"賈生既辭往行,聞長沙卑溼,自以壽不得長,又以適去,意不自得。及渡湘水,爲賦以弔屈原。"屈平,屈原名平,楚國大夫。被讒放逐,作《離騷》,後自投汨羅江而死(見《史記·屈原賈生列傳》)。二句以賈誼之貶長沙喻楊貶郴州，謂當今朝廷不會讓才子久滯長沙，因此不必過傷。

春日與裴迪過新昌里訪呂逸人不遇

桃源一向絶風塵，柳市南頭訪隱淪〔一〕。到門不敢題凡鳥，看竹何須問主人〔二〕。城外青山如屋裏，東家流水入西鄰〔三〕。閉户著書多歲月，種松皆作老龍鱗〔四〕。

新昌里，又名新昌坊，在長安朱雀門街東第五街。唐代一些名人如牛僧孺、哥舒翰、白居易等都曾居此。呂逸人，未詳。逸人，即隱士。裴迪也有《春日與右丞過新昌里訪呂逸人》詩，詩當作于上元元年。此詩寫得蕭散閑淡，頗見詩人的審美意趣。

〔一〕桃源：桃花源，見《口號又示裴迪》注〔三〕。此喻呂逸人寓所。風塵：此指世俗雜務。柳市：未詳。當在新昌里北。隱淪：即隱士，指呂逸人。

〔二〕凡鳥：爲鳳字拆開分寫，暗寓凡人之意。《世説·簡傲篇》："嵇康與呂安善，每一相思，千里命駕。安後來，值康不在，(嵇)喜出户延之，不入，題門上作'鳳'字而去。喜不覺，猶以爲欣。故作'鳳'字，凡鳥也。"看竹：《晉書·王徽之傳》："時吴中一士大夫家有好竹，欲觀之，便出坐輿造竹下，諷嘯良久。主人灑掃請坐，徽之不顧。將出，主人乃閉門，徽之便以此賞之，盡歡而去。"二句謂呂逸人不在，家無俗人，因不敢題鳳字，却像王徽之那樣游賞了一下你的園林。

〔三〕城外二句：寫呂逸人園林之美，城外青山如在宅中，溪水潺潺從鄰居家流入階前。

〔四〕老龍鱗：指久經年月，樹皮已像老龍的鱗，蒼勁斑剝。二句寫吕逸人高蹈超然，意謂其著書年月已久，手植松樹皮已龜裂老化。

送邢桂州

鐃吹喧京口，風波下洞庭〔一〕。赭圻將赤岸，擊汰復揚舲〔二〕。日落江湖白，潮來天地青〔三〕。明珠歸合浦，應逐使臣星〔四〕。

邢桂州，名濟，曾任桂州經略使。據《通鑑・唐記》載，唐肅宗上元元年六月甲子，邢濟曾"破西原蠻二十萬衆，斬其帥黄乾曜"。唐時桂州爲始安郡都督府，屬嶺南道。《舊唐書・肅宗紀》："上元二年，以邢濟兼桂州都督、侍御史，充桂管防御都使。"此詩空靈自然，無着力痕跡，而所謂贈人以言，用心恰在結尾處。王惲《題摩詰驪山宫圖》詩："細吟凝碧池頭句，政(同正)恐丹青是諫書"，此詩也正有反對以武力鎮壓治桂的勸諫之意。

〔一〕鐃吹：《樂府詩集》："黄門鼓吹，短篇鐃歌與横吹曲，通名鼓吹。"鐃，古軍中樂器。京口：即今鎮江，唐時爲丹徒縣。洞庭：洞庭湖，見《送楊少府貶郴州》注〔一〕。二句謂邢在鼓樂聲中離開京口，揚帆直下洞庭。

〔二〕赭圻(qí其)：江岸名，在今安徽省南陵縣境。赤岸：山名，在今江蘇省境。《清一統志》："赤岸山在六合縣東南四十里。"汰(tài)：水波。舲：小舟，有窗牖的船。屈原《九章・涉江》："乘舲余上沅兮，齊吴榜以擊汰。"二句取其沿江山色，言一路舟行。

〔三〕日落二句：寫日落時江湖浪白，潮來時天地一色，優美壯闊。

〔四〕合浦：故城在今廣東合浦縣東北。其民多以採珠爲生。《後漢書·孟嘗傳》："先時宰守並多貪穢，詭人採求，不知紀極。珠遂漸徙於交趾郡界，于是行旅不至，人物無資，貧者餓死於道。嘗到官，革易前弊，求民利病，曾未踰歲，去珠復還，百姓皆反其業，商賈流通。"使臣星：即使星。《後漢書·李郃傳》："和帝即位，分遣使者皆微服單行，各至州縣觀採風謡。使者二人當到益部，投李郃候舍。時夏夕露坐，郃因仰觀，問曰：'二君發京師時，寧知朝廷遣二使耶？'二人默然，驚相視曰：'不聞也。'問何以知之。郃指星示云：'有二使星向益州分野，故知之耳。'"此指邢濟。二句謂邢至桂後，民困必蘇。詩意似委婉勸諫邢濟採取安撫措施治理桂州。

送楊長史之果州

褒斜不容幰，之子去何之〔一〕？鳥道一千里，猿啼十二時〔二〕。官橋祭酒客，山木女郎祠〔三〕。别後同明月，君應聽子規〔四〕。

長史，《唐六典》："上州有長史一人，從五品，中州有長史一人，正六品。"楊長史即楊濟，後曾任大理少卿兼御史中丞。果州，《唐書·地理志》："山南西道有果州南充郡。"即今四川南充。此詩作于上元二年詩人臨終前。淡淡寫來，將離情别緒寓於對蜀道險美、異鄉風俗的輕輕點染之中。紀昀謂其"一片神行，不比凡馬多肉。"

〔一〕褒斜：褒斜道，在終南山，爲由陝入蜀之交通要道，又名石牛道、北棧或連雲棧。幰：車幔。此泛指車乘。之子：此子。《爾雅》："之子者，是子也。"此指楊濟。二句謂褒斜道險不容車，不知你將去何處。

〔二〕鳥道：形容道路險窄，僅飛鳥能過。《華陽通志》："鳥道四百里，以其險絶，獸猶無蹊，特上有飛鳥之道耳。"猿啼：見《送張五諲歸宣城》注〔四〕。十二時：言整天。古分一日爲十二時以配十二地支，如子時、丑時、寅時等，每一時相當今之二小時。二句寫楊長史所經險道有千里之遥，猿啼終日不絶。

〔三〕官橋：官修的橋。祭酒客：指爲過路人祓除不祥的巫師。《後漢書·張魯傳》："張魯奉五斗米教，其來學者初名鬼卒，後號祭酒。"女郎祠：在陝西褒城縣女郎山。《輿地廣記》："興元府褒城縣有女郎山，上有女郎墳、女郎廟，俗言張魯女所葬。"二句寫入蜀途中所見民俗，過官橋有巫師跳神，山林中有人在祭女郎祠，神韻獨具。

〔四〕子規：即杜鵑，子規音諧子歸，鳴聲如催人歸去。張華《禽經注》："望帝修道，處西山而隱，化爲杜鵑鳥。或云化爲杜宇鳥，亦曰子規鳥，至春則啼，聞者悽惻。"二句謂别後雖同在明月之下，但你應傾聽子規而不忘及時回歸。

送梓州李使君

萬壑樹參天，千山響杜鵑〔一〕。山中一夜雨，樹杪百重泉〔二〕。漢女輸橦布，巴人訟芋田〔三〕。文翁翻教授，不敢倚先賢〔四〕。

梓州，《唐詩正音》作"東川"。《唐書·地理志》："劍南道有梓州梓潼郡。"高步瀛謂"唐劍南道梓州治郪縣，今四川三台縣治"。按李使君即李叔明,爲東川節度,移鎮梓州。杜甫也有《送李梓州使君之任》詩。王維此詩寫得調高韻美,其點綴蜀地風俗,轉出教化一層,委婉諷諭,寄意良深。王士禛謂前四句"興來,神來。天然入妙,不可凑泊"(《古夫于亭雜録》)。王夫之云:"右丞于用意,優于達意。景亦意,事亦意,前無古人,後無嗣者,文外獨絶,不許有兩。"(《唐詩評選》卷三)此詩可爲一例。

〔一〕萬壑:萬谷。與下句"千山"互文見意。《漁洋詩話》謂此二句"工于發端"。

〔二〕杪:枝條的頂端。百重泉:形容雨後山泉充沛。

〔三〕漢女:指嘉陵江(古稱西漢水)畔的少數民族婦女。左思《蜀都賦》:"漢女擊節。"輸:繳納賦調。橦布:以橦木花織成的布。《蜀都賦》:"布有橦華。"橦華即橦木之花,其質地柔毳,可用來織布,產於蜀地。巴人:即蜀人。古曾於四川閬中、南充、重慶一帶建立巴國,國滅後又曾置巴郡。訟:訴訟,打官司,此指争地。芋田:種植芋頭的土地。二句謂梓州爲巴蜀重鎮,賦税訴訟等政務一定很紛繁,爲轉入結語伏筆。

〔四〕文翁:漢廬江舒(故城在今安徽廬江縣西)人。《漢書·循吏傳》:景帝末,"文翁爲蜀郡守,見蜀地辟陋,欲誘進之,乃選郡縣小吏開敏有才者遣詣京師,受業博士,又修起學官,于成都市中招下縣子弟以爲學官弟子,繇是大化。"又《三國志·蜀志》:"蜀本無學士,文翁遣相如東受七經,還教吏民,於是蜀學比於齊魯。"倚:倚傍,效法。先賢:指文翁。高步瀛云:"文翁教化至今已衰,當更翻新以振起之,不敢以先賢成績而泰然無爲也。此相勉之意,而昔人以爲此二句不可解,何邪?"按高説意猶未盡。梓州在當時多次發生變亂,王維此言係針對治理而發,其以文翁爲郡守以教化治民爲例,意在勸勉叔明效法前賢,以教化爲本。據《舊唐書》本傳載,李叔明大歷初拜東川節度遂州刺史,後移鎮梓州。時東川值兵荒之後,凋殘頗甚。叔明理之近二十年,招撫氓庶,夷落獲安,與詩人在詩中的期望很符合。

相　思

紅豆生南國〔一〕，秋來發幾枝。願君多採擷〔二〕，此物最相思。

這是王維送友人去嶺南的作品，當時傳唱甚廣。《雲溪友議》："明皇幸岷山，百官皆竄辱。李龜年奔迫江潭，……曾於湘中採訪使筵上唱'紅豆生南國，……'又曰'清風明月苦相思，……'此辭皆王右丞所製，至今梨園唱焉。歌闋，合座莫不望南幸而慘然。"此詩以紅豆表達相思之情，託物近而寄情深。

〔一〕紅豆：又名相思子。相傳古代南方有人死於邊地，其妻思念不已，哭於樹下而卒，化爲紅豆，故又名相思子。《資暇録》："豆有圓而紅，其首烏者，舉世呼爲相思子，即紅豆之異名也。其木斜斫之，則有文，……其樹也大株而白，枝葉似槐。其花與皂莢花無殊。其子若穆豆，處於莢中，通身皆紅。"南國：指嶺南一帶地區。屈原《九章・橘頌》："受命不遷，生南國兮。"

〔二〕擷（xiè謝）：摘取。

附

山中與裴秀才迪書

近臘月下，景氣和暢〔一〕，故山殊可過〔二〕。足下方温經〔三〕，猥不敢相煩，輒便往山中，憩感配寺〔四〕，與山僧飯訖而去。北涉玄灞〔五〕，清月映郭，夜登華子岡〔六〕，輞水淪漣〔七〕，與月上下；寒山遠火，明滅林外；深巷寒犬，吠聲如豹；村墟夜舂〔八〕，復與疏鐘相間〔九〕。此時獨坐，僮僕静默，多思曩昔〔一〇〕，攜手賦詩，步仄逕，臨清流也。當待春中，草木蔓發，春山可望，輕鯈出水〔一一〕，白鷗矯翼，露濕青皋〔一二〕，麥隴朝雊〔一三〕，斯之不遠，儻能從我遊乎〔一四〕！非子天機清妙者〔一五〕，豈能以此不急之務相邀？然是中有深趣矣。無忽！因馱黄蘗人往，不一〔一六〕。山中人王維白〔一七〕。

此書係王維隱居輞川時作。信中描寫灞水輞川寒山夜火，村落舂聲，古寺夜鐘，清泠淡泊，一如詩畫，正契文中所謂“天機清妙”。最後復寫想像中的春景，萬物皆動，生機勃發，以此預邀友人同遊藍田，情懷高曠朗練。故黄庭堅云：“顧知此老胸次，定有泉石膏肓之疾。”（《苕溪漁隱叢話》）馬端臨也説“余每讀之，使人有飄然獨往之興”（《文獻通考·王右丞集》）。

〔一〕臘：原爲祀名，後世以臘祀之月名爲臘月，即農曆十二月。漢應劭《風俗通·祀典篇》：“僅按《禮》傳，夏曰嘉平，殷曰清祀，周曰大蠟,漢改爲臘。臘者,獵也,言田臘取獸以祭祀先祖也。或曰臘者,接也,新故交接,故大祭以報功也。”景氣:景物氣候。

〔二〕故山:指藍田山。在陝西藍田縣東南三十里。王維先隱藍田,後移輞川,因稱藍田爲“故山”。殊:尤。過:造訪。

〔三〕足下:古代對人的尊稱。温經:温習經書。

〔四〕猥:猥瑣。詩人自謙之辭。感配寺:在藍田山。

〔五〕玄:黑色。灞:灞水。《清一統志》:“陜西西安府:霸水在咸寧縣(今并入長安縣)東,源出藍田縣,谷水經縣東南,流至咸寧縣界,又北入渭水。”

〔六〕華子岡:輞川勝地之一。見《輞川集》序。

〔七〕輞水:即輞川。見《輞川閒居贈裴秀才迪》題解。淪漣:微波蕩漾。《詩·魏風·伐檀》:“河水清且漣猗。”毛萇傳:“風行水成文曰漣。”又:“河水清且淪猗。”毛萇傳:“小風水成文,轉如輪也。”

〔八〕舂:搗米聲。

〔九〕疏鐘:指山寺間斷的鐘聲。相間:夾雜一起。

〔一〇〕曩昔:往昔,從前。

〔一一〕鯈(tiáo):白魚。《莊子·秋水》:“鯈魚出遊從容,是魚之樂也。”

〔一二〕矯翼:猶言展翅。皋:水中高地。

〔一三〕朝雊:雄鷄晨鳴。

〔一四〕斯:指上述春景。儻:倘。

〔一五〕子:指裴迪。天機清妙:謂悟性敏慧,天質不凡。

〔一六〕蘗:即“檗”,黄木,一名檀桓,味苦入藥。五六月採皮去皺暴乾,根亦可用。馱黄蘗人:指販藥者。不一:猶言不一一盡言。

〔一七〕山中人:即隱者。屈原《九歌·山鬼》:“山中人兮芳杜若。”此係詩人自況。

與魏居士書

足下太師之後,世有明德,宜其四代五公,克復舊業〔一〕。而伯仲諸昆，頃或早世〔二〕。惟有壽光，復遭播越〔三〕。幼生弱姪，藐然諸孤，布衣徒步，降在皂隸〔四〕。足下不忍其親，杖策入關，降志屈禮，託于所知〔五〕。身不衣帛，而于六親孝慈；終日一飯，而以百口爲累〔六〕。攻苦食淡，流汗霢霂，爲之驅馳〔七〕。僕見足下，裂裳毁冕，二十餘年，山棲谷飲，高居深視〔八〕；造次不違於仁，舉止必由于道，高世之德，欲蓋而彰〔九〕。又屬聖主搜揚仄陋，束帛加璧，被于巖穴〔一〇〕。相國急賢，以副旁求，朝聞夕拜，片善一能，垂章拖組〔一一〕。況足下崇德茂緒，清節冠世，風高于黔婁善卷，行獨于石門荷蓧，朝廷所以超拜右史〔一二〕。思其入踐赤墀，執牘珥筆，羽儀當朝，爲天子文明〔一三〕。且又禄及其室養，昆弟免于負薪〔一四〕，樵蘇晚爨，柴門閉于積雪，藜床穿而未起〔一五〕。若有稱職，上有致君之盛，下有厚俗之化〔一六〕。亦何顧影跼步，行歌采薇，是懷寶迷邦，愛身賤物也〔一七〕。豈謂足下利鍾釜之禄，榮數尺之綬〔一八〕。雖方丈盈前，而蔬食菜羹；雖高門甲第，而畢竟空寂〔一九〕。人莫不相愛，而觀身如聚沫；人莫不自厚，而視財若浮雲〔二〇〕，于足下實何有哉！聖人知身不足有也，故曰欲潔其身，而亂大倫〔二一〕；知名無所著也，故曰欲使如來，名聲普聞〔二二〕。故離身而返屈其身，知名空而返不避其名也〔二三〕。古之高者曰許由，挂瓢于樹，風吹瓢，惡而去之；聞堯讓，臨水而洗其耳〔二四〕。耳非駐聲之地，聲無染耳之跡，惡外者垢内，病物者自我，此尚不能至于曠士，豈入道者之門歟？降及嵇康，亦云頓纓狂顧，逾思長林而憶豐草〔二五〕。頓纓狂顧，豈與俛受維縶有異乎？長林豐草，豈與官署門闌有異乎〔二六〕？異見起而正性隱，色事礙而慧用微〔二七〕，豈等同虛空，無所不遍；光明遍照，知見獨存之旨邪〔二八〕？此又足下之所知也。近有陶潛，不肯把板屈腰見督郵，解印綬棄官去〔二九〕。後貧，《乞食》詩云："叩門拙言辭"，是屢乞而多慙也〔三〇〕。嘗一見督郵，安食公田數頃，一慙之不忍，而終身慙乎〔三一〕！此亦人我攻中，忘大守小，不□(顧?)其後之累也〔三二〕。孔宣父云："我則異于是，無可無不可。"〔三三〕可者適意，不可者不適意也。君子以布仁施義，活國濟人爲適意〔三四〕。縱其道不行，亦無意爲不適意也〔三五〕。苟身心相離，理事俱如，則何往而不適〔三六〕。此近于不易，願足下思可不可之旨，以種類俱生，無行作以爲大依，無守默以爲絶塵，以不動爲出世也〔三七〕。僕年且六十，足力不強，上不能原本理體，裨補國朝〔三八〕；下不能殖貨聚穀，博施窮窘〔三九〕。偷禄苟活，誠罪人也。然才不出衆，德在人下，存亡去就，如九牛一毛耳〔四〇〕。實非欲引尸祝以自助，求分謗于高賢也〔四一〕。略陳起予，惟審圖之〔四二〕。

魏居士，名、字未詳。魏徵有四子，據《唐書·宰相世系表》載，爲叔玉、叔瑜、叔琬和叔璘。《舊唐書·魏徵傳》記叔璘於武則天時被酷吏所殺。叔玉爲光禄少卿，子魏膺開元初作秘書丞。叔瑜官職方郎中，子魏華官禮部郎中，孫魏瞻爲駕部郎中，未審是魏居士否。又叔璘子魏殷任汝陽令，孫魏明爲監察御史，第五代魏憑官獻陵台令。又叔璘第二子隨蓬州刺史，三子萬兼御史中丞。信中謂壽光遭流放，似即魏明，明與光名字相應。王維此信似作于至德乾元年間。信以無生之理，以有證無，勸居士入世，不以屈躬爲恥。其云知名空而不避名，仍以活國濟民爲適意，道不行，亦不必不適意，如此方識人生之空無。此文有與世妥協之意，但也反映出王維以入世爲出世的真實思想。在一定程度上也可看作是王維自己對《維摩詰經》的體會，其受禪學南宗的影響是明顯的。至于文中評陶淵明乞食，是被人詬病處，未免強爲混迹仕途辯護。

〔一〕太師：指魏徵。《舊唐書·魏徵傳》："（貞觀）十六年拜太子太師，知門下省事如故。"世：代。四代五公：謂魏徵之後四代有五人位居三公。按魏徵子叔玉官至光禄少卿，叔瑜爲潞州刺史，叔璘在武則天時爲酷吏所殺，叔琬官位不詳。叔玉子膺，神龍元年封鄭國公。叔瑜子華，開元初官太子右庶子。《唐書·宰相世系表》載魏膺官禮部侍郎，魏華官禮部郎中。"公"在此泛指高官顯位。克復舊業：指恢復先人魏徵的功業。

〔二〕伯仲：古代以伯、仲、叔、季表示兄弟間的長幼次序。昆：兄弟，此指魏居士兄弟。輩份當晚于魏華。頃：不久。或：有的。早世：過早去世。

〔三〕壽光：當爲居士兄弟，餘不詳。播越：指被流放。《左傳·昭公二十六年》："兹不穀震蕩播越，竄在荆蠻。"

〔四〕藐然諸孤：《左傳·僖公九年》："以是藐諸孤，辱在大夫。"孔穎達《正義》："藐者，懸遠之言，言諸子皆長，而奚齊獨幼，是大小相去懸藐也。藐諸孤者，言年既幼穉，懸藐於諸子之孤。"二句謂居士年幼的姪子都是些無依靠的孤兒。皂隸：差役僕從。揚雄《逐貧賦》："徒行負賃，出處易衣。身服百役，手足胼胝。"生活貧苦，地位低賤。

〔五〕降志屈禮：謂改變不事干謁的素志而致禮於當道。所知：指知己者。

〔六〕六親：歷來説法不一。或指父子、兄弟、姑姊、甥舅、婚媾、姻亞，或指父母、兄弟、妻子等。此泛指長幼親戚。四句謂居士生活儉樸，節衣縮食，上孝長輩，下慈後代，負擔着百餘口人的生計。

〔七〕攻苦食淡：謂陋食勤作。《漢書·叔孫通傳》"吕后與陛下攻苦食啖，其可背哉！"如淳注："食無菜茹爲啖。"師古注："啖當作淡，謂無味之食也。言共攻擊勤苦之事,而食無味之食也。"霢霂:汗流如雨狀。左思《吴都賦》:"流汗霢霂,而中逵泥濘。"吕向注:"霢霂,小雨,言汗似之。"爲之馳驅:爲他們奔走。

〔八〕高居深視:居位清高,見識深遠。

〔九〕造次不違於仁:《論語·里仁》:"君子無終食之間違仁,造次必於是,顛沛必於是。"造次:倉卒,匆促。高世之德:指高祖魏徵輔佐唐太宗的功德。

〔一〇〕搜揚仄陋:謂搜羅和提拔在野的微賤之士。仄陋:僻隱鄙陋之地。束帛加璧:指禮待徵召之士。《禮記·效特牲》:"束帛加璧,往德也。"疏:"玉以表德,今將玉加於束帛或錦繡黼黻之上,是以表往歸於德故也,謂主君有德而往貴之。"《史記·申公列傳》:"趙綰、王臧請天子欲立明堂以朝諸侯,不能就其事,乃言師申公。于是天子使使束帛加璧,安車駟馬迎申公。"巖穴:泛指山林之士。

〔一一〕相國:未詳所指。據此信寫作時間推測,當指王璵。乾元二年,作者有《爲相國王公紫芝木瓜讚》。急賢:急於求賢。副:符合,充任。旁求:廣泛搜求。《尚書·太甲》:"旁求俊彦,啓迪後人。"垂章拖組:謂身繫官印組帶。組:古代佩印用的絲帶。以上五句意謂相國急於求賢,做到廣徵人才,凡有一點長處,皆朝聞夕拜,授以適當的官職。

〔一二〕崇德茂緒:謂有崇高的品德,能繼承先人盛大的業績。緒,世業,功績。風:風格骨氣。黔婁、善卷:皆古代高士。《高士傳》:"黔婁先生者,齊人也。修身清節,不求進於諸侯。魯恭公聞其賢,遣使致禮,賜粟三千鍾,欲以爲相,辭不受。齊王又禮之,以黄金百斤聘爲卿,又不就。著書四篇,言道家之務,號黔婁子。終身不屈,以壽終。"又據《莊子·讓王》、《吕氏春秋·下賢》載,善卷,戰國楚人,居于枉渚,堯讓天下給他,他不接受,逃入深山。石門、荷蓧:皆古代隱士。石門,原指魯城門,此指石門看守。《論語·憲問》:子路宿于石門,石門看守問他從何而來,子路説是由孔子處來。石門看守云:"是知其不可而爲之者歟!"答話表明他是個隱士。荷蓧,荷蓧丈人。《論語·微子》:"子路從而後,遇丈人以杖荷蓧。子路問曰:'子見夫子乎?'丈人曰:'四體不勤、五穀不分,孰爲夫子?'植其杖而芸。……子曰:'隱者也。'使子路反見之,至則行矣。"超拜:越級拔擢。右史:起居舍人。《唐六典》:"起居舍人二人,從六品上。……龍朔二年,改爲右史。咸亨元年復故。天授元年,又改爲右史。"

〔一三〕赤墀:天子宫殿的紅色臺階。此指朝廷正宫。執牘珥筆:手拿簡册,耳夾筆管。按起居舍人因撰起居注而命官,右史執掌記録帝王之言,故持册夾筆跟隨左右。羽儀:《易·漸卦》:"鴻飛戾天,其羽可用爲儀。"此用爲動詞,作表率、稱揚講。文明:光耀文德。《書·舜典》:"濬哲文明,温恭永塞。"疏:"經天緯地曰文,照臨四方曰明。"

〔一四〕室養:家室的贍養。負薪:背柴。此指迫於生計而干粗活。

〔一五〕樵蘇:柴草。晚爨:晚炊。藜床穿而未起:《高士傳》:"管寧常坐一木榻上,積五十餘年,未嘗箕踞,榻上當膝皆穿。"庾信《小園賦》:"况乎管寧,藜床雖穿而可坐。"

〔一六〕稱職:相稱的職位。致君:即"致君堯舜"之意,即輔佐君王成就大業。厚俗:淳厚民俗。化:風化,教化。

〔一七〕顧影跼步:看着自己的身影行走,步子跼促。形容行事多慮,忐忑不安。行歌:指楚狂接輿。《論語·微子》:"楚狂接輿歌而過孔子,曰:'鳳兮鳳兮,何德之衰。往者不可諫,來者猶可追。已而已而,今之從政者殆而!'孔子下,欲與之言,趨而避之。"采薇:見《送别》詩注〔二〕。是:此。指上述"顧影跼步"、"行歌采薇"。懷寶迷邦:《論語·陽貨》:"陽貨欲見孔子,孔子不見。……遇諸塗,謂孔子曰:'來,予與爾言。曰懷其寶而迷其邦,可謂仁乎?'曰:'不可。''好從事而亟失時,可謂知乎?'曰:'不可。'孔子曰:'諾。吾將仕矣。'"愛身賤物:明哲保身,輕視名利。

〔一八〕鍾釜之禄:鍾釜,古代量器。鍾合六斛四斗,釜爲十分之一鍾。禄,俸米。綬:繫印綢帶,色有貴賤之别。

〔一九〕方丈盈前：指吃飯時飯桌擺滿珍肴。《孟子。盡心》："食前方丈。"甲第：《釋常談》："好宅謂之甲第。甲者，首也。"空寂：佛家語，意謂世間萬物一切皆空。

〔二〇〕觀身如聚沫：《維摩詰經》："是身如聚沫，不可撮摩。"又《傳燈録》："阿難後自念言，我身危脆，猶如聚沫；況復衰老，豈堪長久。"視財若浮雲：《論語・述而》："不義而富且貴，於我如浮雲。"

〔二一〕大倫：指君臣之倫理。《論語・微子》記子路遇荷蓧丈人，後反見之，不在。子路曰："不仕無義。長幼之節，不可廢也；君臣之義，如之何其廢之！欲絜其身，而亂大倫。"

〔二二〕故曰二句：用香積如來事。《維摩詰經》："維摩詰不起於座，居衆會前，化作菩薩，而告之曰：'汝往上方界，見如來，如我辭曰，願得世尊所食之餘，……令此樂小法者，得宏大道，亦使如來名聲普聞。'……於是香積如來以衆香鉢盛滿香飯與化菩薩，……飯香普薰，毗耶離城及三千大千世界。"

〔二三〕故離身二句：意謂想使自身求得擺脱，結果却反而委屈了自身；知道名聲是空虚的，却反而不有意躲避聲名。

〔二四〕許由：字武仲。《高士傳》："陽城槐里人，……隱於沛澤之中。"挂瓢：蔡邕《琴操》記許由無杯器，人以一瓢遺之。飲畢以瓢掛樹，風吹瓢歷歷有聲，由以爲煩擾而棄之。洗耳：《高士傳》記堯以天下讓許由，許由不受。又召爲九州長，"由不欲聞之，洗耳於穎水濱。時其友巢父……問其故，對曰：'堯欲召我爲九州長，惡聞其聲，是故洗耳。'"

〔二五〕嵇康：字叔夜，魏譙國銍(今安徽宿縣)人，"竹林七賢"之一。其《與山巨源絶交書》云："故使榮進之心日頽，任實之情轉篤。此猶禽鹿少見馴育，則服從教制；長而見羈，則狂顧頓纓，赴湯蹈火。雖飾以金鑣，饗以豐草，愈思長林而志在豐草也。"

〔二六〕俛受：俯首承受。維縶：羈絆束縛。《詩・小雅・白駒》："皎皎白駒，食我場苗，縶之維之，以永今朝。"門闌：門框欄干。

〔二七〕異見二句：謂不同見解起而真正佛性反爲隱微，心爲色、事所阻，佛家大智大慧的作用便小了。

〔二八〕知見：智慧見識。

〔二九〕陶潛：字淵明，晉代詩人。《晉書》本傳：潛爲彭澤令，“郡遣督郵至，縣吏白應束帶見之。潛歎曰：‘吾不能爲五斗米折腰，拳拳事鄉里小人邪！’義熙三年，解印去縣。”板：手板，古代官員迎送朝拜時用於記事。

〔三〇〕《乞食》詩：陶潛有《乞食》詩云：“饑來驅我去，不知竟何之。行行至斯里，叩門拙言辭。主人解余意，遺贈豈虛來。談諧終日夕，觴至輒傾杯。情欣新知歡，言詠遂賦詩。感子漂母惠，愧我非韓才。銜戢知何謝，冥報以相貽。”

〔三一〕嘗一見四句：謂陶淵明一時不忍而導致終身慚愧。《左傳·昭公三十一年》：“子家子曰：‘君與之歸，一慙之不忍，而終身慙乎？’”

〔三二〕攻中：謂交戰於內心。累：累贅。王維認爲淵明辭官之舉是“忘大守小”，得不償失；而束帶見督郵，無爲無不爲才算曠達，有佛性。

〔三三〕孔宣父：即孔子，曾被後代君主封爲文宣公。父，古代對男子的美稱。我則二句：見《論語·微子》。注云：“亦不必進，亦不必退，唯義所在。”

〔三四〕布仁施義：傳播和施行仁義道德。活國濟人：繁榮國家，接濟民生。

〔三五〕道不行：言己政治主張未能施行。《論語·公冶長》：“子曰：道不行，乘桴浮于海。”二句謂即使己道不行，也不必在意。

〔三六〕苟身心三句：謂如將身軀與心靈分開，則事情與道理都一樣，没有什麽不能適意的。

〔三七〕以種類四句：謂因萬物種類同生于世，本是空無，無須修行作佛事才算皈依佛法，孤守静寂纔算斷絶塵念，在家坐禪不動纔算超脱凡世。按王維之意，以爲修佛不必出世，入世道可行則行，不行也能適意。

〔三八〕僕：作者自稱。年且六十：年將六十。原本理體：追溯本源，治理大體。理當作治,避唐高宗諱改。裨補:增益補佐。

〔三九〕殖貨:猶言生財。窮窘:窮困窘迫者。

〔四〇〕九牛一毛:言微乎其微。《漢書·司馬遷傳》:"假令僕伏法受誅,若九牛一毛,與螻蟻何異!"

〔四一〕尸祝:司祭神者。尸,代神受祭者;祝,代傳神言者。句本《莊子·逍遥游》:"庖人雖不治庖,尸祝不越樽俎而代之矣。"又嵇康《與山巨源絶交書》:"羞庖人之獨割,引尸祝以自助。"此句以庖人(掌膳食者)自喻,謂上述所陳,實無求人代庖之意。分謗:共同分受别人的非難。高賢:指魏居士。

〔四二〕起予:發明己意。《論語·八佾》:"起予者,商(孔子弟子名)也。"此猶言或能有所啓發。審圖:仔細思考。

孟浩然詩選

春　曉

春眠不覺曉，處處聞啼鳥〔一〕。夜來風雨聲，花落知多少〔二〕！

此詩極寫山居春晨之美。環境的静謐與情懷的閒適相互融合，歷來傳誦甚廣。王維《田園樂》："花落家僮未掃，鳥啼山客猶眠。"與此詩意略近。劉辰翁謂其"風流閑美，正不在多"(《品彙》引)。

〔一〕春眠二句：寫春眠一刻千金，在山鳥的啼聲中，天已不知不覺地亮了。

〔二〕夜來二句：寫詩人睡起，首先關心的是昨夜的風雨吹落了多少春花。

大堤行贈萬七

大堤行樂處，車馬相馳突〔一〕。歲歲春草生，踏青二三月〔二〕。王孫挾珠彈，遊女矜羅襪〔三〕。攜手今莫同。江花爲誰發〔四〕。

《大堤行》，《樂府詩集》收入"西曲歌中"，原是南朝樂府舊題。萬七，未詳。用樂府舊題寫贈别，是孟浩然突破前人之處。此詩流麗自然，充滿盛唐時期襄陽的生活氣息。又此詩爲孟浩然集中僅存一首樂府，故頗堪珍視。

〔一〕大堤:《一統志》:"大堤在襄陽府城外。"又《湖廣志》:"大堤東臨漢江,西自萬山經澶溪、土門、白龍池、東津渡繞城北老龍堤,復至萬山之麓,周圍四十餘里。"李白《大堤曲》:"漢水臨襄陽,花開大堤暖。"馳突:競路爭先。

〔二〕踏青:《月令粹編》引《秦中歲時記》:"上巳(三月三日)……都人于江頭禊飲,踐踏青草,謂之踏青履。"《歲華紀麗》:"二月二日,踏青節也。"二、三月春草初生,民間盛行踏青遊樂的風俗。

〔三〕王孫:富家公子。珠彈:以珠爲丸的彈弓。遊女:遊覽的女子。《詩·周南·漢廣》:"漢有遊女,不可求思。"矜羅襪:以羅襪織工精美、顔色豔麗相驕恃。

〔四〕攜手二句:始點"贈萬七"題意。意謂未能和你一起踏青,一切都爲之減色。

登安陽城樓

縣城南面漢江流〔一〕,江嶂開成南雍州〔二〕。才子乘春來騁望,諸公暇日坐銷憂〔三〕。樓臺遠映青山郭,羅綺晴嬌緑水洲〔四〕。向夕波摇明月動,更疑神女弄珠遊〔五〕。

安陽疑爲安養,唐縣名,屬襄陽,即故樊城。漢江在南,江南爲襄陽,梁置南雍州。孟浩然的七律,《全唐詩》僅收四首。金聖嘆《唐才子詩》評此詩:"登城樓,臨漢江,望南雍州,看他何等眼界,何等胸襟!"詩寫得氣概豪邁,風格綺麗,似爲早期作品。王夫之《唐詩評選》稱其"輕俊"而"不涼儉"。

〔一〕縣城:即安養縣城。面:對着。漢江:即漢水。源出陝西寧强縣北嶓冢山,東南流經陝西南部、湖北西北部和中部,至武漢市漢陽入長江。

〔二〕江:漢江。嶂:指荆山。此句寫憑藉漢江荆山開闢了南雍州(即襄陽郡)的形勢。

〔三〕才子:指地方文士。騁望:放眼眺望。句謂文人都趁春遊登樓極目。諸公:指地方長官。銷憂:消遣憂煩。

〔四〕青山郭:處在青山中的城郭。羅綺:指繁花。二句寫景,色彩十分明麗。

〔五〕向夕:傍晚。神女:《韓詩外傳》、劉向《列仙傳》注《詩·周南·漢廣》"漢有游女,不可求思"句,謂鄭交甫在漢臯遇二神女,贈以佩珠。須臾神女不見,珠亦失去。以後文人常用此典,如張衡《南都賦》:"遊女弄珠于漢臯之曲。"《水經注》:"漢水東經萬山北,山下水隈,云漢女昔日遊處。"徐幹《喜夢賦》:"昔嬴子與某交遊於漢水之上,其夜夢見神女。"二句於勝景中更綴以美麗動人的神話色彩,使全詩的意境愈見奇幻絢爛。

登鹿門山

清曉因興來,乘流越江峴〔一〕。沙禽近方識,浦樹遥莫辨〔二〕。漸到鹿門山,山明翠微淺〔三〕。巖潭多屈曲,舟檝屢回轉〔四〕。昔聞龐德公,采藥遂不返〔五〕。金澗養芝朮,石床卧苔蘚〔六〕。紛吾感耆舊,結纜事攀踐〔七〕。隱迹今尚存,高風邈已遠〔八〕。白雲何時去,丹桂空偃蹇〔九〕。探討意未窮,回艫夕陽晚〔一〇〕。

鹿門山與峴山、望楚山、萬山隔漢水相對,在襄陽東南,是孟浩然在故鄉的重要遊處之地。宋本與《唐詩品彙》俱作《題鹿門山》,當是早期游鹿門時作。詩寫得生動,但又極寧静,"白雲何時去,丹桂空偃蹇",更見意中之静。皎然《詩式》以其爲"静"意的範例。

〔一〕清曉:早晨。乘流:順流。峴:峴山,在襄陽城南七里,漢江西岸。詩人宅在峴山附近,有澗可通漢水。二句謂早晨乘興駕舟由漢江經峴山順流而下。

〔二〕沙禽:沙灘上的禽鳥。浦:水濱。二句寫舟行所見,遠近皆得,並富有動感。

〔三〕翠微:青翠的山氣。二句寫漸至鹿門,山色明亮,青嵐淡薄。

〔四〕巖潭:巖嶂中的深水潭。檝:船槳。二句寫巖嶂中潭水宛折,行舟每每迂回。

〔五〕龐德公:東漢襄陽人,嘗隱居峴山,不入城市,與司馬德操、諸葛亮爲友,後攜妻子入鹿門山采藥,遂不反。事見《後漢書·龐公傳》及注。

〔六〕金澗:山間金色的谷澗。養:生長。芝:靈芝。朮(zhù):白朮藥,可強身延壽。二句謂當年龐德公在金澗以靈芝白朮爲食,所卧石床如今已長滿苔蘚。

〔七〕紛吾:出自《離騷》:"紛吾既有此内美兮。"紛,紛至沓來,此言感觸極多。耆舊:年高而有聲望者,此指龐德公。晉習鑿齒有《襄陽耆舊傳》一書。結纜:把船上的纜繩系在岸上。事:從事。二句謂對這位襄陽耆舊十分仰慕,便决意停舟上岸,攀登鹿門山以踐其遺跡。

〔八〕隱迹:指龐德公歸隱的遺迹。邈:渺茫。二句謂龐德公歸隱遺迹尚存,然其超邁絶俗的風格却已渺然遠離。

〔九〕丹桂:《南方草木狀》:"桂有三種,皮赤者爲丹桂。"偃蹇:高聳貌。《楚辭·招隱士》:"桂樹叢生兮山之幽,偃蹇連卷兮枝相繚。"二句謂龐德公乘雲仙去已久,所遺丹桂却空自傲然挺立。

〔一〇〕探討：探尋隱迹。窮：盡。二句謂探幽尋微興猶未盡，回船時日已西下。

尋梅道士

彭澤先生柳，山陰道士鵝〔一〕。我來從所好，停策漢陰多〔二〕。重以觀魚樂，因之鼓枻歌〔三〕。崔徐迹未朽，千載挹清波〔四〕。

梅道士，名未詳。詩寫尋道士，但其意並不在人，而在柳、鵝，以及像莊周一樣觀魚而樂，像漁父一樣鼓枻而歌。而南陽諸葛亮的好友崔州平、徐元直（庶）的清高，更使詩人景仰之至。詩約作於早年。至其多用散文句式，也搖曳多姿，清新可讀。詩人又有《梅道士水亭》詩。

〔一〕彭澤：江西彭澤縣，故城在今江西湖口縣東。先生柳：晉陶潛有《五柳先生傳》，自稱"門前有五柳樹"，後人因稱"五柳先生"。又曾任彭澤令，世稱陶彭澤。山陰：浙江會稽縣，即今浙江紹興市。道士鵝：王和《論書表》："羲之性好鵝。山陰曇褒村有一道士養鵝十餘，王清旦乘小船故往，意大願樂，乃告求市易。道士乃性好道，久欲寫河上公《老子》而無人能書，府君若能屈書《道德經》兩章，便合羣以奉。羲之便住半日爲寫畢，籠鵝而歸。"

〔二〕從：跟隨。所好：猶相好，此指梅道士。策：馬鞭。漢陰：漢水之南，即梅道士所居之處。二句謂己此來爲尋同好，以駐馬漢陰之時爲多。

〔三〕重以：加以。觀魚樂：《莊子·秋水篇》："莊子與惠子遊于濠梁之上。莊子曰：'儵魚出遊從容，是魚之樂也。'"鼓枻（yì）歌：《楚辭·漁父》:"漁父莞爾而笑,鼓枻而去,乃歌曰:'滄浪之水清兮,可以濯我纓;滄浪之水濁兮,可以濯我足。'"鼓枻,蕩槳。二句謂加上觀看魚游之樂,因而鼓楫而歌。

〔四〕崔徐:漢末隱居襄陽的崔州平和徐庶。《三國志·諸葛亮傳》:"每自比于管仲樂毅,時人莫之許也,唯博陵崔州平、潁川徐庶,與亮友善,謂爲信然。"二句謂崔、徐遺迹猶存,千載之下人們還能挹取他們清高品質的流波。

遊精思觀回王白雲在後

出谷未停午,到家日已曛〔一〕。回瞻下山路,但見牛羊羣〔二〕。樵子暗相失,草蟲寒不聞〔三〕。衡門猶未掩,佇立待夫君〔四〕。

此詩亦似早期之作,寫得淡泊自然,多"選體"句。精思觀,道觀名,當近襄陽,餘未詳。王白雲,王迥,號白雲先生,家住鹿門,詩人與其過從甚密。

〔一〕停午:即亭午,正午。曛:黄昏。句本謝靈運《石壁精舍還湖中作》:"出谷日尚早,入舟陽已微。"

〔二〕回瞻二句:寫回首下山之路,只見一羣羣牛羊在夕照中歸來。意與《詩·王風·君子于役》:"日之夕矣,羊牛下來"相近。

〔三〕暗相失:指天暗下來,本來走在一起,現在却看不見了。草蟲:蟈蟈之類的昆蟲。《詩·召南·草蟲》:"喓喓草蟲,趯趯阜螽。"

〔四〕衡門:即横門,横木爲門,指觀門。夫君:指王迥,親近之詞。《九歌·雲中君》:"思夫君兮太息。"二句點出題中"在後"二字。

登江中孤嶼贈白雲先生王迥

悠悠清江水，水落沙嶼出〔一〕。回潭石下深，緑篠岸傍密〔二〕。鮫人潛不見，漁父歌自逸〔三〕。憶與君别時，泛舟如昨日。夕陽開返照，中坐興非一〔四〕。南望鹿門山，歸來恨如失〔五〕。

王迥家隱鹿門，浩然曾與其同登漢江中的孤嶼，此詩即追憶前遊。先寫景，後憶舊遊、寓思情。

〔一〕沙嶼：水中沙地。水落嶼出，此遊或在冬季，與其《與諸子登峴山》"水落魚梁淺"同意。

〔二〕回潭：有旋渦的深潭。篠：小竹。

〔三〕鮫人：神話傳説中的一種人魚。《述異記》："南海中有鮫人室，水居如魚，不廢機織。其眼能泣則出珠。"此二句想像神話中的鮫人深潛不見，而隱逸的漁父高歌自放。

〔四〕夕陽二句：追憶與王迥别時同坐。夕照中，對景感興，紛繁不一。

〔五〕鹿門山：見《登鹿門山》題解。二句寫歸來獨自一人，悵然若失。

洗然弟竹亭

吾與二三子，平生結交深〔一〕。俱懷鴻鵠志，共有鶺鴒心〔二〕。逸氣假毫翰，清風在竹林〔三〕。達是酒中趣，琴上偶然音〔四〕。

洗然,浩然從弟,曾隱居襄陽。此詩前四句寫其與洗然同有問世之意,後四句寫洗然清逸放達,不爲物累,得意忘言的精神面貌。

〔一〕二三子:二三人。《論語・述而》:"二三子以我爲隱乎?"此指從弟兄。二句謂已與從兄弟平生結交極深。

〔二〕鴻鵠志:遠大的志向。《史記・陳涉世家》:"燕雀安知鴻鵠之志哉!"鶺鴒:亦作"脊令",鳥名。《詩・小雅・棠棣》:"脊令在原,兄弟急難。"言脊令失所,飛鳴求其同類,用以表示兄弟相助。二句謂不但都有遠大志向,而且彼此友愛相處。

〔三〕逸氣:超俗出羣的風貌氣質。假:憑藉。毫翰:毛筆。竹林:嵇康、阮籍等七人,曾隱居河内竹林間,號竹林七賢。此以竹林切題中"竹亭"。二句謂借筆抒發胸中超越塵俗的意氣,以竹林寄託清高的情韻。

〔四〕達:曠達。二句寫飲酒使人曠達,興來撫琴,情致更爲灑脱。

初春漢中漾舟

羊公峴山下,神女漢皋曲〔一〕。雪罷冰復開,春潭千丈緑〔二〕。輕舟恣來往,探玩無厭足〔三〕。波影搖妓釵,沙光逐人目〔四〕。傾杯魚鳥醉,聯句鶯花續〔五〕。良會難再逢,日入須秉燭〔六〕。

宋本此詩首句作"漾舟在何處",並無"輕舟"二句和"良會"二句,出入較大。詩寫峴山及神女故事,屬輕豔一格,似爲早期作品。

〔一〕羊公:《藝文類聚》五十引王隱《晉書》:"羊祜都督荆州諸軍事,招攜以禮,懷遠以德,吴人悦服,稱爲羊公。"峴山:見《登鹿門山》注〔一〕。《藝文類聚》卷三十五引《襄陽耆舊記》:"羊公與鄒閏甫登峴山,垂泣曰:'有宇宙便有此山,由來賢達,登此遠望者多矣,皆湮滅無聞,不可得知,念此令人悲傷。'"神女:《列仙傳》:"江妃二女,不知何許人,出遊江湄。逢鄭交甫,……女遂解珮與之,交甫悦愛珮,去數十步,空懷無珮,女亦不見。"又萬山一名漢皋山,在縣西北十里,下有解珮浦,見《襄陽府志》。上句寫英雄人物遺迹,下句寫美麗的神女傳説。

〔二〕春潭:指萬山潭,在今湖北襄陽縣西北十里萬山下。詩人另有《萬山潭作》。

〔三〕恣:隨意,盡情。探玩:探尋遊玩。厭足:滿足。厭,同饜。

〔四〕波影二句:寫水中賞玩之景,波影蕩漾,歌妓釵飾似在水中搖晃,金色的沙粒在陽光照耀下閃閃發光,炫人眼目。

〔五〕傾杯二句:極寫飲酒賦詩之樂。詩友們杯盤交錯,魚鳥爲之酣醉;吟哦聯句,烟花爲之相續。宋本"鶯花"作"烟花"。其移情花草魚鳥,意境優美動人。

〔六〕秉燭:持燭。此句用《古詩十九首》"晝短苦夜長,何不秉燭遊"之意。

北澗泛舟

北澗流恒滿,浮舟觸處通〔一〕。沿洄自有趣,何必五湖中〔二〕。

此詩似未遊吴越前作。峴山、北澗與浩然所住南澗相近,是水流充足可以蕩舟所在,可通峴山很多地方,故詩有"浮舟觸處通"之句。此詩贊美襄陽山水,可見詩人對襄陽風景的由衷之愛,與其《登望楚山最高頂》所謂“山水觀形勝,襄陽美會稽”意同。聞一多先生曾謂詩人因愛襄陽山水而隱,似可信。

〔一〕恒:常,總。觸處:所到之處。

〔二〕沿洄:順流和逆水。謝靈運《過始寧墅》:“水涉盡洄沿。”五湖:歷來所指不一。此指春秋時范蠡泛舟的太湖。二句謂水道曲折紆回,舟行移步换景,情趣盎然,而不必像范蠡那樣泛舟五湖。

送朱大入秦

遊人五陵去,寶劍直千金〔一〕。分手脱相贈,平生一片心〔二〕。

朱大,未詳。詩人另有《送朱去非遊巴東》(一本作《峴山送朱大》),又有《高陽池送朱一》(據宋本),想係同一人。此詩以解劍相贈表現了朱大的豪俠性格,同時也襯托出詩人自己的任俠好士和慷慨情懷,似作於早期。

〔一〕遊人:指朱大。五陵:漢代五個皇帝的陵墓,即高祖長陵、惠帝安陵、景帝陽陵、武帝茂陵和昭帝平陵,均在長安郊外,古屬秦地。《漢書·原涉傳》:“郡國諸豪及長安五陵諸爲氣節者,皆歸慕之。”唐承漢風,五陵仍爲游俠紈綺聚游之地。“五陵”原作“武陵”,武陵地在南方,古屬楚地,與題中“入秦”不合,故據《四部叢刊》本改。直:同“值”。千金,極言價值昂貴。曹植《名都篇》:“寶劍直千金。”二句寫朱大將去五陵,所佩的寶劍價值千金。

〔二〕脱:解下。《新序》:“延陵季子,不忘故舊,脱千金之劍挂丘樹。”二句謂臨别時解劍相贈,以表平素意氣相投之心。

萬山潭作

垂釣坐盤石〔一〕，水清心亦閑。魚行潭樹下，猿挂島藤間〔二〕。游女解佩處，傳聞于此山〔三〕。求之不可得，沿月棹歌還〔四〕。

萬山，又名漢皋山，在襄陽西北十里，有萬山潭。詩寫到神女解佩的傳聞，在有意無意之間，顯得飄逸自然，氣韻生動。施閏章《蠖齋詩話》："浩然'沿月棹歌還'、'招月伴人還'、'沿月下湘流''江清月近人'，並妙于言月。"劉辰翁謂其"古意淡韻，終不可以衆作律之；而衆作愈不可及"（《品彙》引）。

〔一〕盤石：較平的巨石。

〔二〕魚行二句：寫所見之景，潭水澄明，可見魚在樹蔭下往來倏忽，猿在藤條上攀援嬉鬧。

〔三〕游女二句：《韓詩外傳》："鄭交甫將南適楚，遵彼漢皋台，遇二女，佩兩珠，交甫目而挑之，二女解佩贈之。"後二女與珠均不見。又見《列仙傳》，詳《初春漢中漾舟》注。

〔四〕棹：船槳。二句謂想尋游女解佩之地却無法找到，于是只能沿着月光鼓棹而歸。

遊鳳林寺西嶺

共喜年華好〔一〕，來遊水石間。烟容開遠樹〔二〕，春色滿幽山。壺酒朋情洽，琴歌野興閒〔三〕。莫愁歸路暝，招月伴人還。

鳳林寺，或在萬山西嶺。詩人《宿業師山房》詩云："夕陽度西嶺"。詩寫游山情趣，結句"招月伴人還"，清新活潑，與全詩所寫"佳興"相映成趣，使人有"逸興遄飛"之感。許學夷《詩源辯體》："浩然造思極精，必待自得。故其五言律皆忽然而來，渾然而就，而圓轉超絶矣。"

〔一〕年華：猶時光。
〔二〕烟容句：淡烟掩靄，一帶遠樹清楚地展現。
〔三〕朋情：朋友的情誼。洽：融洽無間。野興：游觀山野的興致。二句寫與友人飲酒彈琴，自在從容，綽有餘閒。

送張子容進士赴舉

夕曛山照滅，送客出柴門〔一〕。惆悵野中別，殷勤歧路言〔二〕。茂林予偃息，喬木爾飛翻〔三〕。無使《谷風》誚，須令友道存〔四〕。

張子容，詩人鄉里友人。據《唐才子傳》云："子容，襄陽人。開元元年常無名榜進士，仕爲樂城令，初與孟浩然同隱鹿門山，爲生死交，詩篇倡答頗多。"此詩當寫于開元元年(即先天二年)前，不僅有依依惜别的心情，而且叮嚀張子容赴舉後不要忘却友道。子容中進士後，貶爲樂城尉，後曾與詩人相見于永嘉和樂城。

〔一〕夕曛：落日的餘輝。客：指張子容。

〔二〕野中别：在原野中分手。殷勤：情意懇切。歧路：岔道。《列子·説符》："楊子曰：'嘻！亡一羊，何追者之衆？'鄰人曰：'多歧路。'"二句寫臨别惆悵，反復叮嚀。宋劉辰翁謂"寫得濃盡"(《唐詩品彙》引)。

〔三〕偃息：仰卧休息。《詩·小雅·北山》："或息偃在床。"此指棲居山林。喬木：高大的樹木。《詩·小雅·伐木》："伐木丁丁，鳥鳴嚶嚶。出于幽谷，遷于喬木。"此喻赴進士舉。二句寫别後處境各異。

〔四〕《谷風》：《詩·小雅》篇名。其中有"將恐將懼，維予與女。將安將樂，女轉棄予"、"將恐將懼，寘予於懷。將安將樂，棄予如遺"諸語，舊説以爲是棄婦詩。此借以喻友情中絶。誚：譏笑。友道：爲友之道，指相交以誠，不以富貴貧賤爲限等道義。二句謂不要有《谷風》之譏，而應讓友道永存。

送元公之鄂渚尋觀主張驂鸞

桃花春水漲，之子忽乘流〔一〕。峴首辭蛟浦〔二〕，江中問鶴樓〔三〕。贈君青竹杖〔四〕，送爾白蘋洲〔五〕。應是神仙子，相期汗漫游〔六〕。

鄂渚，地名，在今湖北武昌西江邊。元公、張驂鸞，均未詳。此詩寫送人尋道士，但以春江、蛟浦、黄鶴樓作背景，以青竹杖、白蘋洲爲襯託，轉覺瀟灑飄逸，風韻清美。

〔一〕桃花句：桃樹始花時節江河水漲。《漢書·溝洫志》："來春桃花水盛，必羨(衍)溢。"此時水漲亦稱桃花水，或桃花汛。之子：此人。《詩・周南・桃夭》:“之子于歸”注:“之子,是子也。”此指元公。二句謂時值桃花水漲,元公忽思駕舟去鄂渚。

〔二〕峴首:峴山頭。峴山見《登鹿門山》注〔一〕。蛟浦:指峴山下通大江的浦口。相傳晉周處曾于江中斬蛟,故此用蛟浦字様,表示水深能爲蛟龍所藏。

〔三〕問:訪問。鶴樓:指武昌黄鶴樓。相傳因仙人子安乘黄鶴過此而名。

〔四〕君:指元公。青竹杖:仙人所用手杖。《神仙傳》:“壺公……乃取一青竹杖與(費長)房。”

〔五〕白蘋洲:梁柳惲《江南曲》:“汀洲采白蘋。”此泛指江中洲渚。

〔六〕神仙子:即神仙。此指觀主張驂鸞。相期:相約。汗漫:《淮南子・道應篇》:“吾與汗漫期于九垓之外。”注云:“汗漫,不可知之意。”二句謂元公此行,該不是應觀主之約,去作九天之外的遨游吧。

高陽池送朱二

當昔襄陽雄盛時,山公常醉習家池〔一〕。池邊釣女日相隨,妝成照影競來窺〔二〕。澄波澹澹芙蓉發,緑岸毿毿楊柳垂〔三〕。一朝物變人亦非,四面荒凉人徑稀〔四〕。意氣豪華何處在?空餘草露濕羅衣〔五〕。此地朝來餞行者,翻向此中牧征馬〔六〕。征馬分飛日漸斜,見此空爲人所嗟〔七〕。殷勤爲訪桃源路,予亦歸來松子家〔八〕。

高陽池,在襄陽峴山南。《襄陽記》:“峴山南。習郁大魚池……山季倫每臨此地,輒大醉而歸,恒曰:‘此我高陽池也!’”山簡嗜酒,因命習池爲高陽池,取酈食其稱高陽酒徒之意。今本"送朱二",宋本作"送朱",名未詳。此詩懷古傷今,感嘆不再有山簡這樣的人物,並向朱二表示自己打算歸隱。前半寫現實,傷襄陽與高陽池均非昔日盛况;結句寫理想,願與赤松子同遊。詩人七言長句慷慨悲涼,工整過于李頎、王維。

〔一〕山公:指山簡,山濤之子,字季倫。曾爲征南將軍,鎮襄陽。習家池:習鑿齒家的園池。史載山簡鎮襄陽,每出游,多之池上置酒,輒醉。山簡因稱之爲高陽池。兒童歌曰:"山公何所往,未至高陽池。日夕倒載歸,酩酊無所知。"二句謂往昔襄陽雄盛時,山公出游常大醉於習家池。

〔二〕池邊二句:寫山簡游習家池,釣魚的女子天天相隨,並梳妝打扮競相顧盼。

〔三〕澄波:清波。澹澹:水摇動貌。芙蓉:荷花。毵毵(sān):細長柔軟貌。二句寫景,荷花盛開在清徹搖漾的水中,柳枝搖曳在緑草繁茂的岸邊。

〔四〕一朝二句:感慨自山公逝後,滄桑屢改,習池一片荒涼,人跡罕至。

〔五〕意氣二句:謂像山公那樣的意氣和豪華已無處可尋,只剩草上的露水濡濕人們的羅裳。

〔六〕餞:置酒送行。翻:即反。此中:指高陽池。征馬:遠行之馬。二句謂早晨來此餞别的人,反倒在高陽池放起馬來。

〔七〕分飛:猶言分道而馳。嗟:感嘆。二句謂征馬各奔東西時日已西斜,對此徒然令人嗟嘆。

〔八〕桃源路:去桃花源的道路。晉陶淵明《桃花源記》寫武陵人因捕魚迷入與世隔絶的桃花源,後欲尋之,"遂迷不復得路"。松子:即赤松子,古仙人名。《列仙傳》指爲神農時的雨師。《史記·張良列傳》:"願棄人間事隨赤松子遊耳。"松子家:赤松子居處。此指遠離塵世的隱舍。二句謂你此行請爲我殷勤地尋訪去桃源仙地的路徑,我也將歸居赤松子之家。

秋登蘭山寄張五

北山白雲裏，隱者自怡悦〔一〕。相望試登高，心隨雁飛滅〔二〕。愁因薄暮起，興是清秋發〔三〕。時見歸村人，平沙渡頭歇〔四〕。天邊樹若薺，江畔洲如月〔五〕。何當載酒來，共醉重陽節〔六〕。

張五即張諲，早年隱于襄陽，後隱居長安及洛陽，與王維往還甚密。詩人另有《尋張五回夜園作》，中曰"聞就龐公隱，移居近澗湖"，澗湖在峴山北，可見兩人嘗相居頗近。蘭山當是萬山之誤。一本作"萬山"，《詩人玉屑》引《復齋詩話》亦作萬山。萬山在襄陽縣西北十里。張五《唐詩品彙》誤爲張立，並云："王荆公選作《秋登萬山寄張立僓》。"立實五字之誤，僓又諲字之誤。詩寄張諲，自然是早年作品，頗入畫境，風神清美。

〔一〕北山：指萬山，在縣西北十里。隱者：指張五。怡悦：悠然自得。二句化用晉陶弘景《詔問山中何所有賦詩以答》"山中何所有？嶺上多白雲。只可自怡悦，不堪持贈君"句意。

〔二〕相望二句：寫因思張諲而登高，目送歸鴻，心隨之斷絶。後句宋本作"心飛逐鳥滅"，都是望斷之意。

〔三〕興：詩興。二句謂愁思因日暮而興起，詩興由清秋而觸發。宋本"清秋"作"清境"。

〔四〕時見二句：寫晚景，不時看見歸村的農人在一片平沙的渡頭歇息。宋本"平沙"作"沙行"。

〔五〕薺：薺菜，一種能吃的細小的野菜。二句謂遠望天邊的樹木如一片薺菜，俯看江邊，白沙洲猶如一輪弦月。

〔六〕何當：何時。重陽節：古人以農曆九月九日爲重陽節，有囊朱萸登高飲酒以避殃禍的風俗。二句約請張諲,謂載酒來登高痛飲,共醉重陽節。

途中遇晴

已失巴陵雨,猶逢蜀坂泥〔一〕。天開斜景遍,山出晚雲低〔二〕。餘濕猶霑草,殘流尚入溪〔三〕。今宵有明月,鄉思遠悽悽〔四〕。

此詩爲詩人早年入蜀時作,寫山行途中雨後初晴,景色清新怡人。詩人入蜀年代已不可考,據《入峽寄舍弟》云:"吾昔與爾輩,讀書常閉門。未嘗冒湍險,豈顧垂堂言",知其爲初次漫游江湖。

〔一〕巴陵:今湖南岳陽市。蜀坂:蜀地山坡。二句謂來自巴陵的陰雨剛剛停止,又踏上了蜀中山坡的泥濘小道。

〔二〕斜景:偏西的夕照。二句寫山中久雨初晴,餘輝灑滿了天空,山巒格外明朗,暮雲已擴散到天際。

〔三〕餘濕二句:寫雨後所見,雨水仍沾在青草上,積流還在小溪中流淌。

〔四〕今宵二句:寫今宵雲散月出,反因此平添了一段悽傷的思鄉之情。

人日登南陽驛門亭子懷漢川諸友

朝來登陟處,不似豔陽時〔一〕。異縣諸風物,羈懷多所思〔二〕。剪花驚歲早,看柳訝春遲〔三〕。未有南飛雁,裁書欲寄誰〔四〕?

人日,古以陰曆正月初七爲人日,並據天氣陰晴占吉凶。南陽,屬襄陽府,治宛,即今河南南陽市。驛門,客舍之門。漢川,今湖北有漢川縣,此似指漢水流域詩人故鄉所在地。此詩係詩人早年外出所作,其懷念故鄉漢川諸友,感情真摯。

〔一〕登陟:登高,上升。豔陽:指陽春。二句寫人日登高,所見景物還不像到了陽春之時。

〔二〕風物:風光景物。羈懷:旅途情懷。二句謂異地故鄉,風物各異,羈旅之思萬端交集。

〔三〕剪花:《荆楚歲時記》:"正月七日爲人日,剪采爲人,或鏤金箔爲人勝。"又《藝文類聚》引賈充《典戒》:"人日造花勝相遺。"剪花是晉以後盛行於民間的風俗。訝:奇怪,驚訝。二句謂異地春天姗姗來遲。

〔四〕未有二句:古代向有鴻雁傳書的傳説,此謂"未有南飛雁",所寫家書自然無由傳遞了。其身處異地的孤寂之感可想而知。

行出東山望漢川

異縣非吾土,連山盡緑篁〔一〕。平田出郭少,盤坂入雲長〔二〕。萬壑歸于漢,千峯劃彼蒼〔三〕。猿聲亂楚峽,人語帶巴鄉〔四〕。石上攢椒樹,藤間綴蜜房〔五〕。雪餘春未暖,嵐解晝初陽〔六〕。征馬疲登頓,歸帆愛渺茫〔七〕。坐欣沿溜下,信宿見維桑〔八〕。

東山疑在宜昌西,近蜀地。漢川,見前詩題解。地在今漢陽西北。此或係詩人早年出游之作。這首排律對異地風俗景物的描寫十分細膩,有些句子由謝靈運詩變化而來,如結尾四句即是。《蠖齋詩話》云:“李空同看孟詩,不甚許可,每嫌調雜,似謂‘選體’與‘唐調’雜也。”

〔一〕異縣:疑指秭歸、巴東等地。吾土:家鄉。綠篁:綠色竹林。

〔二〕郭:外城。盤坂:盤曲下傾的山路。曹操《苦寒行》:“羊腸坂詰曲。”二句謂城外很少有平地,盤曲的山路直入雲霄。

〔三〕壑:山溝。此指山泉。彼蒼:蒼穹,天空。《詩·秦風·黃鳥》:“彼蒼者天。”

〔四〕楚峽:奉節到宜昌間山峽有十多個,西陵峽即屬湖北,此當指宜昌以西一段。巴鄉:今川東鄂西一帶。巴,古國名。據《水經注》載,江水東經西陵峽,山水紆曲,絶壁或千許丈,林木高茂,猿鳴至清,山谷傳響,泠泠不絶。二句寫山傳猿鳴,人帶巴音。

〔五〕攢(cuán):聚集。二句寫山石縫隙長滿了花椒樹,茂密的藤蘿間綴系着蜂房。

〔六〕嵐:山中霧氣。初陽:日初出。二句寫山中氣候,雪雖殘而春未暖,霧漸消而日初出。以上諸句均寫巴東風景。

〔七〕登頓:上下山路。謝靈運《過始寧墅》:“山行窮登頓。”二句謂騎馬疲于奔波,乘舟却喜看大江的浩渺。

〔八〕沿溜:順着水流。信宿:一兩夜。《左傳·莊公三年》:“凡師一宿爲舍,再宿爲信,過信爲次。”維桑:即梓桑。《詩·小雅·小弁》:“維桑與梓,必恭敬止。”古人多於宅旁植桑種梓,後即以桑梓代指家園。二句寫歸程欣喜之情,借舟沿江而下,不幾天就可以見到家鄉了。

尋白鶴巖張子容隱居

白鶴青巖半,幽人有隱居〔一〕。階庭空水石,林壑罷樵漁〔二〕。歲月青松老,風霜苦竹疎〔三〕。覩茲懷舊業,回策返吾廬〔四〕。

此詩作于《送張子容赴進士舉》後若干年。時子容已遠貶樂城,官止一尉。詩人曾想求仕,入郡城時過訪子容舊居,感嘆孤負山水清美,便深戀南山舊居,毅然返策回到澗南園。"歲月青松老,風霜苦竹疎"二句悲涼勁直,有建安風骨。

〔一〕半:指半山腰。幽人:即隱士,指張子容。
〔二〕階庭二句:寫子容舊居石列庭院,水繞階除,景物依舊,却不復有人采樵林中,垂釣澗谷。
〔三〕苦竹:竹的一種。二句與王維《訪李山人所居因題屋壁》"問年松樹老,有地竹林多"意近。但孟詩勁練,寓意甚深。人去松老,苦竹經霜而疎,感慨亦深。
〔四〕舊業:猶故居,此指詩人在澗南的居室,亦即下句中的"吾廬"。策:手杖。二句見景生情,故人舊居的荒寂,使詩人毅然打消了求仕的念頭,決意返歸自己的隱所。

除夜有懷

五更鐘漏欲相催〔一〕,四氣推遷往復迴〔二〕。帳裏殘燈纔去焰〔三〕,爐中香氣盡成灰。漸看春逼芙蓉枕,頓覺寒銷竹葉杯〔四〕。守歲家家猶未卧,相思那得夢魂來〔五〕。

這首七律也當爲早期之作,多輕豔筆墨。金聖嘆謂起句寫盡除夜,二從大處寫,三、四是從細處寫,結語以未卧而無夢來,怨而不怒(《唐才子詩》)。

〔一〕鐘漏: 指晨鐘將鳴,夜漏欲盡。

〔二〕四氣推遷: 指四時節氣的推移變遷。

〔三〕纔去焰: 指燈焰已息。梁紀少瑜《殘燈詩》:"唯餘一兩焰,裁得解羅衣。"

〔四〕芙蓉枕: 繡有荷花的枕頭。銷: 通"消"。竹葉杯: 裝有竹葉酒的杯子。二句首言春氣已近枕邊,次寫心中寒氣因酒而消散。

〔五〕守歲: 民間盛行舊曆除夕家人共坐,終夜不睡以送舊迎新的一種風俗,唐代頗重之。二句謂此時縱有相思之情,也不可能入夢。沈約《别范安成》:"夢中不識路,何以慰相思",此亦含"何以慰相思"之意。

贈蕭少府

上德如流水,安仁道若山〔一〕。聞君秉高節,而得奉清顔〔二〕。鴻漸生儀羽,牛刀列下班〔三〕。處腴能不潤,居劇體長閑〔四〕。去詐人無諂,除邪吏息姦〔五〕。欲知清與潔,明月照澄灣〔六〕。

蕭少府,名未詳。少府即縣尉,襄陽縣地處繁劇,職有膏潤。詩歌頌了蕭少府能以清廉自守,無爲而治,而又不恥官卑,怡然自得。這也反映了詩人政治思想與貞觀時的尚無爲、重吏治一脈相承。詩工整自然,出自肺腑,非一般應酬之作。孟詩喜用"而"字,但《螋齋詩話》謂其"榜人苦奔峭,而我忌險艱"二語差不覺,"聞君秉高節,而得奉清顔"稍覺索然。

〔一〕上德：德行很高。《老子》："上德不德，是以有德"。按此"上德"當作"尚德"解，與下句"安仁"爲對。句意爲尚德如流。安仁：安于儒家的仁道。二句稱蕭少府尚德安仁，志趣高卓。

〔二〕秉：操持。高節：高尚的節操。奉清顔：指輔佐縣令共理縣政。二句謂聽説您持守高尚的節操，因此能够輔佐縣令。

〔三〕鴻漸句：《易・漸》："鴻漸于陸，其羽可用爲儀。"此以鴻雁漸息喻仕途不達。牛刀：宰牛用刀，喻大才。《論語・陽貨》："夫子莞爾而笑曰：'割鷄焉用牛刀？'"下班：猶下位，指縣尉的卑職。二句謂少府仕宦如鴻止生羽，才大位卑。

〔四〕處腴：謂身處肥缺之官。潤：沾染。居劇：謂置身繁難的公務。閒：閒適。二句稱少府居官膏腴而不沾，身處繁難而安閒。

〔五〕去詐：消除欺詐。諂：諂佞。除邪：除去邪惡。姦：姦惡。二句稱揚少府爲民除惡的政績。

〔六〕欲知二句：謂少府爲官清正與廉潔，正如明月下的澄清河水。

他鄉七夕

他鄉逢七夕，旅館益羈愁〔一〕。不見穿針婦，空懷故國樓〔二〕。緒風初減熱，新月始臨秋〔三〕。誰忍窺河漢，迢迢望斗牛〔四〕。

此詩以七夕爲題，寫羈旅相思，當作於開元六、七年入京之後。杜甫《鄜州》詩以望月起，由對方思緒心理入手，此詩以天上牛女之會與人間羈愁對比，倍覺情傷。其中新月始臨秋句清朗可誦。

〔一〕七夕：周處《風土記》："七月七日，其夜灑掃于庭，露施几筵，設酒脯時果,散香粉(于筵上),(祈請)于河鼓(即牽牛)織女,言此二星神當會。"(《初學記》卷四引,據《藝文類聚》卷四補)又《荆楚歲時記》:"七夕婦女結采縷,穿七孔針,或以金銀鍮石爲針,陳瓜果于庭中以乞巧,有蟢子網于瓜上,則以爲得。"(《初學記》四引)按後世穿針,不一定用七孔針。益:增添。羈愁:旅居他鄉的孤寂愁悶。

〔二〕穿針婦:指詩人的妻子。故國:故鄉、故園。

〔三〕緒風:指夏末熱風之餘。《楚辭・涉江》:"欸秋冬之緒風。"緒,餘。新月:指秋天第一次出現的上弦月。梁庾肩吾《奉使江州船中七夕》詩:"九江逢七夕,初弦值早秋。"

〔四〕窺:望。河漢:即銀河。牛、女二星分處兩旁。迢迢:遠貌。斗牛:北斗星和牽牛星。此爲複詞偏義,指牽牛星。庾信《七夕賦》:"睹牛星之曜景,視織女之闌干。"

採樵作

採樵入深山,山深樹重疊〔一〕。橋崩卧槎擁,路險垂藤接〔二〕。日落伴將稀,山風拂蘿衣〔三〕。長歌負輕策,平野望烟歸〔四〕。

這首五言古詩兩韻八句,介乎律、古之間,很像漁歌樵唱。當作于詩人三十歲左右寫《田園作》"勞歌採樵路"時期。

〔一〕山深句:山深與樹重疊互爲因果:樹因山深而重疊,山由樹重疊而見深。

〔二〕卧槎(chá):倒卧的樹干。擁:擠。二句承上寫深山密林所見,古橋崩塌，枯樹倒卧擁橋；山路險惡，只憑垂藤連接。

〔三〕蘿衣：即薜蘿衣。薜又名薜荔，蔓生，葉長二三寸。蘿，女蘿。借稱隱士之服，《南史·宗測傳》："度形而衣薜蘿。"

〔四〕輕策：輕便的手杖。望烟歸：山深林茂，只能借看炊烟辨别方向，踏上歸途。

與白明府遊江

故人來自遠，邑宰復初臨〔一〕。執手恨爲别，同舟無異心〔二〕。沿洄洲渚趣，演漾弦歌音〔三〕。誰識躬耕者，年年《梁甫吟》〔四〕！

白明府，名未詳。明府，即縣令。此詩寫三人同舟遊江，前四句寫故人與邑宰意趣相投，五六句寫遊趣，結二句寫己懷才不遇的深慨。情由感物，既喜還悲，守静的境界中，藴含着不平。

〔一〕故人：未知所指。來自遠：《論語·學而》："有朋自遠方來，不亦悦乎！"邑宰：即襄陽縣令，指白明府。二句謂有個老朋友從遠方來，白縣令也是初次造訪。

〔二〕執手二句：前句承第一句謂送老友，執手以别爲恨；後句承一、二句，謂三人同舟遊江，興趣相同。

〔三〕沿洄：順水和逆流。洲渚：江中小洲。演漾：水波動蕩貌。此喻樂聲悠揚飄蕩。二句寫游江之樂，既有飄流的興趣，又有弦歌的娱情。

〔四〕躬耕者：詩人自謂。《三國志·諸葛亮傳》："臣本布衣，躬耕于南陽。"《梁甫吟》：樂府楚調曲名。梁甫，山名，在泰山下。據《三國志》載,諸葛亮好爲《梁甫吟》。二句借用諸葛亮的舊事,感慨自己長期懷才不遇。

田園作

弊廬隔塵喧,惟先養恬素〔一〕。卜鄰近三徑,植果盈千樹〔二〕。粤余任推遷,三十猶未遇〔三〕。書劍時將晚,丘園日已暮〔四〕。晨興自多懷,晝坐長寡悟〔五〕。衝天羨鴻鵠,争食羞鷄鶩〔六〕。望斷金馬門,勞歌采樵路〔七〕。鄉曲無知己,朝端乏親故〔八〕。誰能爲揚雄,一獻《甘泉賦》〔九〕。

此詩作於三十歲時。詩人感嘆不遇,但仍然充滿進取心。同時也從一個側面反映了當時朝廷用人惟親,至開元盛世已漸趨衰微的歷史現實。詩人五言古詩寫得比較沈鬱,但怨思抑揚,與王維含蓄的詩風有所不同。

〔一〕弊:同"敝"。塵喧:世塵的喧囂。恬素:甘於清静寡慾。

〔二〕卜鄰:選擇鄰居。三徑:指隱居的鄰人。《三輔决録》:"蔣詡字元卿,舍中竹下開三徑,惟求仲、羊仲從之游。"二句謂選擇像蔣詡那樣的好鄰居,在田園中遍植果樹。

〔三〕粤:發語詞。推遷:時光推移。《易·繫辭下》:"寒暑相推而歲成也。"三十:《論語·爲政》:"三十而立。"二句謂己一任歲月推移,年已三十而未能入仕。

〔四〕書劍:指取文武功名。丘園:指隱居的田園。《易·賁》:"賁于丘園,束帛戔戔。"

〔五〕興：起。多懷：指感慨頗多。寡悟：很少達觀想法。

〔六〕鵠：天鵝。因其高飛，人多喻仕途騰達。鶩：家鴨，喻争名逐利的羣小。二句謂己羨慕鴻鵠衝天，不願像鷄鴨那樣争食。

〔七〕金馬門：漢代宫門名。《史記・滑稽列傳》："金馬門者，宦署也。門傍有銅馬，故謂之金馬門。"漢代應詔文人多集於此。勞歌：本《韓詩外傳》："勞者歌其事。"二句謂待詔無望，只能採樵歌勞。

〔八〕鄉曲：鄉里。朝端：朝廷。二句謂鄉無知己推薦，朝乏親友拔擢。

〔九〕揚雄：字子雲，西漢成都人，成帝時有客薦雄文似司馬相如。遂侍召承明庭，隨成帝郊祀甘泉等地，雄奏《甘泉賦》。二句用典與事實有出入。意謂誰能像當年推薦揚雄那樣，把自己的文章獻給皇帝呢？

仲夏歸漢南園寄京邑耆舊

嘗讀《高士傳》，最喜陶徵君〔一〕。日耽田園趣，自謂羲皇人〔二〕。予復何爲者，恓恓徒問津〔三〕。中年廢丘壑，上國旅風塵〔四〕。忠欲事明主，孝思侍老親〔五〕。歸來當炎夏，耕稼不及春〔六〕。扇枕北窗下，采芝南澗濱〔七〕。因聲謝朝列。吾慕潁陽真〔八〕。

漢南園，即澗南園，詩人在襄陽的居所。此詩當作于首次入京歸鄉時，約在開元六七年前後。詩自敍"性本愛丘山"，出山是不得已，不遇後便匆匆而反，悄然歸隱，没有往游吴越。詳附録《孟浩然生平和詩》。

〔一〕《高士傳》：晉皇甫謐作有《高士傳》一書，共三卷，收録晉以前高士共七十二人，不包括陶潛。此指唐時可能增入的部分。陶徵君：陶潛。宋永嘉中曾被徵召，不就，後人因稱陶徵士或陶徵君。

〔二〕躭：沉迷。羲皇人：上古伏羲氏時人。伏羲爲傳説中的三皇之一，故稱羲皇。前人認爲上古時代的人淳朴渾厚，無憂無慮。陶淵明《與子儼等疏》："嘗言五六月中，北窗下卧，遇涼風暫至，自謂是羲皇上人。"二句謂淵明終日沉溺於田園樂趣，並自稱是伏羲時人。

〔三〕恓恓：形容奔波勞頓，不能安居。《論語·憲問》："丘何爲是恓恓者歟？"唐玄宗《孔子廟》詩："夫子何爲者，恓恓一代中。"問津：《論語·微子》："長沮、桀溺耦而耕。孔子過之，使子路問津焉。"二句謂己遠不及淵明，却白白地四處奔波，尋求前途。

〔四〕丘壑：山丘溝谷，此指所隱山林。《世説新語·賞譽》記謝鯤語："一丘一壑，自謂過之。"上國：指京都。二句謂中年曾一度荒棄林園，旅居長安。

〔五〕忠欲二句：謂己從來以上事明君，下侍老親的忠孝自礪。

〔六〕歸來二句：寫自京歸南園時正值盛夏。躭擱了田裏的春播。

〔七〕扇枕二句：寫再次歸隱後的閒適，搖扇枕蓆于北窗之下；采芝取食于南澗之畔。前句意本陶淵明《與子儼等疏》"五六月中，北窗下卧"。

〔八〕因聲：因人寄聲，即託信使寄語。朝列：在朝的各位。當指張九齡，王維等人。潁陽：上古高士許由不受堯所讓天下，遂隱于潁水之陽。見《高士傳》。真：淳真。二句表示再次隱居的心跡。

書懷貽京邑同好

維先自鄒魯，家世重儒風〔一〕。詩禮襲遺訓，趨庭霑末躬〔二〕。晝夜常自強，詞翰頗亦工〔三〕。三十既成立，嗟吁命不通〔四〕。慈親向羸老，喜懼在深衷〔五〕。甘脆朝不足，簞瓢夕屢空〔六〕。執鞭慕夫子，捧檄懷毛公〔七〕。感激遂彈冠，安能守固窮〔八〕？當塗訴知己，投刺匪求蒙〔九〕。秦楚邈離異，翻飛何日同〔一○〕！

此詩贈在京同好，自抒其懷，句句感慨。詩人既傾吐了不得已受荆州府辟召的苦衷，同時又表示想與京邑同好一起奮飛的意願。詩約作于三十之後，未詳受荆州府何人辟召，他詩也無表述，可能此事未能成功。

〔一〕維：語首助詞。先：祖先。鄒魯：周代二諸侯國名，均在今山東境内。孔子是魯人，孟子是鄒人。鄒魯自古是文教昌盛之地，故下句謂"家世重儒風"。

〔二〕詩禮：《詩經》和《禮記》，此以其概指儒學淵源。趨庭：《論語・季氏》："(子)嘗獨立，鯉趨而過庭。"孔子先後問其"學詩乎？學禮乎？"劉寶楠《正義》："趨而過庭者，禮：臣行過君前，子行過父前，皆當徐趨，所以爲敬也。"後因指受教於先人。霑：霑溉。末躬：己身，自謙之詞。二句謂學詩學禮承自祖先，"趨庭"之訓霑溉己身。

〔三〕晝夜二句：謂己日夜苦讀，詩文也頗有造詣。

〔四〕成立：謂學問修養漸趨成熟，並有建樹。《論語・爲政》："三十而立。"命不通：際遇不好，命運不濟。

〔五〕慈親：指年邁的母親。向：接近。羸(léi)：衰弱。喜懼：《論語・里仁》："父母之年，不可不知也。一則以喜，一則以懼。"深衷：内心深處。二句謂老母年高體弱，既喜其長壽，復懼己無以養親。

〔六〕甘脆：美味。此指可供老人品食的佳肴。簞瓢：《論語・雍也》："一簞食，一瓢飲，在陋巷，人不堪其憂，回也不改其樂。"簞，竹編簡陋食器；瓢，匏制飲器。"朝"、"夕"爲互文。二句寫己生活貧困，飲食多憂。

〔七〕執鞭：《論語・述而》："子曰：富而可求也，雖執鞭之士吾亦爲之；如不可求，從吾所好。"意謂如有符合仁義的富貴可求，即爲人執鞭趕車也幹。夫子：即孔子。檄：州府徵召的文書。毛公：東漢毛義。《後漢書·毛義傳》："廬江毛義，少年家貧，以孝行稱。南陽人張奉慕其名，往候之，坐定而府檄至，以義守令。義奉檄而入，喜動顔色……及義母死，去官行服。……後舉賢良，公車徵，遂不至。"二句表明爲了養親，自己是希望出山入仕的。

〔八〕彈冠：拂去久置的冠冕上的塵埃，準備入仕。《漢書·王吉傳》載，王吉字子陽，與貢禹爲友，後爲宰相，貢禹在家聞之，遂彈冠而起。時因稱"王陽在位，貢禹彈冠"。守固窮：即安于窮困。《論語·衛靈公》："子路……曰：'君子亦有窮乎？'子曰：'君子固窮，小人窮斯濫矣。'"二句謂因捧檄而感動，應彈冠求仕，不應甘守貧賤。

〔九〕當塗：當道，即執政者。此當指張九齡等人。投刺：古時求見官紳時須先投送名帖。刺，名帖。匪求蒙：不去乞求蒙昧者。《易·蒙》："匪我求童蒙，童蒙求我。"二句謂己所求的是位居要路的知己，而不是那些昏昧的官僚。

〔一〇〕秦楚：指長安和襄陽，即京邑故人和自己的所在地。邈(miǎo)：遠。翻飛：喻仕途騰達，有所作爲。二句點出雖入荆州幕府，却並未忘懷再入長安，一遂所願。

晚春卧病寄張八

南陌春將晚，北窗猶卧病〔一〕。林園久不遊，草木一何盛〔二〕！狹徑花障迷，閑庭竹掃浄〔三〕。翠羽戲蘭苕，頳鱗動荷柄〔四〕。念我平生好，江鄉遠從政〔五〕。雲山阻夢思，衾枕勞歌詠〔六〕。歌詠復何爲？同心恨别離。世途皆自媚，流俗寡相知〔七〕。賈誼才空逸，安仁鬢欲絲〔八〕。遥情每東注，奔晷復西馳〔九〕。常恐填溝壑，無由振羽儀〔一〇〕。窮通若有命，欲向論中推〔一一〕。

觀此詩用世心切，當作於第一次入京後，即開元八年晚春。詩中諷刺世途，寄懷知己，全詩兩韻，飄逸自然，是古詩而又近于律體，很有"選體"影響。張八疑即樂城尉張子容。

〔一〕陌：田間小路。北窗：陶淵明《與子儼等疏》有"五六月中，北窗下卧"句。二句寫郊野春色闌珊，而自己却長期卧病北窗，足不出户。

〔二〕林園二句：謂久不遊園，此次病後復出，爲草木豐茂而感驚訝。

〔三〕狹徑二句：寫小徑爲繁花所遮，令人難辨；庭院却讓低垂的竹梢掃得乾乾净净。

〔四〕翠羽，即翡翠鳥。蘭苕（tiáo）：蘭花。郭璞《游仙詩》："翡翠戲蘭苕，容色更相鮮。"杜甫《戲爲六絶句》："但看翡翠蘭苕上，未掣鯨魚碧海中。"赬（chēng）鱗：即金魚。動荷柄：謝朓《游東田》："魚戲新荷動。"二句寫翠鳥在蘭苕間嬉戲，游魚觸動着荷莖。

〔五〕平生好：指好友張子容。江鄉：江南水鄉，此指永嘉江。二句由春色入思友。

〔六〕衾枕：《詩·唐風·葛生》："角枕粲兮，錦衾爛兮。予美亡此，誰與獨旦。"勞：費。二句謂夢思爲雲山所阻，病褥中感觸甚多，頗勞歌詠。

〔七〕自媚：自美。《飲馬長城窟行》："入門各自媚，誰肯相爲言！"二句謂世人只顧自我吹嘘，社會陋俗使人很少知音。

〔八〕賈誼：漢洛陽人，少有才學。文帝召爲博士，超遷至大中大夫，誼請定正朔，易服色，制法度，興禮樂。有《治安策》等奏議文，爲大臣所忌，出爲長沙太傅，遷梁懷王太傅，卒，年三十三。逸：奔放不受拘束。安仁：潘岳字安仁。晉文人，詞藻絶麗，尤長于哀誄。年三十二著《閑居賦》，有"始見二毛"語，後文人多據以自悼。累官著作郎，轉散騎常侍，後爲趙王倫所殺。二句以賈誼、潘安仁自比，慨嘆才華無用，年過而立。

〔九〕遥情：懷遠之情。晷(guǐ)：日影。二句寫懷遠之情常隨水東注，而時光却不斷流逝。

〔一〇〕填溝壑：《左傳·昭公十三年》："小人老而無子，知擠于溝壑矣。"後即指貧賤而死。羽儀：指賢者被任用而爲世之表率。《易·漸》："鴻漸于陸，其羽可用爲儀，吉。"徐陵《别毛永嘉》："歸來振羽儀。"二句謂因此常躭心貧賤而卒，無法施展濟世之才。

〔一一〕窮通：指仕途命運的困躓和顯達。論：指論命運和骨相的書。按魏劉芳有《窮通論》。《魏書》本傳謂"芳雖處窮窘之中，……而澹然自守，不汲汲於榮利，不慼慼於賤貧，乃著《窮通論》以自慰焉"。二句正話反説，謂若窮困和顯達確有命運，那就要從論命運骨相的書中去推斷了。

夏日南亭懷辛大

山光忽西落，池月漸東上〔一〕。散髮乘夕涼，開軒卧閑敞〔二〕。荷風送香氣，竹露滴清響〔三〕。欲取鳴琴彈，恨無知音賞〔四〕。感此懷故人，中宵勞夢想〔五〕。

辛大名諤，隱居西山（萬山一帶），詩人有《西山尋辛諤》詩；辛大被徵北上，詩人又有《送辛大之鄂渚不及》詩。此詩寫在家緬懷故人，也似有入京意。詩寫不眠之夜南亭景色，清光逸味，清曠已極。詩中"荷風送香氣，竹露滴清響"二句，皮日休認爲可與謝朓（當爲何遜）"露濕寒塘草，月映清淮流"争勝（見皮日休《孟亭記》）。

〔一〕山光：指留在山上的日光。二句寫日落月升，意境十分優美恬静。

〔二〕散髮：披散頭髮。稽康《幽憤》詩："散髮巖岫。"按古代男子平時束髮，散髮表示不受拘束，灑脱自在。軒：窗。卧閑敞：卧在安静敞亮處。二句寫景中人安閒自得。

〔三〕荷風二句：寫清風動荷，暗香習習，露滴竹葉，清響泠泠，嗅覺與聽覺並用。以上皆寫"夏日南亭"景色。

〔四〕欲取二句：寫想彈琴而無知音，引出"懷辛大"題意。

〔五〕故人：指辛大。中宵：夜半。夢想：司馬相如《長門賦》："忽寢寐而夢想兮，魂若君之在旁。"

都下送辛大之鄂

南國辛居士，言歸舊竹林〔一〕。未逢調鼎用，徒有濟川心〔二〕。予亦忘機者，田園在漢陰〔三〕。因君故鄉去，遥寄式微吟〔四〕。

此詩約作于開元十一、十二年詩人旅居長安時。辛大也是隱居荆襄的文人，後被徵辟入洛。詩人《送辛大之鄂渚不及》詩云："郡邑經樊鄧，山河入嵩汝。蒲輪去漸遥，石徑徒延佇。"此詩送辛大失意還鄉，同病相憐，並表示自己也將遄返，託他順便帶個消息。鄂，即今湖北鄂城縣。

〔一〕南國：南方。辛居士：即辛諤。居士：指在家修行奉佛者。言，語助詞。竹林：魏晉時嵇康、阮籍等人常嘯聚竹林之下，時稱"竹林七賢"。此用指山林。

〔二〕調鼎：指宰相之職。古人認爲宰相治理天下，有如調理鼎中的食味,因稱宰相爲調鼎。濟川:《書·説命》:"若濟大川,用汝作舟楫。"二句謂因未遂濟世之用而自存作舟渡川之志。

〔三〕忘機者:指没有機巧的心,亦即無意於争名求利的人。漢陰:漢水南岸。《莊子》有漢陰丈人抱甕灌田羞爲機事者,二句用其典。

〔四〕式微吟:《詩·邶風·式微》:"式微,式微。胡不歸?"意謂時勢衰微,爲何還不返鄉。式,語助詞。二句謂借辛大歸鄉之便,爲我捎去亦即將還鄉的口信。

九日懷襄陽

去國似如昨,倏然經杪秋〔一〕。峴山不可見,風景令人愁〔二〕。誰采籬下菊,應閑池上樓〔三〕。宜城多美酒。歸與葛彊遊〔四〕。

此詩似作于開元十一年秋,離家近一年。其中不乏鄉國之思、失意之感。詩人長五律,此詩流麗自然,與《過故人莊》都代表了孟詩的一種清美曠放的風格。九日,指九月九日重陽節。

〔一〕去國:猶離鄉。倏然:形容光陰迅速。杪秋:即"秋杪",秋末。

〔二〕峴山:見《登鹿門山》注〔一〕。二句謂重陽登高却看不到峴山,回憶故鄉風景令人愁思滿懷。

〔三〕籬下菊:《續齊諧記》載費長房謂桓景,汝家當有禍,九月九日登高飲菊酒,可免禍,故"今世人至九日登山飲菊酒"。《續晉陽秋》:"陶潛嘗九月九日無酒,宅邊菊叢中,摘菊盈把。"又陶淵明《飲酒》詩:"采菊東籬下,悠然見南山。"池上樓:謝靈運有《登池上樓》

詩。此池指高陽池,見《高陽池送朱二》題解。二句想像家中菊花無人摘採,池樓無人登覽。

〔四〕宜城:縣名,屬襄陽。秦鄢縣,漢改名宜城,出美酒。曹植《酒賦》:"其味有宜成(城)醪醲。"葛彊:晉人。史載征南將軍山簡鎮襄陽,時游高陽池,飲酒必醉。葛彊爲其部下,常陪隨。時有兒歌云:"山公出何許,往至高陽池。日夕倒載歸,酩酊無所知。時時能騎馬,倒着白接籬(頭巾)。舉手向葛彊,何如并州兒。"二句寫家鄉宜城盛産美酒,回去後又可與同伴共游高陽。

送席大

惜爾懷其寶,迷邦倦客遊〔一〕。江山歷全楚,河洛越成周〔二〕。道路疲千里,鄉園老一丘〔三〕。知君命不偶,同病亦同憂〔四〕。

詩題又作《贈席大》。席大,名未詳,當也是屢上京洛不遇的荆襄文人。詩寫送人,實際都是詩人的親身體驗,知其在洛時已有歸去之念。結句表示求仕不在口腹,有"不義而富且貴,于我如浮雲"和"君子憂道不憂貧"之意。

〔一〕懷寶、迷邦:《論語·陽貨》:"陽貨欲見孔子,孔子不見,歸孔子豚。孔子時其亡也,而往拜之,遇諸塗,謂孔子曰:'來予與爾言。'曰:'懷其寶而迷其邦,可謂仁乎?'曰:'不可。'曰:'好從事而亟失時,可謂知乎?'曰:'不可。''日月逝矣,歲不我與。'孔子曰:'諾,吾將仕矣。'"懷寶指有才德,迷邦指迷戀家園、不思仕進。二句爲席大的懷才不仕深感惋惜。

〔二〕全楚：指南方古代楚國的全境。河洛：指黄河、洛水。成周：指洛陽，東周首都，故城在今洛陽縣北。二句寫其游歷遍及整個楚地，並經黄河、洛水，走過洛城。

〔三〕道路二句：謂席大如今已疲于奔波，只願歸鄉終老一丘。

〔四〕不偶：遭遇不順，命運不好。同病：指都不能與世俗同流合汙。二句謂其命運不濟，然己也如此，故有同病相憐之感。

東京留别諸公

吾道昧所適，驅車還向東〔一〕。主人開舊館，留客醉新豐〔二〕。樹繞温泉緑，塵遮晚日紅〔三〕。拂衣從此去，高步躡華嵩〔四〕。

開元十一、十二年間詩人長安失意，曾逗留東京洛陽。此詩表示歸隱華嵩，似還未决定還鄉與東游吴越時作。詩從離開長安寫起，足跡曾到臨潼驪山東新豐及温泉附近，然後打算由此去華山嵩山而不返。詩題似有誤，應作《去東京留别諸公》，一本作《京還留别新豐諸友》。

〔一〕昧：昏暗。《離騷》："路幽昧以險遠。"此用爲動詞，迷惑之意。所適：應去之處。二句謂已懷道不遇，决意掉車東去。

〔二〕客：詩人自謂。新豐：即今陝西臨潼縣東北新豐鎮。唐時在臨潼縣東北，自古盛産美酒。二句寫主人設筵於舊時館驛，留醉客人。

〔三〕温泉：在今臨潼縣驪山脚下，唐玄宗嘗於此置温泉宫。二句寫新豐一帶景色，樹木翠緑，落日正紅。

〔四〕拂衣：拂拭衣巾，表示擺脱塵俗。謝靈運《述祖德》："拂衣五湖裏。"高步：闊步。左思《詠史》："高步追許由。"躡：登。華：華山,在今陜西華陰縣南。嵩:嵩山,在今河南登封縣北。二句謂已當從此擺脱塵俗,登覽太華、嵩山之巔。

李氏園林卧疾

我愛陶家趣,園林無俗情〔一〕。春雷百卉坼,寒食四鄰清〔二〕。伏枕嗟公幹,歸山羨子平〔三〕。年年白社客,空滯洛陽城〔四〕。

詩人於開元十一、十二年入京,曾寓居洛陽。詩寫求仕無望,又卧疾李氏園林,更增加了還鄉歸隱的願望。

〔一〕陶家趣:陶淵明田園生活的意趣。陶淵明《歸去來辭》:"園日涉以成趣。"俗情:世俗的情趣。

〔二〕坼(chè):裂開,此指百花開始綻發。寒食:《荆楚歲時記》:"冬至後一百五日,即有疾風甚雨,謂之寒食,禁火三日。"二句寫春雷驚起,百花萌生,時届寒食,四鄰清冷。

〔三〕伏枕:點題"卧疾"。公幹:劉楨,字公幹,東平人,建安七子之一。有逸才,爲丞相掾屬。其《贈五官中郎將》詩云:"余患沈痼疾,竄身清漳濱。"子平:向長字子平,東漢人。隱居不仕,建武中男女嫁娶既畢,遂與北海禽慶俱游五嶽名山,不知所終(見《後漢書·隱逸傳》)。二句傷嘆己如劉楨卧病漳濱,羨慕向長高蹈歸隱。

〔四〕白社:唐代的一個村社,在今河南洛陽縣東。《晉書·董京傳》載,董京至洛陽,被髮而行,逍遥吟詠,常宿白社中,時乞于市。此喻李氏園林。二句謂年年爲客白社,在洛陽虚度歲月。

洛中送奚三還揚州

水國無邊際，舟行共使風〔一〕。羨君從此去，朝夕見鄉中〔二〕。予亦離家久，南歸恨不同〔三〕。音書若有問，江上會相逢〔四〕。

此詩作于開元十一、十二年入京後，自京由水路之洛，滯居洛陽時期。據"予亦離家久，南歸恨不同。音書若有問，江上會相逢"句，知詩人此時已打算還家並準備先東游吴越。奚三，名未詳。

〔一〕水國：此指奚三自洛還揚所經水路。使風：唐人語，指與風作鬬争。

〔二〕君：指奚三。二句謂己此時只能羨慕奚三從此一走，不日即可到家。

〔三〕予亦二句：對己不能與奚三同道南歸深表遺憾。

〔四〕江：長江。二句謂若有書信問訊，我們會相逢在揚子江上的。意即己不久亦將南游江淮。

秦中苦雨思歸贈袁左丞賀侍郎

苦學三十載，閉門江漢陰〔一〕。用賢遭聖日，羈旅屬秋霖〔二〕。豈直昏墊苦，亦爲權勢沈〔三〕。二毛催白髮，百鎰罄黄金〔四〕。淚憶峴山墮，愁懷湘水深〔五〕。謝公積憤懣，莊舄空謡吟〔六〕。躍馬非吾事，狎鷗宜我心〔七〕。寄言當路者,去矣北山岑〔八〕。

此詩作於開元十三年,滯居長安久而思歸時。袁左丞,袁仁敬,尚書左丞。賀侍郎,賀知章,工部侍郎。兩人都是張九齡的好友,詩人赴京待薦的東道主。

〔一〕江漢陰:長江漢水南岸。此指詩人的故居襄陽。二句概括身世,謂曾長期在家鄉閉門苦讀。

〔二〕遭:逢,遇上。聖日:聖明的時代。屬:值。霖:雨過三天曰霖。二句謂雖説適逢任賢用能的聖明時代。自己却久旅京華,秋雨連日。

〔三〕昏墊:用《堯典》"下民昏墊"語。此指困于水患,處境窪陷陰濕。沈:沈溺,沈淪。二句謂已不僅遭受雨潦陰濕之苦,更爲權勢者的梗阻所沈淪。

〔四〕二毛:頭髮黑白相間。潘岳《閑居賦》謂已年三十有二,而髮有二毛。此指中年。鎰:古代重量單位,一鎰相當於二十兩或二十四兩。罄:用盡。阮籍《詠懷》:"黄金百鎰盡。"二句謂在長安頭已斑白,百鎰之金也已在米珠薪桂的長安用盡。

〔五〕峴山:見《登鹿門山》注〔一〕。此指詩人隱居之地。湘水:即湖南湘江。漢代賈誼出爲長沙王太傅,過湘水,作賦以弔屈原。此即以此暗喻自己的不遇。

〔六〕謝公:謝安。此處謝公似指張九齡,或亦包括袁、賀。憤懣:鬱憤不平。莊舃(xì):春秋越人,仕楚爲執珪,不久生了病,楚王問侍臣莊舃是否思鄉?侍臣曰:思鄉必作越吟,否則作楚吟。後派人去聽,果然作越吟。(見《史記·陳軫傳》)二句謂薦己者已滿懷不平,我悲吟亦無濟於事。

〔七〕躍馬:策馬騰躍,喻富貴騰達。《史記·蔡澤傳》載澤去見相骨相者,唐舉問年壽,謂"自此以後,還有四十三年"。蔡澤云:"躍馬疾驅,懷黄金之印,結紫綬于腰,揖讓人主之前,食肉富貴,四十三年足矣。"狎鷗：指隱居無機心。《列子·黄帝篇》："海上之人有好漚(同鷗)鳥者,每旦之海上,從漚鳥游,漚鳥之至者百往而不止。其父曰:'吾聞漚鳥皆從汝游,汝取來,吾玩之。'明日之海上,漚鳥舞而不下也。"江淹《雜體》詩:"物我俱忘懷,可以狎鷗鳥。"二句謂躍馬食肉非己之意,隱退山林與鷗鳥相習才遂己心願。

〔八〕當路者：當權者。北山：齊孔稚珪有《北山移文》,託爲建業鍾山斥責周顒離山入仕。此代指自己所隱之地。岑：山岑。二句謂請袁、賀二人傳言當權者,我將從此離去,歸隱山林。

秦中感秋寄遠上人

一邱常欲卧,三徑苦無資〔一〕。北土非吾願,東林懷我師〔二〕。黄金然桂盡,壯志逐年衰〔三〕。日夕涼風至,聞蟬但欲悲〔四〕。

秦中指陝西長安,遠上人當是襄陽寺院的高僧。詩人另有《晚春題遠上人南亭》詩,南亭在襄陽。此詩是開元十三年秋在長安所作,詩中向遠上人表示了自己失意後的歸隱之心。這次詩人寓居京洛時間較長,故詩有"壯志逐年衰"之嘆。

〔一〕一邱：《晉書·謝鯤傳》:"明帝問曰:'論者以君方庾亮,自謂何如?'答曰:'端委廟堂,使百僚准則,鯤不如亮,一丘一壑自謂過之。'""邱"同"丘"。三徑：指隱居的園林。《三輔决録》:"蔣詡字元卿,舍中竹下開三徑,惟羊仲、求仲從之遊。"陶淵明《歸去來辭》:"三徑就荒,松菊猶存。"資：資財。《晉書·陶淵明傳》:"潛謂親朋曰:'聊欲絃歌(即做縣令)以爲三徑之資,可乎?'"二句謂己常思隱退,却又苦于家貧,缺乏開闢園林的資金。

〔二〕北土:北方地區。此指詩人所寄居的秦中長安。東林:指遠上人所在寺院。此用《高僧傳》之典,晉桓伊爲高僧遠公於廬山東立房殿,稱東林寺。二句謂求仕長安並非自己的本願,心中時時都在懷念東林寺的高師。

〔三〕然桂:然同"燃"。《戰國策·楚策》:"楚國之食貴于玉,薪貴于桂。"此指旅途窮困,薪貴于桂。二句謂長安物貴,自己盤費日盡,壯心漸衰。

〔四〕日夕二句:傅咸《鳴蜩賦》:"物處陰而自慘,奚厥聲之可哀。秋日慘慘兮,感時逝之若頽。曷時逝之是感兮,感年歲之我催。"二句正含此意。

題長安主人壁

久廢南山田,叨陪東閣賢〔一〕。欲隨平子去,猶未獻《甘泉》〔二〕。枕席琴書滿,褰帷遠岫連〔三〕。我來如昨日,庭樹忽鳴蟬〔四〕。促織驚寒女,秋風感長年〔五〕。授衣當九月,無褐竟誰憐〔六〕。

此詩似作于開元十三年。就在這年秋天,詩人踏上了先東游吴越的歸途。詩寫京洛久居思歸,凄清落寞,頗有《古詩十九首》韻味。其用六韻,多爲初唐宋之問等人所運用。

〔一〕南山:指襄陽城外峴山。叨(tāo):謙詞,辱蒙。東閣:古代宰相延待賓客之處。《漢書·公孫弘傳》:"于是起客館,開東閣以延賢人。"二句謂因在長安奉陪東閣賢者而使田園荒蕪。

〔二〕平子：東漢張衡，字平子，有《歸田賦》寫田園情趣。《甘泉》：即《甘泉賦》。西漢揚雄蒙人推薦，嘗陪成帝出獵，獻《甘泉賦》以諷。二句寫要想追隨張衡歸居田園，却因未獻《甘泉賦》（指發表政見，施展才能）而遲疑。

〔三〕枕席：本作"枕籍"，與下句"褰帷"失對，據《四部叢刊》本改。褰（qiān）：揭起。岫（xiù）：峯巒。謝朓《郡内高齋閑坐》："窗中列遠岫。"二句寫床上琴書狼藉，窗外遠岫入目。

〔四〕我來二句：寫光陰倏忽，來時之景猶如昨日，不想轉眼入秋，蟬鳴庭樹。

〔五〕促織：蟋蟀。《爾雅》疏引古諺："趨織鳴，懶婦驚。"長年：老年。《淮南子・説山》："故桑葉落而長年悲也。"二句寫蟋蟀鳴叫使貧女驚覺，秋風漸起使長者增悲。

〔六〕授衣：《詩・豳風・七月》："七月流火，九月授衣。"毛傳："九月霜始降，婦功成，可以授冬衣矣。"古時九月製備寒衣，謂"授衣"。褐：獸毛或粗麻製成的短衣，古時貧人所服。《詩・豳風・七月》："無衣無褐，何以卒歲？"二句謂九月正當授衣之時，可是無衣無褐的人有誰憐憫呢？此以授衣借喻自己坐困逆旅，無人引薦。

自洛之越

皇皇三十載，書劍兩無成〔一〕。山水尋吴越，風塵厭洛京〔二〕。扁舟泛湖海，長揖謝公卿〔三〕。且樂杯中物，誰論世上名〔四〕！

此爲詩人三十多歲時京洛失意後第一次東游之作。詩中表現了詩人的高情逸思，不願留戀京洛，而想去江南欣賞山水的清新，湖海的宏闊。洛，洛陽。越，古越國境，即今浙江一帶。

〔一〕皇皇：同"遑遑"，奔走匆忙貌。書劍：指文武功業。《史記·項羽本紀》："少時學書不成，去，學劍又不成。"二句感慨奔走忙碌半生，文武均無建樹。

〔二〕吴越：古吴國、越國境，在今江蘇、浙江地區。風塵：陸機《爲顔彦先贈婦》詩："京洛多風塵，素衣化爲緇。"又謝朓《酬王晉安》："誰能久京洛，緇塵染素衣。"厭：厭倦。二句謂厭倦了長安、洛陽的車馬風塵，嚮往吴越的青山緑水。

〔三〕扁舟：小舟。長揖：拱手自上而下作拜，又稱高揖，表示不卑躬屈膝。謝：辭别。公卿：指達官貴人。二句謂己將泛舟江湖，與公卿長揖告别。

〔四〕杯中物：指酒。陶淵明《責子》詩："天運苟如此，且進杯中物。"世上名：《世説新語·任誕》記張翰語："使我有身後名，不如即時一杯酒。"二句謂姑且以酒爲樂，不去考慮在世上的名聲。

適越留别譙縣張主簿申屠少府

朝乘汴河流，夕次譙縣界〔一〕。幸值西風吹，得與故人會〔二〕。君學梅福隱，余從伯鸞邁〔三〕。别後能相思，浮雲在吴會〔四〕。

譙縣，今安徽省亳縣地。張主簿、申屠少府，未詳。主簿、少府，縣令屬官。主簿掌管文書簿目，少府即縣尉，縣令佐官。此詩爲詩人首次漫游吴越所作。詩中寫南下路綫，和將到吴越時的感慨。

〔一〕汴河：在河南境内，隋開通濟渠，因中間自今滎陽至開封一段，即古之汴水，故唐人遂將出河入淮的通濟渠東段全流統稱汴水、汴河或汴渠。次：住、止。二句寫途經路線，早晨乘汴水而下，晚上到了譙縣界。

〔二〕幸值：幸好遇到。故人：指張主簿和申屠少府。二句謂碰巧遇上西風的阻礙，纔得以泊舟與故人相會。

〔三〕梅福：西漢壽春人，少求學于長安，通《尚書》、《穀梁春秋》。爲郡文學，補南昌尉，數上書言事。王莽專政，棄妻子去，後有人見福于會稽，已變姓名爲吳門市卒。伯鸞：東漢梁鴻字伯鸞，平陵人，博覽多學。曾過京師，作《五噫歌》而不仕，後隱吳地。邁：遠行。二句謂張、申屠學梅福之隱于小吏，而己則從梁鴻之浪跡吳越。

〔四〕浮雲：詩人自喻。曹丕《雜詩》："西北有浮雲，亭亭如車蓋。惜哉時不遇，適與飄風會。吹我東南行，行行在吳會。"吳會：秦會稽郡，後漢分吳、會稽二郡。此泛指吳越。二句謂别後若能思念，自己已像浮雲一樣飄到吳地去了。

問舟子

向夕問舟子，前程復幾多〔一〕？灣頭正堪泊，淮裏足風波〔二〕。

此詩作于第一次漫游吳越，自汴水入淮河之際。詩爲問答體，前二句問，寫盡旅客心情；後二句舟子回答，反映行舟經驗和旅途艱難。頗近民歌體。其寫舟行況味入妙。

〔一〕向夕：傍晚。舟子：船夫。復：還。幾多：多少。二句寫時近傍晚，詩人詢問船夫前程還要走多少路。

〔二〕堪：能。泊：停泊。淮：淮河。二句爲舟子回答，意謂這裏河灣正好停泊過夜，前去就是淮河，風浪正大，不宜行船。

揚子津望京口

北固臨京口，夷山近海濱〔一〕。江風白浪起，愁殺渡頭人〔二〕。

揚子津，在江蘇江都縣南十五里。此詩亦爲詩人第一次遠游吴越，渡江南下時作。詩寫揚子江風急浪大的壯美和旅人難渡的心情，與梁簡文帝《烏棲曲》："采桑渡頭礙黄河，郎今欲渡畏風波"意近。

〔一〕北固：北固山，在今江蘇鎮江市北，山凸入江，三面臨水。臨：面對。京口：即今江蘇鎮江。夷山：即焦山餘支，分峙海中，又名海門山或松蘿山。二句寫北固山面對京口，海門山接近海濱。

〔二〕江風二句：寫江口風光，風起浪湧，愁殺想要渡江的人們。李白《横江詞》："横江西望阻西秦，漢水東連揚子津。白浪如山那可渡，狂風愁殺峭帆人。"寫的也正是這種情況。

廣陵别薛八

士有不得志，棲棲吴楚間〔一〕。廣陵相遇罷，彭蠡泛舟還〔二〕。檣出江中樹；波連海上山〔三〕。風帆明日遠，何處更追攀〔四〕？

此詩當作于第一次入吴越時,適值友人薛八取道揚州溯江去彭蠡還鄉。廣陵即揚州。薛八,未詳。詩人另有《雲門寺西六七里聞符公蘭若最幽與薛八同往》詩。此詩前四句敘事,後四句寫風波道路,别易會難。劉辰翁稱其"慨然如嘆"(《品彙》引)。

〔一〕棲棲:亦作"恓恓",奔走不安貌。二句寫友人失意,奔走于吴楚一帶,起勢雄健。
〔二〕彭蠡:即鄱陽湖,在江西省境内。二句謂廣陵相遇之後,薛君將溯江返彭蠡。
〔三〕檣:桅桿。海上山:指海中的島嶼。二句寫目送薛八借舟遠去之景,白帆高于江樹,江波遠連海島。
〔四〕追攀:指追隨游歷。二句謂明日薛八所乘之舟將遠己而去,不知何處再能追及攀依。

渡揚子江

桂檝中流望,京江兩岸明〔一〕。林開揚子驛,山出潤州城〔二〕。海盡邊陰静,江寒朔吹生〔三〕。更聞楓葉下,淅瀝度秋聲〔四〕。

此詩寫詩人到揚子津後的渡江情景。前四句寫"望",後四句寫"聽"。晴朗中看對岸的山林、館驛和城郭,寂静中聽江風與楓葉形成的天籟。詩人感興,可謂"連類不窮"(《文心雕龍·物色篇》語)。

〔一〕桂檝:舟船的美稱。檝,同"楫",船槳,此代指舟。京:指京口,即今鎮江。二句寫行舟江中,眺望京口江流和兩岸的明朗景色。

〔二〕揚子驛：指對岸揚子江上的驛館。潤州：即今江蘇鎮江，在長江南岸。二句寫揚子驛在茂林的斷處呈現，潤州城在丘陵的盡處閃出。

〔三〕陰：水北曰陽，此指江南。朔吹：指北風。二句謂江岸寧静，江上風起。

〔四〕楓：楓樹，落葉喬木，秋天葉呈紅色。淅瀝：風漸起聲。度：通"渡"，傳遞。二句謂更聽到楓葉飄落，淅淅瀝瀝地傳來秋天的聲韻。

與颜錢塘樟樓望潮作

百里聞雷震，鳴弦暫輟彈〔一〕。府中連騎出，江上待潮觀〔二〕。照日秋云迥，浮天渤澥寬〔三〕。驚濤來似雪，一坐凛生寒〔四〕。

此詩爲在杭州時所作。颜錢塘，錢塘令，颜姓，名未詳。樟樓，又名樟亭、樟亭樓。在錢塘舊址南五里，今廢。《浙江通志》云："潮水晝夜再上，奔騰沖激，聲撼地軸。郡人以八月十五日傾城觀濤爲樂。"則此詩當作于入越途中，適逢八月十五日。前四句引而不發，貌似平淡，後四句聲勢俱壯。

〔一〕雷震：形容潮聲巨大，如雷霆之震。晉蘇彦《于西陵觀濤》："訇隱振宇宙。"輟彈：指停止公務。《説苑》："宓子賤治單父，彈琴身不下堂，單父治。"後即以鳴弦喻縣政治理。二句寫錢塘潮將來時聲聞百里，錢塘宰停止了手中的公事。

〔二〕府中二句：寫縣衙内衆吏連騎並出，來到江上等待觀潮。

〔三〕迥：遠。渤澥(xiè)：海灣曰渤，小海曰澥，此泛指大海。二句寫陽光下秋雲高遠，藍天飄浮，海域寬闊。這是大潮初到時的情景，句本梁徐防《觀潮》詩："漸看遥樹没，稍見遠天浮。"

〔四〕坐：通"座"。凛生寒：謂陡然感到寒氣逼人，侵入肌骨。二句寫驚濤奔騰如堆銀崩雪，使人凛然生寒。按四句直接寫觀濤，語不多而意境全出。

初下浙江舟中口號

八月觀潮罷，三江越海潯〔一〕。回瞻魏闕路，空復子牟心〔二〕。

此詩作于杭州觀潮後，初下浙江時。從詩中可以看到詩人雖然漫游吴越，却不能忘掉進仕朝廷，兼善天下的意志。口號，意謂興之所至，隨口吟出。

〔一〕三江：《吴越春秋》以浙江、浦江、剡江爲三江。此代指浙江，入海處即錢塘江。潯：海涯。二句謂已於八月在杭觀潮後，便擬沿江入海繼續前行。

〔二〕瞻：眺望。魏闕：高大宫門前聳起的雙闕。《淮南子》高誘注："魏闕，王者門外闕，所以縣教象之書於象魏也。巍巍高大，故曰魏闕。"後因以指朝廷。子牟：即中山公子牟。《莊子·讓王篇》："中山公子牟謂詹子曰：'身在江海之上，心居乎魏闕之下，奈何？'"二句謂己回首京洛，空存子牟身在江海心居魏闕的仕進之心。

渡浙江問舟中人

潮落江平未有風，扁舟共濟與君同〔一〕。時時引領望天末，何處青山是越中〔二〕？

此詩作于第一次入越，自浙江舟行首次至越途中。浙江指錢塘江，杭州的山還是吴山，錢塘以南都是越山。詩人未對越山作直接評價，却由問同舟人中反映對越地山川之美的渴慕。

〔一〕扁(piān)舟：小船。濟：渡。二句寫海潮退後江面平静，詩人與人同坐小舟共渡浙江。

〔二〕引領：延頸眺望。天末：天際。越中：指浙江省杭州市以南，東到海邊的廣大地區，治所在會稽，即今浙江紹興市。二句謂已常引頸向天邊眺望，借問同舟人究竟哪處青山纔是越中。

與崔二十一遊鏡湖寄包賀二公

試覽鏡湖物，中流到底清〔一〕。不知鱸魚味，但識鷗鳥情〔二〕。帆得樵風送，春逢穀雨晴〔三〕。將探夏禹穴，稍背越王城〔四〕。府掾有包子，文章推賀生〔五〕。滄浪醉後唱，因此寄同聲〔六〕。

崔二十一，未詳。鏡湖，後漢永和年間太守馬臻於會稽、山陰兩縣界築塘蓄水，圍田而成，周迴約三百餘里，因水平如鏡而名。包賀二公，指包融和賀朝,二人都是丹陽詩人,詩人的好友。此詩作于開元十四年。賀朝官止山陰尉,包融遇張九齡引爲懷州司户,集賢直學士,此時仍在越州。兩人又都是賀知章的詩友。

〔一〕試覽：指首次游覽。中流：指湖中。二句寫首次游覽鏡湖,湖水清澈見底。

〔二〕鱸魚味：《世説新語・識鑒》:“張季鷹(翰)辟齊王東曹掾,在洛見秋風起,因思吴中菰菜羹、鱸魚膾,曰:‘人生貴得適意爾,何能羈宦數千里以要名爵!’遂命駕便歸。”鷗鳥情：見《秦中苦雨思歸贈袁左丞賀侍郎》注〔七〕。二句謂己雖非因思鱸魚而歸吴,却頗領會了鷗鳥無機心的性情。

〔三〕樵風：林風。穀雨：農曆二十四節氣之一。《月令七十二候集解》:“三月中,自雨水後,土膏脈動,今又雨其穀於水也。”二句寫行船得山風吹送,又恰值穀雨天晴。

〔四〕夏禹穴：遠古夏部落首領禹的墓穴。《清一統志》:“禹穴在會稽委宛山。”稍背：逐漸離開。越王城：古會稽城。二句寫離開會稽城去探尋禹穴。

〔五〕府掾：(yuàn)古代州郡屬官的通稱。二句謂想起會稽郡府官屬有包融,處士有善寫詩文的賀朝。

〔六〕滄浪：指《孟子・離婁》所載楚狂接輿的歌唱:“滄浪之水清兮,可以濯我纓;滄浪之水濁兮,可以濯我足。”此指詩人醉後的詩作。同聲：猶知音,指包、賀二公。二句點題,説明贈詩原委。

宿桐廬江寄廣陵舊游

山暝聽猿愁,滄江急夜流〔一〕。風鳴兩岸葉,月照一孤舟〔二〕。建德非吾土,維揚憶舊游〔三〕。還將兩行淚,遥寄海西頭〔四〕。

此詩作于漫游越地，夜宿桐廬江，將去建德途中。詩人在建德無友可投，因念維揚故舊。桐廬江：富春江上游，即浙江流經桐廬縣境的地段。詩寫行舟江上，風景如畫，寄淚情深，自有一片飄泊無依之哀蕩漾其間。高步瀛《唐宋詩舉要》稱其"情深語摯"。

〔一〕暝：暮色昏暗。滄江：水色暗藍的江流，此指桐廬江。二句寫入夜山間到處可聞猿啼，江上晚潮甚急。

〔二〕風鳴二句：寫風吹兩岸樹葉沙沙作響，月照江中扁舟一葉。二句情景如繪，無限孤寂淒清。

〔三〕建德：今浙江建德縣。非吾土：用王粲《登樓賦》"雖信美而非吾土兮"句意。吾土，故鄉。維揚：揚州。舊游：此指老朋友。二句寫建德景物雖美却非故土，因而想起揚州舊友。

〔四〕海西頭：指揚州。隋煬帝《泛龍舟歌》："借問揚州何處在？淮南淮北海西頭。"

宿建德江

移舟泊煙渚，日暮客愁新〔一〕。野曠天低樹，江清月近人〔二〕。

建德江，浙江上游的一段，在桐廬南建德境内梅鎮，是蘭溪與新安江會合處。詩爲從富陽桐廬順江而下時所作，景物清曠，理在興象之中。

〔一〕煙渚(zhǔ):暮煙籠照的洲渚。渚,水中的小洲。客:詩人自謂。何遜《富陽浦口和朗上人》詩:"客心愁日暮,徙倚空望歸。"

〔二〕野曠二句:寫泊舟所見,原野清曠,天低遠樹,江水清澈,明月近人,充滿了詩情畫意。

歲暮海上作

仲尼既云殁,余亦浮于海〔一〕。昏見斗柄回,方知歲星改〔二〕。虚舟任所適,垂釣非有待〔三〕。爲問乘槎人,滄洲復誰在〔四〕?

此詩似作于自越州海行至永嘉途中。"斗柄回"指開元十三年歲暮。詩着意描寫由于海行而引起的縹緲的浮海遠遊的幽思,結句表現了滄洲不可見的悵惘之情,不過是任意而行,無所得而歸。

〔一〕仲尼:孔子字仲尼,魯(今山東曲阜)人。殁:死亡。浮于海:《論語·公冶長》:"子曰:'道不行,乘桴浮于海。'"二句謂仲尼既死,自己也乘舟浮游於海。言下之意是詩人之道亦不行。

〔二〕斗柄回:指北斗七星的斗柄搖光東指,顯示春季到來。歲星:木星,歲行一次,十二年一周天,本年在寅位。二句謂天黑時看到北斗星斗柄的方向轉了,纔知道歲星已改在建寅,新的一年開始了。

〔三〕虚舟:空船。《莊子·山木》:"有虚船來觸舟,雖有惼心之人不怒。"有待:指吕尚垂釣渭濱遇武王事。又《莊子·秋水》:"莊子釣于濮水,楚王使大夫往見焉,曰:'願以境内累矣。'莊子持竿不顧。"二句謂坐在空船上,任其漂浮;垂釣於水,却什麽也不期待。

晉潘岳《釣賦》:"尋渭濱之遠迹,且游釣以自娱。"亦"非有待"之意。

〔四〕乘槎(chá):晉張華《博物志》:"天河與海通,近世有人居海渚者,年年八月有浮槎,去來不失期。人有奇志,立飛閣于槎上,多齎糧,乘槎而去,至一處,有城郭狀,居舍甚嚴,遥望宫中多織婦,見一丈夫牽牛渚次飲之。"槎同"楂",用竹木編成的筏。滄洲:指海上可供隱居的仙洲。《十洲記》:"滄海島在北海中。"二句喻指詩人心目中的理想可望而不可及。

永嘉上浦館逢張八子容

逆旅相逢處,江村日暮時〔一〕。衆山遥對酒,孤嶼共題詩〔二〕。廨宇鄰蛟室,人煙接島夷〔三〕。鄉園萬餘里,失路一相悲〔四〕。

張子容先天元年進士,詩人與其樂城一面,已有"平生復能幾,一别十餘春"之嘆。先天元年距開元十三年正十幾年,故此詩之作,當略前于《除夜樂城逢張少府》、《歲除夜會樂城張少府宅》等詩。樂城本與永嘉爲一縣,時分時合。上浦館在温州東七十里,臨甌江入海處,詩人自此去樂城。此詩有"失路一相悲"句,《除夜樂城逢張少府》詩有"君爲失路人"句,二詩意境大略相同。

〔一〕逆旅:指客舍。逆是迎接之意。二句點出相逢時地,言語間透出一種蒼涼之氣。

〔二〕孤嶼:《浙江通志》:"孤嶼山,在郡北江心,東西廣三百餘丈,南北半之。"殷璠《河嶽英靈集》謂此聯"無論興象,兼復故實"。

〔三〕廨(xiè)宇：指上浦館驛舍。廨：公署。蛟室：《述異記》："南海中有蛟人室,水居如魚,不廢機織。"此處指海島居民。島夷：附近島嶼上的土著人民。《禹貢》："島夷卉服。"二句謂身在天涯海角,與神話傳説中的蛟室和卉服的島民爲鄰。

〔四〕鄉園：家鄉。失路：指仕途不得志。揚雄《解嘲》："當途者升青雲,失路者委溝渠。"王勃《滕王閣序》："關山難越,誰悲失路之人。"一：句中語助詞,表示強調。二句寫都是遠離家園的失路人,不免彼此相對悲憐。

除夜樂城會張少府

雲海泛甌閩,風潮泊島濱〔一〕。何知歲除夜,得見故鄉親〔二〕。余是乘槎客,君爲失路人〔三〕。平生復能幾,一别十餘春〔四〕。

張少府即張子容(詳見《張子容赴進士舉》)。詩人自送其赴舉至永嘉重逢,時隔十餘年,不免感慨繫之。不但吟詩贈答,而且隨後同至樂城。此篇和《歲除夜會樂城張少府宅》均同時所作。張子容也有《樂城歲日贈孟浩然》詩,詩中云："土地窮甌越,風光照建寅。"據此則知兩人詩分别作於開元十三年歲末和十四年歲首。此詩首聯宏闊,次聯驚喜,三聯相憐,末聯感慨,可謂一波三折,言簡意深。

〔一〕甌：甌越,指永嘉一帶。閩：閩越,福建浙江地區,連類而及。二句寫本欲隨雲漂游甌閔,因風潮而不得不停泊島邊。

〔二〕歲除：除夕。故鄉親：指舊友張子容。二句寫不期而會,欣喜之情難抑。

〔三〕乘槎客：失意的漂游者，詩人自謂。乘槎，見《歲暮海上作》注〔四〕。失路人：指張子容。失路，見《永嘉上浦館逢張子容》注〔四〕。

〔四〕幾：多少次，指别後重逢。二句謂人生能有幾次幸會，而我們竟一别十餘年。

歲除夜會樂城張少府宅

疇昔通家好，相知無間然〔一〕。續明催畫燭，守歲接長筵〔二〕。舊曲梅花唱，新正柏酒傳〔三〕。客行隨處樂，不見度年年〔四〕。

詩人在樂城去張少府家，共度除夕之夜，因成此篇。此詩首二句追懷往事與二人交誼，次寫守歲的歡樂，終寫客行連年在外，隨處尋樂，曠達的心懷洞然。

〔一〕疇昔：往昔。通家：世交。間然：隔閡。二句追憶世好。

〔二〕續明：夜以繼日。畫燭：飾有花紋圖案的蠟燭。守歲：舊曆除夕夜，通宵達旦不寐，謂之守歲。二句謂除夕主人安排長筵，點上蠟燭，夜以繼日。

〔三〕梅花唱：古樂府有《梅花落》十三首，鮑照詩也有《梅花落》。新正：新春正月初一。柏酒：正月初一飲的一種辟邪酒。古代以柏葉後凋，因取而浸酒，元旦共飲，以祝壽。《荆楚歲時記》：正月一日，“長幼悉正衣冠，以次拜賀，進椒、柏酒，飲桃湯。”庾信《正旦蒙趙王賚酒》詩：“正旦辟惡酒，新年長命杯，柏葉隨銘至，椒花逐頌來。”二句寫筵間唱《梅花落》舊曲，新正傳飲柏酒。

〔四〕度年年：過了一年又一年。二句表示已客行隨地而安，年復一年。

初年樂城館中卧疾懷歸作

異縣天隅僻，孤帆海畔過〔一〕。往來鄉信斷，留滯客情多〔二〕。臘月聞雷震，東風感歲和〔三〕。蟄蟲驚户穴，巢鵲眄庭柯〔四〕。徒對芳樽酒，其如伏枕何〔五〕？歸歟理舟楫，江海正無波〔六〕。

此詩作于《除夜樂城會張少府》之後，當在開元十四年正月。詩人病滯樂城，懷思故鄉，並决心返歸故里。他所寫之景不離户庭，頗類謝靈運的《登池上樓》。

〔一〕異縣：指樂城。天隅：天涯。二句謂樂城遠僻，自己乘孤舟經海畔來到此地。

〔二〕客情：客子思鄉之情。二句寫與家鄉來往書信已經斷絶，滯留樂城使思鄉之情倍增。

〔三〕臘月：農曆十二月。歲和：天氣温和。二句寫南國樂城臘月已驚聞雷震，東風吹來也令人感到天氣清和。

〔四〕蟄蟲：冬天伏藏於土中的蟲類。《吕氏春秋·孟春紀》："東風解凍，蟄蟲始振。"眄(mǐn)：斜視。庭柯：庭院中的樹枝。二句寫早春蟲鳥開始活動。

〔五〕徒：空，白白地。二句謂空對清樽美酒，却因卧病而不能暢懷痛飲。

〔六〕歸歟：《論語·公冶長》："子在陳曰：'歸與，歸與！吾黨之小子狂簡,斐然成章,不知所以裁之。'"二句謂何不乘江海無波之時整理舟楫準備歸去。

永嘉别張子容

舊國余歸楚,新年子北征〔一〕。挂帆愁海路,分手戀朋情〔二〕。日夕故園意,汀洲春草生〔三〕。何時一杯酒,重與季鷹傾〔四〕。

開元十四年,與子容樂城相會後,詩人將還鄉,子容亦北上應特科試,同行至永嘉分手。在詩中,詩人不但戀戀于重温舊情,而且殷切企望再次相逢,一同歸隱,正所謂"事出于沈思,義歸乎翰藻"(《文選序》)。徵引古事毫無痕跡。

〔一〕舊國:指家鄉。楚:楚地,詩人家鄉湖北襄陽古屬楚地。子:指張子容。二句寫分别緣由,一將歸楚,一擬北去。

〔二〕挂帆二句:寫爲擬海行而憂愁,臨分手而戀友情。

〔三〕日夕:用《詩·王風·君子于役》"日之夕矣,羊牛下來。君子于役,如之何勿思"之意。汀洲:岸邊小洲。此用柳惲《江南曲》"汀洲采白蘋,日暮江南春。洞庭有歸客,瀟湘逢故人"之意。二句擬寫故園春景,既寓思歸之意,亦含期人之情。

〔四〕一杯酒:《世説新語·任誕》篇:"張季鷹縱誕不拘……或謂之曰:'卿乃可縱適一時,獨不爲身後名耶?'答曰:'使我有身後名,不如生前一杯酒。'"季鷹:晋張翰字季鷹。見《與崔二十一遊鏡湖寄包賀二公》注〔二〕。二句以重逢共飲相期,既祝願子容仕途通達,又希望其不重名利重適意,將來歸隱。

早寒江上有懷

木落鴈南渡〔一〕，北風江上寒。我家襄水曲〔二〕，遥隔楚雲端。鄉淚客中盡，孤帆天際看〔三〕。迷津欲有問，平海夕漫漫〔四〕。

此詩約作於在越與張子容分手之年的冬天。詩反映了自己的飄泊感，想盡快回鄉。首聯興起歸心，二、三聯寫詩人西望，結聯爲雙關語，含有如孔子使子路問津那樣不得志的感慨。

〔一〕木落：即葉落。《楚辭・九歌・湘君》："洞庭波兮木葉下。"南渡：即南飛。

〔二〕襄水：源于南障縣北，東流至宜城縣，入漢水。曲：河灣。

〔三〕鄉淚：思鄉之淚。客中：猶言旅途。孤帆句：意境與李白《送孟浩然之廣陵》："孤帆遠影碧空盡，惟見長江天際流"相仿。

〔四〕迷津：見《仲夏歸漢南園寄京邑耆舊》注〔三〕。津，渡口。二句謂己欲問津渡而不得，悵然若有所失。

晚泊潯陽望香爐峯

挂席幾千里〔一〕，名山都未逢。泊舟潯陽郭，始見香爐峯〔二〕。嘗讀遠公傳，永懷塵外蹤〔三〕。東林精舍近，日暮但聞鐘〔四〕。

宋慧遠法師《廬山記》:“東南有香爐山,孤峯秀起,遊氣籠其上,則氛氲若烟。”宋僧曇諦《廬山賦》:“香爐吐雲以象烟。”此詩作于自永嘉經贛返鄉途中,泊舟潯陽(今江西九江市),西望廬山。孟詩多以評價代描寫,多“有我”之境。宋吕本中《童蒙訓》云:“浩然詩‘挂席幾千里,名山都未逢。泊舟潯陽郭,始見香爐峯’,但詳看此等語,自然高遠。”《後山詩話》記蘇軾謂浩然詩“韻高而才短,如造内法酒手,而無材料耳”,似亦指其具體描寫不多。而“不著一字,盡得風流”,也正是他的長處。

〔一〕挂席:揚帆。晉木華《海賦》:“於是候勁風,揭百尺,維長綃,挂帆席。”

〔二〕潯陽郭:潯陽外城。香爐峯:廬山北峯,狀如香爐,因名。

〔三〕遠公:晉高僧慧遠,世稱遠公。本姓賈,雁門樓煩人。曾在廬山與佛教徒百二十三人結白蓮社同修浄業,著有《法性論》。事見《高僧傳》。二句謂嘗讀慧遠傳而長久懷念其超絶塵俗的行迹。

〔四〕東林精舍:即東林寺,在廬山山麓。聞鐘:僧寺以鐘報時,有晨鐘、暮鐘、夜鐘。二句寫行近東林,但聞古刹鐘聲陣陣。

泝江至武昌

家本淵湖上,歲時歸思催〔一〕。客心徒欲速,江路苦邅回〔二〕。殘凍因風解,新正度臘開〔三〕。行看武昌柳,彷佛映樓臺〔四〕。

此詩爲西歸途中至武昌時所作,時在開元十四年正月。詩寫歸興,故鄉的花木,時在詩人念中。武昌,今湖北鄂城縣。

〔一〕澗湖：在峴山附近。《送張五回夜園作》："聞就龐公飲，移居近澗湖。"歲時：歲月時令。二句謂隨着時令的變化，更思念在澗湖之上的家園。

〔二〕客心：行客欲歸之心。邅回：迂回。二句寫盡客子歸心似箭，却無奈江路曲折，舟行緩慢之情。

〔三〕新正：見《歲除夜會樂城張少府宅》注〔三〕。臘：農曆十二月。《荆楚歲時記》："十二月八日爲臘日，諺語云：'臘鼓鳴，春草生。'"二句謂度過臘月，殘冰因春風吹拂而解凍，新春正月萬物開始萌動。

〔四〕武昌柳：《晉書·陶侃傳》記侃鎮武昌，曾命諸營兵丁遍植柳樹。都尉夏施因盜官柳種於己門而受責謝罪，此借典實指。行：且，將要。二句寫不久即可看到武昌的柳樹，彷彿已是想像中掩映樓臺的一片新緑了。

歸至郢中

遠游經海嶠，返棹歸山阿〔一〕。日夕見喬木，鄉關在伐柯〔二〕。愁隨江路盡，喜入郢門多〔三〕。左右看桑土，依然即匪他〔四〕。

此詩當作于開元十四年春末。郢中，春秋楚國國都，故址在湖北江陵西北。詩寫還鄉時一片欣喜之情，流暢自然，但多用《詩經》語，只見小巧。

〔一〕遠游：遠出漫游。海嶠(jiào)：海邊山崖。阿：山曲。二句謂曾遠游至海邊山嶼，現在終于回返故土了。

〔二〕喬木：高大樹木，常指桑梓。《孟子・梁惠王下》："所謂故國者，有喬木之謂也。"伐柯：《詩・豳風・伐柯》有"伐柯伐柯，其則不遠"句。此以伐柯指臨近。二句謂日暮已望見故鄉的喬木，離家已不遠了。

〔三〕郢門：江陵城門。二句謂思鄉之愁已隨江路走盡而消散，喜悦之情因入郢門而增多。

〔四〕桑土：指家鄉的土地。匪他：《詩・小雅・頍弁》："豈爲異人，兄弟匪他。"此指故鄉土地。二句寫踏上故土，左右顧盼，到處都是自己熟習的模樣。

鸚鵡洲送王九之江左

昔登江上黄鶴樓，遥愛江中鸚鵡洲〔一〕。洲勢逶迤遶碧流，鴛鴦鸂鶒滿灘頭〔二〕。灘頭日落沙磧長，金沙熠熠動飆光〔三〕。舟人牽錦纜，浣女結羅裳〔四〕。月明全見蘆花白，風起遥聞杜若香〔五〕，君行采采莫相忘〔六〕。

鸚鵡洲在漢陽西南江中，因曾爲江夏太守黄祖之子黄射所殺，作過《鸚鵡賦》的禰衡葬于此洲而得名。黄鶴樓在武漢黄鶴磯上，舊址已廢。王九，即白雲山人王迥，詩似作于首次游吴越歸來之後。詩中景物明朗，有民歌氣息。自舟人牽錦纜以下，寫王迥到江南後所見，人物形象生動，想像力甚强。以汀洲采杜若爲喻，反映王迥的高操清風，頗具特色。王夫之云："此作寓意于言，風味深永，可歌可詠，亦晨星之僅見。"（《唐詩選評》卷一）

〔一〕鸚鵡洲：唐時在漢陽西南二里的長江中，明代淹没江中，清代又淤積成洲。陸游《入蜀記》:“鸚鵡洲上有茂林、神祠遠望如小山。”

〔二〕透迤:彎曲而又連綿不絶。遶:同“繞”。鸂鶒(xī chì):水鳥名,又作“谿鵡”。似鴛鴦稍大,羽五彩而多紫色,故又名紫鴛鴦。二句寫鸚鵡洲爲碧水環繞,水鳥落滿灘頭。

〔三〕磧(qì):水中的沙堆。熠熠(yì):光彩閃爍貌。飆光:強烈的光芒。二句寫沙磧落日,金光耀眼。

〔四〕錦纜:裝飾華美的船纜。浣女:浣紗女子。浣,洗滌。二句寫岸邊船夫拉纜繩,浣女繫衣帶。

〔五〕杜若:香草名,生于林野陰地,莖頂開花,白色。《九歌・湘君》:“采芳洲兮杜若,將以遺兮下女。”二句謂入夜風清月明,蘆花見白,杜若飄香。

〔六〕行:從事。采采:摘採。《詩・周南・卷耳》:“采采卷耳,不盈頃筐。”此有“嗟我懷人,寘彼周行”之意。此句叮嚀王迥到了江南不要忘了詩人。

田家元日

昨夜斗回北,今朝歲起東[一]。我年已強仕,無禄尚憂農[二]。桑野就耕父,荷鋤隨牧童[三]。田家占氣候,共説此年豐[四]。

這首田園詩將自己的日常生活如實而平静地敍述一番,與田父牧童就耕桑野,共話豐年。但“我年已強仕,無禄尚憂農”的不平之氣,仍然流溢言外。

〔一〕斗:北斗。歲:歲星,指木星。二句寫昨夜北斗星復歸正北,今天歲星已起東方。緊扣題中“元日”二字。

〔二〕強仕：古人以四十歲爲強仕之年。《禮·曲禮》：“四十曰強而仕。”二句嘆息年届強仕之年，仍無官俸而不得不在家籌劃農事。

〔三〕荷鋤：陶淵明《歸園田居》：“晨興理荒蕪，帶月荷鋤歸。”二句寫在田野與農夫一起勞動，傍晚扛鋤隨牧童歸來。

〔四〕占：預測。二句寫大家一起預測氣候，都説這年是好年景。

登望楚山最高頂

山水觀形勝，襄陽美會稽〔一〕。最高唯望楚，曾未一攀躋〔二〕。石壁疑削成，衆山比全低〔三〕。晴明試登陟〔四〕，目極無端倪〔五〕。雲夢掌中小，武陵花處迷〔六〕。暝還歸騎下，蘿月映深溪〔七〕。

望楚山在襄陽縣治西八里，據説秦和齊、韓、魏攻楚，曾登此山望楚，因名。詩或寫于第一次游吴越後，故有“襄陽美會稽”句。其乘興往游，寫法略近大謝。結四句爲唐人本色，雲夢、武陵非望眼所及，乃出于詩人的想像；末二句月下歸騎，感受不言而喻。詩人尤善寫月，此又一例。

〔一〕形勝：指形勢險要不同一般。會稽：今浙江紹興市，有會稽、望秦諸山。二句寫襄陽山水比會稽更美。

〔二〕望楚：即望楚山。躋(jī)：登。二句寫只有襄陽最高山望楚尚未攀登。

〔三〕削成：形容山峯陡峭如刀削斧劈而成。《山海經·西山經》：“太華之山削成而四方。”二句寫望楚山石壁峭立，衆山與之相比都顯得低小。

〔四〕陟：升，登。登陟極言所登之高。謝靈運《發歸瀨三瀑布望兩溪》："亦既窮登陟。"

〔五〕目極：猶極目，縱目遠眺。端倪：邊際。謝靈運《遊赤石進帆海》："溟漲無端倪。"

〔六〕雲夢：古大澤，在湖南、湖北二省境内。古屬楚地，戰國和漢代均爲王侯游獵之地。司馬相如《子虛賦》："雲夢者，方九百里。"武陵：即今湖南常德縣。見《高陽池送朱二》注〔八〕。二句寫縱目遠眺，雲夢古澤小得可置掌中，武陵爲一片桃花所迷，極富想像。

〔七〕瞑(míng)：天黑。歸騎下：回去的馬蹄下。蘿月：松蘿上的月。二句迴映望楚之高，以至於下山時松蘿間的明月如在馬蹄下一般。

宿業師山房期丁大不至

夕陽度西嶺，羣壑倏已瞑〔一〕。松月生夜涼，風泉滿清聽〔二〕。樵人歸欲盡，烟鳥棲初定〔三〕。之子期宿來，孤琴候蘿徑〔四〕。

丁大，名鳳，在兄弟中排行最大，似與詩人同鄉。西嶺當在萬山。此詩或作于丁鳳入京前後。業師，業姓禪師，一作"來公"，襄陽寺僧。詩寫得清静潔净。詩人獨坐于烟蘿之徑，攜琴聽山水清音，深得左思《招隱詩》"非必絲與竹，山水有清音"之意。

〔一〕西嶺：或在襄陽望楚山。壑：山谷。倏(chù)：忽然。二句寫夕陽西下，山谷昏暗。

〔二〕清聽：清音。二句寫松間月色增添了夜間的涼意，風裏泉聲充滿了悦耳的清音。

〔三〕烟鳥：暮靄中的歸鳥。二句寫人跡漸少，鳥聲初静。

〔四〕之子：是子，指丁大。蘿徑：松蘿蔓延的山路。二句寫攜琴對徑，等候約定前來夜宿的丁大。

送丁大鳳進士赴舉呈張九齡

吾觀《鷦鷯賦》，君負王佐才〔一〕。惜無金張援，十上空歸來〔二〕。棄置鄉園老，翻飛羽翼摧〔三〕。故人今在位，歧路莫遲回〔四〕。

此詩似作於開元二十年張九齡任中書侍郎時，所以詩題不稱張丞相。詩人也于本年冬再次入京。此詩雖係送丁大鳳赴舉，實也反映了自己不甘棄置鄉園的心情。詩人五言律第二聯往往不用對句，氣勢很充暢。

〔一〕《鷦鷯賦》：晉張華有《鷦鷯賦》。《晉書》本傳：張華"少孤貧，……初未知名，著《鷦鷯賦》以自寄"。此用以喻丁鳳的詩文。負：稟有。王佐才：輔佐帝王治國的才能。此亦用張華典。《晉書》本傳又云："陳留阮籍見之(指《鷦鷯賦》)，嘆曰：'王佐之才也！'(張華)由是聲名始著。"二句謂讀了丁鳳的辭賦，覺得其有輔佐王者治國的才能。

〔二〕金張：原指漢金日磾、張安世，二人累世貴重，此泛指權臣貴戚之家。援：援助，此指舉薦拔擢。十上：言多次北上京城謀取功名。二句謂只惜無權門援引，多次上京應舉都空手而歸。

〔三〕棄置：指應試未被録取。翻飛：指科舉及第仕途騰達。二句寫丁鳳多年科場失意老于家鄉,求仕之意因此衰頹。

〔四〕故人:指張九齡,也是丁鳳的老友。岐路:見《送張子容進士赴舉》注〔二〕。二句勸勉老友看清時局,不要猶豫徘徊。

送陳七赴西軍

吾觀非常者,碌碌在目前〔一〕。君負平生志,蹉跎書劍年〔二〕。一聞邊烽動,萬里忽争先〔三〕。余亦赴京國,何當奏凱還〔四〕?

陳七,未詳。西軍指河西軍,《通鑑・唐紀》:"開元二十年秋八月壬子,河西節度使牛仙客加六階。"陳七從軍,當在此年;詩人亦于本年冬啓程入京。此詩寫得氣勢豪邁,用世之意强烈。前四句寫人,也寫己。

〔一〕非常者:猶言非平庸凡俗之輩,此指陳七。碌碌:平庸無爲貌。二句謂凡不平凡的人,目前却往往庸庸碌碌,鮮爲人知。

〔二〕蹉跎:虚度。書劍年:指建立文功武勳的大好年華。二句既嘆陳七,兼悲自身。

〔三〕邊烽:指邊地戰事。二句寫陳七一聽説邊境有事,即不遠萬里争先赴軍。

〔四〕京國:京都,指長安。二句寫己不久亦即入京,盼望在那裏迎接陳七奏凱而歸。

赴京途中遇雪

迢遞秦京路,蒼茫歲暮天〔一〕。窮陰連晦朔,積雪滿山川〔二〕。落雁迷沙渚，飢烏集野田〔三〕。客愁空佇立，不見有人煙〔四〕。

此詩作于開元二十年冬末赴京途中。此行雖是博取功名，但感興所集，都是旅途所見淒涼景象，頗類蔡邕《述行賦》、陸機《赴洛道中》詩。

〔一〕迢遞：形容路途遥遠漫長。秦京路：去秦地長安的道路。長安在古秦地，故稱秦京。二句寫去京道路漫長，歲暮天地黯淡。

〔二〕窮陰：極陰。晦朔：整月。陰曆月終爲"晦"，月初爲"朔"。二句寫整月陰沉，山川積滿了白雪。

〔三〕沙渚：水中沙洲。二句寫落雁找不到棲息的沙洲，飢鴉亂集於田野。

〔四〕客：詩人自謂。佇：久立。二句寫行客面對此景久久佇立，爲無處投宿而發愁。

途次望鄉

客行愁日落，鄉思重相催〔一〕。況在他山外，天寒夕鳥來〔二〕。雪深迷郢路，雲暗失陽臺〔三〕。可嘆悽惶子，高歌誰爲媒〔四〕？

詩人素懷鴻鵠之志，雖屢遭挫折，仍矢志不改。此詩作於開元二十年冬入京求仕途中，與《赴京途中遇雪》詩同時。觀詩中"可嘆悽惶子，高歌誰爲媒"之句，似可證此行非應韓朝宗之薦。時張九齡丁憂，詩人預計再次入京亦未必遂意，故前六句均寫望鄉，後兩句自稱悽惶子，表示自己奔忙於路，心爲匡時而無人爲媒之恨。

〔一〕重相催：再次逼迫。二句寫客行本最怕日落，思鄉之情偏又再次襲來。

〔二〕他山：《詩·小雅·鶴鳴》："他山之石，可以爲錯。"箋："他山喻異國。"此指異鄉。二句承上而言，謂何况身在異鄉，看着羣鳥歸巢。

〔三〕郢路：指回歸楚地之路。郢，古楚都。陽臺：宋玉《高唐賦》："朝朝暮暮，陽臺之下。"一説在巫山，一説在湖北漢川，此指漢川。二句寫雪深雲暗，來路迷失。

〔四〕悽惶子：詩人自謂。悽惶，奔波不安貌。《抱朴子·正郭》："悽悽惶惶，席不暇温，與仲尼相似。"又《塞難》："悽悽惶惶，務在匡時。"高歌：指鋭意求進。"高"一作"狂"，又作"勞"。二句自嘆四處奔波，鋭意急進而無人薦引。

與王昌齡宴王道士房

歸來卧青山，常夢游清都〔一〕。漆園有傲吏，惠好在招呼〔二〕。書幌神仙籙，畫屏山海圖〔三〕。酌霞復對此，宛似入蓬壺〔四〕。

王昌齡，盛唐詩人，擅七絶，與王維、李頎等人友善，與詩人亦多有往來。詩人此詩當在開元二十一年到京後作。漆園傲吏即指王昌齡爲校書郎。王昌齡似亦信奉道教。此詩主要寫在王道士山房中夢游清都。"漆園有傲吏，惠好在招呼"，也反映出唐王朝正走下坡路的時代印迹。

〔一〕清都：道教指天帝所居。本《列子·周穆王》："清都紫微，鈞天廣樂，帝之所居。"二句謂過去自長安歸來，仰卧青山，常常夢游清都仙境。

〔二〕漆園傲吏：原指莊周。《史記·老莊申韓列傳》："莊子嘗爲漆園吏，楚王聞周賢，使使厚幣迎，許以爲相。周笑謂楚使者曰：'亟去，無污我！'"郭璞《游仙詩》："漆園有傲吏，萊氏有逸妻。"此指王昌齡。漆園，《史記正義》引《括地志》謂在曹州冤句縣北。冤句在今山東曹縣。又今安徽定遠、河南商丘均有漆園和莊周爲吏的傳説。惠好（hào），《詩·邶風·北風》："惠而好我，攜手同行。"此取惠愛喜好之意。二句謂有幸承昌齡熱情招呼和款待。

〔三〕書幌：題字帷幔。神仙籙：指道教神秘的文字，上記神名。《隋書·經籍志》："道經受道之法，初受五千文籙，次受三洞籙，籙皆素書，記諸天曹官屬佐吏之名。"畫屏：有圖畫的屏風。山海圖：指《山海經》中的插圖。《山海經》舊題郭璞作，内容多記各地怪異，並附有插圖。二句寫王道士房内題字帷幔上都是神仙的名字，屏風上畫有《山海經》中的圖像。

〔四〕酌霞：指飲酒。道教中的神仙多以飲霞吸露爲生。宛似：好像。蓬壺：指蓬萊仙境。《拾遺記》："海中有山，其形如壺，方丈曰方壺，蓬萊白蓬壺，瀛洲曰瀛壺。"二句謂在王道士房中面對神仙籙、山海圖酌飲仙酒，如入仙境一般。

初出關旅亭夜坐贈王大校書

向夕槐烟起，葱蘢池館曛〔一〕。客中無偶坐，關外惜離羣〔二〕。燭至螢光滅，荷枯雨滴聞〔三〕。永懷芸閣友，寂寞滯揚雲〔四〕。

王大校書即王昌齡。王昌齡開元十五年及第，曾任校書郎。詩人多次入京，與其過往甚密。在《送王昌齡之嶺南》詩中有"數年同筆硯，兹夕間衾裯”句,可見二人友誼之篤。此詩當是詩人自長安去洛陽途中出潼關時所作,時間約在開元二十一年。詩寫旅邸寂寞,並對王昌齡久滯校書郎深表同情。

〔一〕向夕:傍晚。槐烟:《藝文類聚》引《淮南子》:“燧人秋取槐、檀之火。”此指秋季的炊烟。葱蘢:《文選·江賦》“潛薈葱蘢”注:“葱蘢,清盛貌。”池館:有園池的驛館。曛:落日的餘光。二句寫旅亭晚景。

〔二〕無偶坐:言一人獨坐,無友陪伴。關:當指潼關。離羣:離開衆人。

〔三〕燭至二句:寫天已全黑,點上蠟燭,螢火爲之消失,館外傳來雨滴枯荷的聲響。

〔四〕芸閣友:指王昌齡。古代以芸香草避書蠹,因稱秘書省校書閣爲芸閣。揚雲:揚雄字子雲。王莽時校書天禄閣,曾因劉歆被殺,自投閣下,未死。時人語曰:“甘寂寞,自投閣。”其《解嘲》亦云:“惟寂惟寞,守德之宅。”二句寄思念之情,對王久滯微官深表同情。

宴包二融宅

閒居枕清洛,左右接大野〔一〕。門巷無雜賓,車轍多長者〔二〕。是時方盛夏,風物自瀟灑〔三〕。五日休沐歸,相攜竹林下〔四〕。開襟成歡趣,對酒不能罷〔五〕。烟暝棲鳥迷,余將歸白社〔六〕。

包融,潤州詩人,爲張九齡推薦,約在開元二十年前入京,官懷州司户。詩作於入京後,又一次至洛滯留期間。

〔一〕清洛:清澈的洛河。洛河源出陝西洛南縣西北,東入河南,經宜陽、洛陽、偃師等地,至鞏縣洛口入黄河。二句寫包宅地理位置。

〔二〕長者:受人尊敬的老人。此句本《史記·陳平世家》:“家乃負郭窮巷,……然門外多有長者車轍。”

〔三〕風物:風光景物。瀟灑:灑脱自如。此句謂萬物都適時地自然生長。

〔四〕休沐:休息沐浴,指官吏假日。《初學記》二十:“休假亦曰休沐。漢律:吏五日得一休沐,言休息以洗沐也。”二句寫包融於官府例假歸宅,常相攜於竹林之下。

〔五〕開襟二句:寫與宴者多不拘形迹,開懷暢飲。

〔六〕白社:在今河南偃師縣,因其地有叢祠而名。《晉書·隱逸傳》:“初董京與隴西計吏,俱至洛陽,被髮而行,逍遥吟詠,常宿白社中。”此指在洛借居的旅舍。二句謂歡宴至暮方散,自己只能歸居寓所。

題李十四莊兼贈綦毋校書

聞君息陰地,東部柳林間〔一〕。左右瀍澗水,門庭緱氏山〔二〕。抱琴來取醉,垂釣坐乘閑〔三〕。歸客莫相待,尋源殊未還〔四〕。

綦毋潛,字孝通,荆南人。開元十四年進士,授祕書省校書郎。據《新唐書·藝文志》:“後由宜壽(當爲安宜)尉入爲集賢待制,又遷右拾遺(似當爲補闕),終著作郎。”曾辭去校書郎,隱居洛陽别業,與王維、孟浩然、儲光羲等友善。此詩作于開元二十一年滯留東都期間。李十四疑是李頎，其家居潁陽，作有《題綦毋校書别業》詩。詩人此詩寫與綦毋潛同訪李十四，李外出，因題詩于壁，兼贈綦毋校書。

〔一〕君：指李十四。息陰地：指隱居之地。東部：洛陽城東區，曹操曾爲洛陽北部尉。二句寫李十四隱居之地。

〔二〕瀍(chán)：瀍水，源出孟津縣任家嶺，東流經洛陽、偃師入洛。澗：澗水，源出澠池縣白石山，經新安至洛陽西南入洛水。緱氏山：山名，在河南偃師縣南。相傳王子晉七月七日乘白鶴在此仙去。二句贊李十四莊園之美。

〔三〕抱琴二句：寫詩人情致閑逸。謂其時或抱琴來取得一醉，時或利用閑暇坐下垂釣。

〔四〕歸客：指綦毋潛，潛嘗辭官歸隱，故稱歸客。尋源：指探訪名勝仙跡。殊：極，很。二句勸綦毋潛不必再等李十四，李一定是去探尋勝地仙源一時不會回來了。

歲暮歸南山

北闕休上書，南山歸敝廬〔一〕。不才明主棄，多病故人疎〔二〕。白髮催年老，青陽逼歲除〔三〕。永懷愁不寐，松月夜窗虚〔四〕。

詩人在開元二十一年初到長安，時張九齡正丁母憂，由賀知章等推薦而未有結果。秋已思歸，歲暮成行。此詩約作于離京前夕。此外同時還有《留别王維》等作。南山指襄陽的峴山。此次入京詩人年已逾四十，未被當政者接納，因對仕進幾乎瀕于絶望，這在詩中有所反映。

〔一〕北闕：古代宫殿面南的兩個望樓。《文選》楊惲《報孫會宗書》李善注："上章者于公車，北闕，公車門所在也。"敝廬：破陋房舍。詩人對家園的謙稱。二句决意不再求仕。按唐高宗、武后以及玄宗初年曾多次徵召隱士。而玄宗自封禪泰山後，已不再廣開仕路，召用賢才，而李林甫也因此漸得寵幸，阻塞賢路，使一些懷才的文人報國無門。

〔二〕不才：詩人自謂。疎：疎遠。二句寫己無才而被明主閒棄，多病而爲故舊疎遠，委婉地表示出對朝廷不用人才、故人不加援引的怨憤。《新唐書·文藝列傳》："(浩然)年四十，乃游京師，……(王)維私邀入内署，俄而玄宗至，……帝問其詩，浩然再拜，自誦所爲，至'不才明主棄'之句，帝曰：'卿不求仕，而朕未嘗棄卿，奈何誣我？'因放還。"不可信，王維當時未出仕。

〔三〕青陽：春天。《爾雅·釋天》："春曰青陽。"歲除：年終。二句慨嘆白髮催老，年終春近。

〔四〕永懷：長久地思慮、傷感。《詩·周南·卷耳》："我姑酌彼金罍，維以不永懷。"二句謂夜間輾轉反側，難以入睡，而窗上映着月光下松樹的虚影。

京還贈王維

拂衣何處去？高枕南山南〔一〕。欲徇五斗禄，其如七不堪〔二〕？早朝非晏起，束帶異抽簪〔三〕。因向智者説，遊魚思舊潭〔四〕。

詩題一作《京還贈張維》似非。此詩當作于開元二十一年，詩人失意還鄉時。時張九齡未歸朝，王維尚未出仕，故題中無官職名，又因其隱居輞川而稱智者。詩人以嵇康、陶潛自喻,也是對當時朝廷難以用賢的一種諷刺。

〔一〕高枕:即高枕而卧,表示不再出仕。南山南:孟浩然隱居之地,在峴山附近的澗南園。

〔二〕徇:求。五斗禄:指微薄的官俸。《晉書·陶潛傳》:"吾不能爲五斗米折腰。"按五斗米是縣令每日所得,晉縣令年四百石,實得米一百八十石。七不堪:嵇康在《與山巨源絶交書》中,申述了自己不能代其任職的理由,其中不堪受禮法約束者有七:"卧喜晚起,而當關呼之不置,一不堪也;抱琴行吟弋釣草野,而吏卒守之,不得妄動,二不堪也;危坐一時,痺不得搖,性復多蝨,把搔無已,而當裹以章服,揖拜上官,三不堪也;素不便書,又不喜作書,而人間多事,堆案盈几,不相酬答,則犯教傷義,欲自勉強,則不能久,四不堪也;不喜弔喪,而人道以此爲重,已爲未見恕者作怨,至欲見中傷者,雖瞿然自責,然性不可化,欲降心順俗,則詭故不情,亦終不能獲無咎無譽如此,五不堪也;不喜俗人,而當與之共事,或賓客盈坐,鳴聲聒耳,囂塵臭處,千變百伎,在人目前,六不堪也;心不耐煩,而官事鞅掌,機務纏其心,世故煩其慮,七不堪也。"二句謂雖想謀個一官半職,但無奈七不堪的秉性固在。

〔三〕抽簪:抽簪散髮,指棄官歸隱。古時爲官者須束髮貫簪,故稱歸隱爲"抽簪"。二句意謂在早朝與晚起,束帶與散髮之間,自己更傾向于後者。

〔四〕智者:指心忘機務而隱居的人。游魚:陶淵明《歸園田居》:"羈鳥戀舊林,游魚思故淵。"二句寄語王維,表示决意歸隱之心。

留别王維

寂寂竟何待?朝朝空自歸〔一〕。欲尋芳草去,惜與故人違〔二〕。當路誰相假？知音世所稀〔三〕。祇應守索寞，還掩故園扉〔四〕。

此詩作于開元二十一年赴京不遇後準備還鄉時，王維也有《送孟六歸襄陽》詩。詩首聯寫客居長安不遇，頷聯惜别，頸聯批評當權者，尾聯表示還鄉後甘守寂寞。詩題或作"王侍御"，當是後人妄改。

〔一〕寂寂：冷落孤獨貌。二句寫旅舍空寂，無可期待，日日奔走，却總是空手而歸。

〔二〕芳草：《楚辭·招隱》："芳草兮萋萋，王孫遊兮不歸。"違：離别，分手。二句謂已欲歸芳草萋萋的山居，只是不忍與老朋友分離。

〔三〕當路：指朝中掌權者。假：借以颜色，給以援引。二句寫在朝者無人援引，世上知音從來少有。

〔四〕索寞：枯寂無味。扉：柴門。二句謂已只有像揚雄那樣甘守寂寞，歸鄉後掩起故園的柴門。

行至汝墳寄盧徵君

行乏憩予駕，依然見汝墳〔一〕。洛陽方罷雪，嵩嶂有殘雲〔二〕。曳曳半空里，明明五色分〔三〕。聊題一時興，因寄盧徵君〔四〕。

汝墳，《詩·周南》篇名。墳，河堤，此泛指北汝河一帶。此詩取《汝墳》"未見君子，惄如調饑"之意，約作於開元二十一年冬末或開元二十二年春初。盧徵君，盧鴻一，開元六年被徵入京，又還嵩山，詩人寄此詩，表示懷念盧鴻一並決心終隱之意。

〔一〕憩(qì)休息。駕：車乘。汝墳：汝水上的堤防。汝水源出河南魯山縣大盂山，流經寶豐、襄城、郾城、上蔡、汝南，入淮河。二句寫旅途疲乏，停車休息時仍見汝墳，由此興起思君子之意。

〔二〕嵩嶂：嵩山的峯嶂。二句寫沿途景色。洛陽的雪剛停止，嵩山的峯嶂上還留有寒雲。

〔三〕曳曳：同洩洩。《左傳·隱公元年》注："舒散也。"五色：《藝文類聚》引京房《易飛候》："視四方常有大雲，五色具，其下賢人隱。"二句寫雪霽空中殘雲舒散，明滅變幻而具五色，暗示盧隱居嵩山。

〔四〕聯題二句：表明作詩之意爲一時感興和對盧鴻一的仰慕。

南歸阻雪

我行滯宛許，日夕望京豫〔一〕。曠野莽茫茫，鄉山在何處〔二〕。孤煙村際起，歸雁天邊去。積雪覆平皋，飢鷹捉寒兔〔三〕。少年弄文墨，屬意在章句〔四〕。十上耻還家，徘徊守歸路〔五〕。

此詩爲失意歸家途中，行至南陽時所作。從"十上耻還家，徘徊守歸路"來看，詩人的心情是極其憂鬱的。"十上"雖係泛指，却也反映了詩人曾多次入京的事實。詩意頗類王粲《登樓賦》。

〔一〕滯：停留。宛許：南陽許昌一帶。宛，舊縣名，爲漢南陽郡治，即今南陽市。許，許昌縣，即今河南許昌市。京豫：指長安、洛陽。豫，古九州之一，轄地在今河南一帶，此代指洛陽。二句寫自京南歸，在宛許間爲大雪所阻，仍不免懷念兩京。

〔二〕曠野二句：寫所見乃一片莽蒼，不見鄉關所在。

〔三〕平皋：平原。皋，水邊地，此指原野。以上四句寫雪景，前二句仰視，後二句俯視，氣氛蒼涼。

〔四〕屬：關注。章句：指詩文。二句寫少年即喜寫作，專研詩文。

〔五〕十上：言多次入京求仕。《戰國策・秦策》："（蘇秦）説秦王，書十上而説不行。"恥還家：亦用蘇秦事。《史記・蘇秦列傳》："出游數歲，大困而歸。兄弟嫂妹妻妾竊皆笑之，……蘇秦聞之而慚，自傷。"二句寫有恥於多次上京求仕而不遇，憤懣哀傷，徘徊於途。

和張二自穰縣還途中遇雪

風吹沙海雪，漸作柳園春〔一〕。宛轉隨香騎，輕盈伴玉人〔二〕。歌疑郢中客，態比洛川神〔三〕。今日南歸楚，雙飛似入秦〔四〕。

張二，未詳。穰縣，在今河南鄧縣一帶。此詩是開元二十二年初，詩人復歸鄉里，與友人張二途經穰縣時作。據"今日南歸楚，雙飛似入秦"句，知詩人此行在去長安和回歸途中均遇大雪。詩風較他詩綺麗，爲孟詩別格。

〔一〕沙海雪：來自北方大漠的風雪。柳園春：春園中的柳絮。二句形容雪片紛飛，酷似柳絮飄舞。

〔二〕香騎：沾染香氣的馬匹。玉人：指雪中旅人。《晉書・衛玠傳》："見者皆以爲玉人。"二句寫雪花宛轉輕盈，伴隨着行人和乘騎。

〔三〕郢中客：宋玉《對楚王問》："客有歌于郢中者，其始曰《下里》、《巴人》，國中屬而和者數千人。其爲《陽春》、《白雪》，國中屬而和者不過數十人。"此指郢人所歌之《陽春》、《白雪》。郢，楚都。洛川神：洛神。相傳宓羲氏之女宓妃溺死洛水爲神。魏曹植有《洛神賦》，其形容洛神之形態曰："翩若驚鴻，婉若遊龍"，又曰："髣髴兮若輕雲之蔽月，飄飖兮若流風之迴雪。"二句謂風嘯似郢人之歌《白雪》，舞態如前人筆下的洛神。

〔四〕雙飛：指詩人與張二的歸騎。二句寫今日南歸，雙騎踏雪如同北上入秦時遇雪一般。

唐城館中早發寄楊使君

犯霜驅曉駕，數里見唐城〔一〕。旅館歸心逼，荒村客思盈〔二〕。訪人留後信，策蹇赴前程〔三〕。欲識離魂斷，長空聽雁聲〔四〕。

唐城，唐南陽郡唐州城，即今河南唐河縣。楊使君，未詳。此詩作於自洛返襄陽，途經唐城時。驛館當在唐城北數里，故天明始見唐城。詩寫歸心之切，有如北雁南歸。

〔一〕犯：冒。曉駕：早車。二句寫清晨冒着寒霜趕路，才行數里便看到了唐城。

〔二〕逼：催促。客思：旅人的鄉思。二句寫一路爲歸心客思所逼，急于還家。

〔三〕策蹇：鞭打坐騎。蹇：跛足馬。此指劣馬。二句寫一心趕路，顧不得去訪問沿途的熟人，只是一味揚鞭策馬，奔赴前程。

〔四〕欲識二句：寫歸心如箭，一如南歸之雁。

夕次蔡陽館

日暮馬行急，城荒人住稀〔一〕。聽歌知近楚，投館忽如歸〔二〕。魯堰田疇廣，章陵氣色微〔三〕。明朝拜嘉慶，須著老萊衣〔四〕。

蔡陽，唐縣名，後廢，地在今棗陽縣東南。詩人還襄陽大約開元二十二年春，經此。詩表現臨近故園時的喜悦之情。但蔡陽的荒涼景色，也反映了唐代某些地區的凋敝蕭瑟。

〔一〕城荒：指蔡陽縣舊址已一片荒蕪。按漢置蔡陽縣，屬南陽郡。南朝梁置蔡陽郡，後魏置南雍州，隋州郡並廢，唐廢縣。

〔二〕聽歌二句：寫於途聽到歌聲，知已近楚地，投宿驛館，忽有賓至如歸之感。

〔三〕魯堰：魯山縣攔河大壩。章陵：縣名，有後漢光武祖考的陵墓，在湖北棗陽縣東。二句寫魯堰一帶田畝寬廣，章陵的氣象却已衰微了，其中不乏弔古傷今的人世滄桑之嘆。

〔四〕拜嘉慶：意猶"拜家慶"。唐人稱歸家省親，與家人團聚爲拜家慶。因事屬喜慶，故亦稱拜嘉慶。老萊衣：老萊子的五色衣。老萊子，春秋時楚賢人，性至孝，行年七十，作嬰兒戲，著五色衣以娱其親。楚王聞其賢，欲徵之，不應，去楚，止于江南。二句謂明日便可拜見親長，略盡孝心了。

送友人之京

君登青雲去，予望青山歸〔一〕。雲山從此别，淚濕薜蘿衣〔二〕。

友人姓名不詳,似是應召入京,與詩人的失意而歸恰成對比。詩當作於最後入京返歸鄉里時。結句自有無限感慨,一腔幽怨。劉辰翁云:"甚不多語,神情悄然,然比之(韋)蘇州,特怨甚。"(《品彙》引)

〔一〕登青雲:指入京爲官。二句寫友人入京出仕,而己却失意歸山,對比強烈。

〔二〕雲山:指出仕與歸隱。薜蘿衣:隱士之服。薜,薜荔;蘿,女蘿。《楚辭·九歌·山鬼》:"若有人兮山之阿,披薜荔兮帶女蘿。"二句寫與友人就此作別,不免淚滿襟衫。

夜渡湘水

客舟貪利涉,夜裏渡湘川〔一〕。露氣聞芳杜,歌聲識採蓮〔二〕。榜人投岸火,漁子宿潭烟〔三〕。行侶時相問,潯陽何處邊〔四〕?

此詩作于去洞庭轉潯陽時。詩寫自湘至贛途中夜景。風格淡泊中含綺麗。詩切于夜航,芳杜爲屈子所攀採,蓮歌爲採蓮女所吟唱。結聯借相問表明心繫潯陽,是孟詩常見的一個特點。按自此又東去吴越,似奉襄州刺史韓朝宗之命,詳《彭蠡湖中望廬山》詩注。

〔一〕利涉:有利於渡河。《易·需》:"利涉大川。"湘川:即湘水,二句敍舟子感到樂于夜航。

〔二〕芳杜:杜若草的芳香。採蓮:《樂府詩集·清商曲辭》有《採蓮曲》。《古今樂録》:“《採蓮曲》,和云:‘採蓮渚,窈窕舞佳人。’”

〔三〕榜人:划船者。潭:指江邊泊舟的水潭。與上聯嗅聽不同,此二句寫看,船夫向岸投靠炬火,漁夫已在潭邊燃起了炊烟。

〔四〕行侣:舟行的伴侣。潯陽:潯陽郡,治所在今江西九江市。按潯陽與湘水距離甚遠,故閻若璩云潯是涔字之誤,涔陽近湘水。王士禛則謂詩家惟論興會,道路遠近不必盡合。如孟詩:“瞑帆何處宿,遥指落星灣。”(據趙執信《談龍録》)

自潯陽泛舟經明海

大江分九派,淼淼成水鄉〔一〕。舟子乘利涉,往來至潯陽〔二〕。因之泛五湖,流浪經三湘〔三〕。觀濤壯枚發,弔屈痛沈湘〔四〕。魏闕心恒在,金門詔不忘〔五〕。遥憐上林雁,冰泮也回翔〔六〕。

詩人雖如李白所言,“紅顔棄軒冕,白首卧松雲”,但其一生幾乎全在“身處江湖,心存魏闕”的矛盾中度過。此詩所謂“魏闕心恒在,金門詔不忘”即是一例。明海,一本作“湖海”,是。詩中有“因之泛五湖”句,即指自潯陽至吴,第二次入吴越曾先到湘沅。此詩主要寫眷顧朝廷,結句很沉痛。

〔一〕大江:指長江。九派:長江至潯陽有九條支流流入,故稱九派。郭璞《江賦》:“流九派乎潯陽。”《文選》李善注:“水别流爲派。”淼淼:即“渺渺”,水勢浩大無涯貌。二句寫長江在潯陽一帶分出許多支流,水波浩渺。

〔二〕利涉:見《夜渡湘水》注〔一〕。二句寫乘利涉之時,舟至潯陽城。

〔三〕因之:因此,由此。五湖:見《北澗泛舟》注〔二〕。流浪:漫游。

三湘：湘水合資水爲資湘，合瀟水爲瀟湘，合沅水爲沅湘。見《湖南通志》十七引陶澍《資江耆舊集》序。此泛指洞庭湖南北湘江流域。二句寫由潯陽而泛舟三湘、浪跡五湖。

〔四〕壯枚發：漢枚乘有《七發》。其中寫廣陵觀濤一段尤爲壯觀。弔屈：憑弔屈原。漢賈誼有《弔屈原賦》，曰："恭承嘉惠兮，俟罪長沙。側聞屈原兮，自沉汨羅。造託湘流兮，敬弔先生。"二句寫浪游江湖，懷思古人。

〔五〕魏闕：見《初下浙江舟中口號》注〔二〕。金門：金馬門，漢武帝時文學侍從待詔備顧問之所。二句寫己雖身在江湖，但心眷朝廷，不忘金門待詔。

〔六〕上林：即上林苑，在陜西長安縣西。秦設，漢武帝更增廣之，方圓三百里，離宫七十所。泮：冰融解。二句以上林之雁猶能於冰化後返北歸，悲己無由回到京城皇帝的身邊。

彭蠡湖中望廬山

太虛生月暈，舟子知天風〔一〕。挂席候明發，眇漫平湖中〔二〕。中流見匡阜，勢壓九江雄〔三〕。黤黕凝黛色，峥嶸當曉空〔四〕。香爐初上日，瀑布噴成虹〔五〕。久欲追向子，况兹懷遠公〔六〕。我來限于役，未暇息微躬〔七〕。淮海途將半，星霜歲欲窮〔八〕。寄言巖棲者，畢趣當來同〔九〕。

彭蠡湖即鄱陽湖，在今江西省。廬山在鄱陽湖西。此詩爲詩人奉使至淮海經江西時所作。詩人以無暇登匡廬爲憾。詩凡九韻，寫遠望香爐峯和瀑布，甚富想像。因詩有"我來限于役，未暇息微躬"語，故知詩人此行係奉荆州長史韓朝宗之命，以後他又二次漫遊吴越。

〔一〕太虛：天空。月暈：月亮周圍的黄色光暈。古語云："月暈而風，礎潤而雨。"二句寫夜空出現月暈，船夫知道天要起風。

〔二〕挂席：見《晚泊潯陽望香爐峯》注〔一〕。眇漫：浩渺無際。眇，同"渺"，宋本作"渺"。二句寫船夫挂起船帆，準備着明早出發。

〔三〕匡阜：即廬山。據《清一統志》載："廬山……古名南障山，一名匡山，總名匡廬。"九江：大江自潯陽分爲九派。已見王維《漢江臨眺》詩注。二句寫舟行至湖中，纔見廬山勢鎮九江的雄偉。

〔四〕黤黮(yǎn dǎn)：青黑色。崢嶸：山峯高聳錯落貌。二句寫廬山山色青蒼凝黛，峯巒參差高聳。

〔五〕香爐：廬山香爐峯。二句寫日出香爐，懸瀑如虹。

〔六〕向子：即東漢向長，字子平，見《李氏園林卧疾》注〔三〕。遠公：東晉高僧慧遠。慧遠曾居廬山東林寺，與隱士劉遺民等結白蓮社。二句謂己很想追隨向子平和遠公，歸隱廬山。

〔七〕于役：《詩·王風》有《君子于役》篇，寫妻子懷念因公在外的丈夫，後于役便多指奉使出差。微躬：微賤之身。詩人自謙之詞。二句謂所憾此行因公路過，無法上廬山稍事歇息。

〔八〕淮海：指揚州。《書·禹貢》："淮海惟揚州。"星霜：指星宿變换已至霜降之時，言年歲又將改易。二句謂去揚之路只走了一半，而一年又將終盡。

〔九〕巖棲者：指隱居山林之士。畢趣：完成此行。趣，同趨。二句寄言山林隱士，相約公事完後即前來同隱。

下　瀨　石

瀨石三百里，沿洄千嶂間〔一〕。沸聲常活活，洊勢亦潺潺〔二〕。跳沫魚龍沸，垂藤猿狖攀〔三〕。榜人苦奔峭，而我忘險艱〔四〕。放溜情彌愜，登艫目自閑〔五〕。暝帆何處宿,遥指落星灣〔六〕。

此詩或作于詩人奉命行役,途經鄱陽湖至灨江去南昌時。灨石灘長約三百里,似在湖中狹窄處。王士禛云:"孟浩然《下灨石》詩:'暝帆何處宿,遥指落星灣。'落星在南康府,去贛亦千餘里,順游乘風。即非一日可達,古人詩只取興會超妙,不似後人章句,但作記里鼓也。"(《帶經堂詩話》)

〔一〕灨,即贛江。灨石:灨石灘,當在鄱陽湖附近。沿洄:順流而行或往來迂迴。嶂:高峻的山峯。二句寫由灨石而下,舟船在重重險峯間迂迴行進。

〔二〕活活(guō):流水滚翻聲。洊(jiàn)勢:即水勢。洊,水再至。潺潺:水流湍急聲。二句寫水石相擊,其聲活活;波浪相逐,其勢潺潺。

〔三〕沫:水珠。猿狖:猿猴類攀援動物。二句寫水中如有魚龍翻騰,岸邊垂藤間有猿猴攀懸。

〔四〕榜人:搖船者。奔峭:指在險惡的崖石間奔波。謝靈運《七里瀨》詩:"徒旅苦奔峭。"二句謂撑船人以穿峭過壁爲苦,而已一路觀賞,忘了艱險。

〔五〕放溜:猶順流。溜,水流。愜:快意。艫:船頭刺棹處。二句寫任船隨水而下,心中充滿快意;登船眺望,眼前開廓安適。

〔六〕暝帆:猶晚舟。落星灣:在今江西星子縣南五里,鄱陽湖邊落星石附近。二句謂日暮之舟不知投宿何地,舟人遥指落星灣。

九日龍沙寄劉大昚虚

龍沙豫章北,九日掛帆過〔一〕。風俗因時見,湖山發興多〔二〕。客中誰送酒，棹裹自成歌〔三〕。歌竟乘流去，滔滔任夕波〔四〕。

龍沙，龍沙崗，在南昌北，今屬江西新建縣。詩人去吴越途中路經此地。劉昚虚，唐詩人，開元十一年進士，作有《暮秋揚子江寄孟浩然》詩，云："寒笛對京口，故人在襄陽。"此詩寫於重陽節過豫章，民間風俗和沿途湖山使詩人興致勃發。暗用江州刺史爲陶淵明送酒事，亦别具風韻。

〔一〕豫章：豫章縣，故治在今江西南昌市。九日：指農曆九月初九，重陽節，古有登高飲酒的風俗。

〔二〕發興：引起詩興。二句寫舟過豫章，所見民俗和湖山令人詩興大發。

〔三〕送酒：用王宏爲淵明送酒事。《世説新語》引《續晉陽秋》："陶元亮九日無酒，宅邊東籬下菊叢中摘盈把，坐其側。未幾，望見白衣人至，乃王宏送酒也。"棹裹：舟中。二句寫途中雖無人送酒，而舟中自然成歌。其中上句承"風俗因時見"，下句承"湖山發興多"。

〔四〕乘流：順水。夕波：指江中晚潮湧起的江波。

夜泊宣城界

西塞沿江島，南陵問驛樓〔一〕。湖平津濟闊〔二〕，風止客帆收。去去懷前浦，茫茫泛夕流。石逢羅刹礙，山泊敬亭幽〔三〕。火熾梅根冶，烟迷楊葉洲〔四〕。離家復水宿，相伴賴沙鷗。

詩人曾二下廣陵,經潯陽,至宣城。宣城,郡治即今安徽宣城縣。此詩寫得很細緻,以欣賞山水解越鄉之憂,在其五言排律中也屬佳作。

〔一〕西塞:當指宣城江中的島嶼,非浙江的西塞山。南陵:今安徽南陵縣。

〔二〕津濟:即津渡,江邊渡口。

〔三〕羅刹:梵語,意爲惡鬼。此指江邊地名,曰羅刹磯,見黄景仁《後觀潮行》。敬亭:敬亭山,在宣城北,山上舊有敬亭,爲謝朓吟詩處。

〔四〕梅根冶:安徽貴池縣的一個以冶煉爲業的小鎮。晉及六朝均於此煉銅鑄幣,唐曾置梅根監。庾信《枯樹賦》:"北陸以楊葉爲關,南陵以梅根作冶。"楊葉洲:《太平寰宇記》:"在貴池縣西北二十里大江中。長五里,闊三里,狀如楊葉,故名。"

江上寄崔少府國輔

春堤楊柳發,憶與故人期〔一〕。草木本無意,榮枯自有時〔二〕。山陰定遠近,江上日相思〔三〕。不及蘭亭會,空吟祓禊詩〔四〕。

崔國輔,吴郡(今江蘇蘇州一帶)人,一説山陰人,開元十四年進士,官山陰尉。開元二十三年自山陰入京中特科,改授許昌令。時正值詩人二次漫遊吴越。此詩作於暮春,因未遇崔國輔而在揚子江上寄贈。後又有《宿永嘉江寄山陰崔少府》詩。

〔一〕故人:指崔國輔。期:相約。二句寫柳發春堤,令人想起與友人的相會之約。

〔二〕草木二句：寫草木與人不同，自有一定的榮枯之期。言外之意謂人的榮枯却難以預料。

〔三〕山陰：唐越州山陰縣，即今浙江紹興市。二句寫未知山陰遠近，却日夜懷念相思。

〔四〕蘭亭會：東晉王羲之于永和九年三月三日(即上巳日)于浙江紹興南之蘭亭，與太原孫統、孫綽，廣漢王彬之，陳郡謝安，太原王藴，釋支遁，並其子凝之、徽之等四十一人修祓禊之禮，曲水流觴爲詩酒之會，因作《蘭亭集序》。祓禊(fú xì)：古代習俗，爲除災去邪而舉行的一種集會，常在陰曆三月三日上巳于水濱修禊，洗除不祥。二句謂既不能赴山陰與蘭亭之會，故只能在江上空吟祓禊的詩篇。

宿永嘉江寄山陰崔少府國輔

我行窮水國，君使入京華〔一〕。相去日千里，孤帆天一涯〔二〕。卧聞海潮至，起視江月斜〔三〕。借問同舟客，何時到永嘉〔四〕？

崔國輔於開元二十三年入京中特科，入授許昌令。詩中所云"君使入京華"，殆即指奉使入京事。此詩之作稍後於《江上寄山陰崔少府》，時崔已啓程入京。永嘉江即甌江，詩人在詩中表達了旅游水鄉的愉快之情，以自己的曠達來告慰故人。

〔一〕窮：歷盡。水國：水鄉。京華：指長安。二句寫己行程已遍及江南水鄉，而恰值崔奉使去長安。

〔二〕相去二句：寫二人相去日隔千里，天各一方。

〔三〕卧聞二句：寫晚間卧聽海潮將至，起看江月已斜，天將拂曉。

〔四〕永嘉：唐永嘉郡治，在今温州市。晉王羲之、宋謝靈運都曾爲永嘉太守，郡有名山。二句以詢問同舟旅客，表達出對永嘉勝地的渴慕之情。

久滯越中貽謝南池會稽賀少府

陳平無産業，尼父倦東西〔一〕。負郭昔雲翳，問津今亦迷〔二〕。未能忘魏闕，空此滯秦稽〔三〕。兩見夏雲起，再聞春鳥啼〔四〕。懷仙梅福市，訪舊若耶溪〔五〕。聖主賢爲寶，君何隱遁棲〔六〕？

此詩作于開元二十三年久滯越中時期。賀少府，賀朝，潤州詩人。此詩寄託自己不遇、不得已而游吴越的感慨，結句用問語表示對謝南池、賀朝等像梅福一樣隱于門卒者的同情。詩人首次游吴越，賀朝還未仕，曾贈詩曰“文章有賀生”，由此可證此詩爲二次入吴越時作。

〔一〕陳平：西漢陽武人，少時家貧。不事生産，家居負郭窮巷。楚漢相争時，先從項羽，後歸劉邦，多出奇計，封曲逆侯。惠帝時爲左丞相，吕后時改右丞相，吕后死，誅諸吕，立孝文帝，後爲丞相卒。見《史記·陳丞相世家》。尼父：孔子。倦東西：本《論語·公冶長》：“子在陳，曰：‘歸與，歸與，吾黨之小子狂簡，斐然成章，不知所以裁之。’”又《禮記·檀弓》：“丘也，東西南北之人也。”二句以陳平、仲尼喻己家貧和疲于奔走。

〔二〕負郭：指背靠外城牆的窮巷。翳：遮蔽。問津：《論語·微子》：

“長沮、桀溺耦而耕，孔子過之，使子路問津焉。長沮曰：‘夫執輿者爲誰？’子路曰：‘爲孔丘。’曰：‘是魯孔丘歟？’曰：‘是也。’曰：‘是知津矣。’”此指求仕。二句承上言己如陳平昔日之被埋没于負郭，如仲尼曾問津而又迷失前路。

〔三〕魏闕：見《渡浙江舟中口號》注〔二〕。秦稽：即浙江會稽縣，今紹興市。因秦始皇到過會稽，有會稽刻石，故稱秦稽。王彪之《登會稽刻石山》詩云：“秦皇遐巡，……銘迹峻嶠。”二句寫己雖滯留會稽，却不能忘懷朝廷。

〔四〕兩見二句：寫羈居越地已歷兩個春夏。

〔五〕梅福市：會稽市。《漢書·梅福傳》載，王莽專政，梅福棄家去九江，後有人見其于會稽爲吴市門卒。若耶溪：在紹興縣南若耶山中，水流入鏡湖。二句寫在越想追蹤相傳是仙人的梅福游處，訪問若耶溪的故友。

〔六〕聖主二句：謂當今聖主以賢爲寶，爾等何故在此隱遁？結語故設一問，與左思《代放歌行》“夷世不可逢，賢君幸愛才，今君有何疾，臨路獨遲回”意同。

題雲門山寄越府包户曹徐起居

我行適諸越，夢寐懷所歡〔一〕。久負獨往願，今來恣游盤〔二〕。臺嶺踐磴石，耶溪泝林湍〔三〕。捨舟入香界，登閣憩旃檀〔四〕。晴山秦望近，春水鏡湖寬〔五〕。遠懷佇應接，卑位徒勞安〔六〕。白雲日夕滯，滄海去來觀〔七〕。故國眇天末，良朋在朝端〔八〕。遲爾同攜手，何時方挂冠〔九〕？

此詩一作《游雲門寺寄越府包户曹徐起居》。包户曹爲懷州司户包融，徐起居，未詳。時二人均在京洛作官，故詩有“良朋在朝端”句。詩當作于二次入吴越時，約在開元二十二、三年間(包融作户曹，在張九齡當政時)。雲門山在浙江紹興縣南三十里，山上有雲門寺。

〔一〕適：到。諸越：指越中各地。二句寫已此行游歷越中各地，夢中都在懷念所喜之地。

〔二〕負：辜負。恣：任意。游盤：游樂盤桓。二句謂長久以來辜負了獨往的意願，現在到此才得以任意游賞。

〔三〕臺嶺：指雲門山嶺。磴石：上山石級。耶溪：即若耶溪，見《久滯越中貽謝南池會稽賀少府》注〔五〕。泝：同“溯”，逆流而上。湍：急流。二句寫登山涉水，悠然自得。

〔四〕香界：指佛寺。憩：休息。旃(zhān)檀：梵語譯音，香木。此指香木所製床座。二句寫捨舟入寺，稍事休息。

〔五〕秦望：山名，孔皋《會稽記》：“東有秦望山，昔秦始皇登此。”鏡湖：湖名，在今浙江紹興市南。二句寫登高而望，山近湖寬。

〔六〕懷：一作“行”，是。佇：久立等待。應接：見《世説新語・言語》篇：“王子敬云：‘從山陰道上行，山川自相映發，使人應接不暇。’”意謂勝景之多，目不暇接。二句寫登臨山川美不勝收，又何必處卑位而勞碌難安。這既是自我寬慰，又是希望包、徐歸隱同遊。

〔七〕白雲二句：寫身閒無累，朝晚看雲觀海。

〔八〕故國：故園。眇：通“渺”，遼遠。天末：天邊。朝端：朝中。二句寫故鄉遠在天邊，好友都在朝廷。

〔九〕遲爾：等待。挂冠：辭官。《後漢書・逢萌傳》：“時王莽殺其子宇……(逢萌)即解冠挂東門，歸將家屬浮海，客于遼東。”二句謂已在此等待故友挂冠辭官，攜手同游。

早發漁浦潭

東旭早光芒，渚禽已驚聒〔一〕。卧聞漁浦口，橈聲暗相撥〔二〕。日出氣象分,始知江湖闊〔三〕。美人常晏起,照影弄流沫〔四〕。飲水畏驚猿,祭魚時見獺〔五〕。舟行自無悶,況值情景豁〔六〕。

漁浦潭在富春江上、杭州之南。謝靈運《富春渚》:"宵濟漁浦潭,旦及富春郭。"詩應作于二次游越時。其三四句寫拂曉舟行,橈聲暗蕩,妙入神理;五六句不失盛唐氣象。全詩物色清美,足以展示江澄心曠、禽鳥得時、美人照影的幽美意境。

〔一〕東旭:東方初露的日光。渚:水中小洲。聒(guō):喧擾。《楚辭·九思·疾世》:"鴝鵒鳴兮聒余。"二句寫早發漁浦潭之"早",出發時晨光初露,沙洲上的禽鳥已開始喧鳴。

〔二〕漁浦口:即漁浦潭口。橈:槳。二句寫舟行時還卧於船中,但聞船槳在水中輕輕地划動。

〔三〕日出二句:寫太陽一出,水上霧氣漸散,景象頓闊,耳目爲之一亮。

〔四〕美人:指潭邊浣紗女。晏:晚。照影:謂臨水當鏡。《捉搦歌》:"可憐女子能照影,不見其餘見斜領。"流沫:水流激起的浪沫。謝靈運《還舊園作見顔范二中書》:"流沫不足險。"二句寫晚起的女子,正臨水梳妝,撥弄浪花。按陳貽焮謂:"《圖書集成》第九百五十一卷引舊志謂富陽附近有古跡,並説梁元帝時見富春青泉南有美女踏石而歌……"二句既寫實,似又暗切這一傳聞。

〔五〕祭魚:《埤雅》:"獺取狸于水裔,四方陳之,進而弗食,世謂之祭魚。"《禮·月令》:"孟春之月……獺祭魚。"又《王制》:"獺祭魚,然後虞人入澤梁。"水獺貪食,捉了很多魚才吃,故被稱爲祭魚。二句寫沿江所見景物,行舟中怕驚擾正在江邊飲水的猿猴,又時時可以看到水獺捉魚的情景。

〔六〕無悶:無憂煩。謝靈運《登池上樓》:"無悶征在今。"豁:開朗。二句謂舟行自無世俗紛擾,何況又遇到景色開朗的晴天。

經七里灘

予奉垂堂誡，千金非所輕〔一〕。爲多山水樂，頻作泛舟行〔二〕。五嶽追向子，三湘弔屈平〔三〕。湖經洞庭闊，江入新安清〔四〕。復聞嚴陵瀨，乃在兹湍路〔五〕。疊嶂數百里，沿洄非一趣〔六〕。彩翠相氛氲，别流亂奔注〔七〕。釣磯平可坐，苔磴滑難步〔八〕。猿飲石下潭，鳥還日邊樹〔九〕。觀奇恨來晚，倚櫂惜將暮〔一〇〕。揮手弄潺湲，從兹洗塵慮〔一一〕。

七里灘，一名七里瀧，又名七里瀨。《元和郡縣志》謂七里灘在唐建德縣東北十里浙江中。詩人此行由漁浦潭上行經桐廬到七里灘。從詩中"爲多山水樂，頻作泛舟行"，可知其所述爲平生漫游蹤跡，非專指一次出行。詩寫深入山水，不再繫心塵務。正像吴均《與宋元思書》所云："鳶飛戾天者，望峰息心；經綸世務者，窺谷忘反。"

〔一〕垂堂：靠近屋檐。人在檐下，有爲瓦石墜而喪身之虞。《漢書·司馬相如傳》引故鄙諺曰："家累千金，坐不垂堂。"言富人不敢近檐而坐，恐瓦墮傷身。二句謂已曾受"坐不垂堂"之誨，並不看輕千金之軀。

〔二〕爲：因，由於。頻：多次。二句寫由於多得山水之樂，所以頻頻泛舟漫游。

〔三〕五嶽：中國五大名山總稱。即東嶽泰山、南嶽衡山、西嶽華山、北嶽恒山、中嶽嵩山。向子：見《李氏園林卧疾》注〔三〕。三湘：見《自潯陽泛舟經明海》注〔三〕。弔屈平：漢賈誼年少志大，爲權臣所誣，出爲長沙王太傅，途經湘水，作賦以弔屈原。此有以此暗寓失意之意。二句寫登山臨水,追懷古風。

〔四〕洞庭:即洞庭湖,在湖南省境内,長二百里,廣百里,岳陽縣城當其入江之口,山中小山頗多,以君山最著。春冬水淺,夏秋盛漲,一望彌漫。新安:指新安江,浙江上游,源出安徽歙縣、黟縣之黄山,東南入浙江,總稱浙江。東北流桐廬、富陽于杭州錢塘入海。在建德縣内亦稱建德江,在建德以下至桐廬縣亦稱桐廬江,在富陽縣内又稱富春江。二句謂在所游江湖中,以洞庭湖最闊,新安江水最清。

〔五〕嚴陵瀨:在唐睦州桐廬縣西三十里浙江中。因漢嚴子陵曾隱居於此而得名。湍:急流。二句謂又聽説嚴陵瀨也在這浙江的急流中。

〔六〕疊嶂:重疊的山巒。沿洄:寫泛舟江中,時順流而下,時逆流而上。梁任昉《濟浙江》詩:"或與歸波送,乍逐翻流上。"又《嚴陵瀨》詩:"羣峯北峻極,參差百重嶂。"二句寫一路峯巒重疊,順逆之趣不一。

〔七〕彩翠:指山嵐。氛氲(yūn):雲氣覆蓋貌。別流:支流。二句承上而言山嵐色彩繽紛,支流交相奔注。

〔八〕釣磯:垂釣所坐水邊岩石。駱賓王《應詰》:"余以三伏辰行,至七里瀨,此地即新安江口也,有嚴子陵釣磯焉。"苔磴:長有鮮苔的石級。二句寫嚴子陵釣磯平坦可坐,但石級長滿苔草,令人難以舉步。

〔九〕猿飲二句:寫沿江晚景,猿飲石下的潭水,鳥還日邊的樹林。

〔一〇〕觀奇二句:贊嘆奇景迷人,恨游時太晚,惜天色將暗。

〔一一〕潺湲:不斷流動的江水。二句寫弄水江邊,塵念全洗。按此詩與謝靈運《七里瀨》詩"孤客傷逝湍,徒旅苦奔峭。石淺水潺湲,日落山昭曜"所寫景色略同,但更見清曠朗達。

將適天台留別臨安李主簿

枳棘君尚棲，匏瓜吾豈系〔一〕。念離當夏首，漂泊指炎裔〔二〕。江海非惰遊，田園失歸計〔三〕。定山既早發，漁浦亦宵濟〔四〕。泛泛隨波瀾，行行任艫枻〔五〕。故林日已遠，羣木坐成翳〔六〕。羽人在丹丘，吾亦從此逝〔七〕。

此詩係從臨安(杭州)去尋天台時所作。雖説去訪天台，但内心矛盾很大，故云“江海非惰遊，田園失歸計”。結語表示“羽人在丹丘，吾亦從此逝”，亦出於無奈。蘇軾《西江月》詞：“小舟從此逝，江海寄餘生”，似受其影響。天台山在浙江天台縣北，因山當斗牛之分，上應台宿而名。李主簿，未詳。主簿，古代州縣職掌文書、簿册一類文官。

〔一〕枳棘：左思《詠史》：“出門無通路，枳棘塞中途。”《文選》吕向注：“枳棘，有刺之木。”匏瓜：葫蘆。《論語·陽貨》：“子曰：‘吾豈匏瓜也哉，焉能系而不食。’”孔子以此喻己願意出仕。二句謂李尚棲山林，己則不願如匏瓜之系而不食。

〔二〕夏首：夏初。炎裔：南方邊遠地區。二句寫留别李主簿的時間和將去的地點。

〔三〕江海二句：謂己此行尚非閒游，但不得已放棄了歸田計劃。

〔四〕定山：在浙江富陽縣境。漁浦：即漁浦潭，在富陽縣東，富春江上。上句本沈約《早發定山》詩，下句本謝靈運《富春渚》：“宵濟漁浦潭，且及富春郭。”

〔五〕艫枻：此泛指舟船。艫，船頭；枻(yì)，槳。

〔六〕坐：竟自。翳：遮蔽。此指樹蔭。句謂羣木竟自成蔭。

〔七〕羽人：生羽翼的仙人。《九章·遠遊》：“仍羽人於丹丘兮，留不死之舊鄉。”丹丘：仙人所居之地。二句謂已將從羽人於丹丘，從此長揖塵世。

舟中曉望

挂席東南望，青山水國遥〔一〕。舳艫争利涉，來往接風潮〔二〕。問我今何適，天台訪石橋〔三〕。坐看霞色曉，疑是赤城標〔四〕。

此詩作于二次漫游吴越去天台山途中。永嘉江夾岸青山，水波浩渺，舟船争駛，迎風逐潮。詩首四句寫舟行，以動態起，後四句寫觀景，以静態收。姚範云：“趣興奇逸”，吴汝綸云：“一片神行，此王、孟之絶詣也。”（引自《唐宋詩舉要》）

〔一〕挂席：見《晚泊潯陽望香爐峯》注〔一〕。二句寫舟中遠望，青山無際，江波浩渺。

〔二〕舳艫：泛指船隻。舳，船尾持舵處；艫，船頭刺棹處。利涉：見《夜渡湘水》注〔一〕。二句是寫江上舟來船往，風潮無阻。

〔三〕適：往。天台：天台山，在今浙江天台縣北。石橋：天台山勝景之一，又名石橋山。《天台山記》：“橋頭上有小亭，橋長七丈，北闊二尺，南闊七尺，龍形龜背，架在壑上，有兩澗合流於橋下，橋勢峭峻，過者目眩心悸，其橋有尖起高丈餘，多莓苔甚滑，度彼不得。”其旁多道士隱居之所。二句説明此行是爲去天台訪道士隱者。

〔四〕赤城：赤城山在天台縣北六里。孔靈符《會稽記》：“赤城山石色皆赤，狀似雲霞。”標：標識。孫綽《遊天台山賦》序：“赤城霞起而建標。”

尋天台山

吾友太乙子，餐霞卧赤城〔一〕。欲尋華頂去，不憚惡溪名〔二〕。歇馬憑雲宿，揚帆截海行〔三〕。高高翠微裏，遥見石梁横〔四〕。

天台山在今浙江天台縣北，附近多名山，自晉以來就是隱居勝地。詩人先後有《寄天台道士》、《越中逢天台太乙子》、《將適天台留别臨安李主簿》諸詩，時間當在夏季。此行似經海上，由臨海縣上天台。詩題云"尋"，是未到之前。詩人寫山水多遠望，給人以遐想。

〔一〕太乙子：名未詳。當是詩人的一位道士朋友，太乙，虚無之"道"的别稱，此用爲號。餐霞：道教以爲日者，霞之實；霞者，日之精，故常修煉服日實餐霞之術，見《真誥》。《陵陽子明經》："春食朝霞者，日始出赤黄氣。"赤城：見《舟中曉望》注〔四〕。二句寫好友太乙子正高卧赤城山飲露餐霞。

〔二〕華頂：天台山主峯，絶頂可望滄海。憚：怕。惡溪：《尸子》下：孔子"過於盜泉，渴矣而不飲，惡其名也。"又《藝文類聚》卷九引《晉紀》："吴隱之性廉操，爲廣州刺史，界有一水，謂之貪泉。故老云：'飲此水者，廉士皆貪。'隱之……先至水所，酌而飲之，……清操愈厲。"二句謂爲尋華頂，不辭過溪涉險而行。

〔三〕憑雲宿：依雲而宿，言其行之高。截海：横海。二句寫登涉險遠。

〔四〕翠微：青翠的山氣。石梁：石橋。見《舟中曉望》注〔三〕。二句寫遥見石橋横跨於山氣掩映之中。

宿天台桐柏觀

海行信風帆,夕宿逗雲島〔一〕。緬尋滄洲趣,近愛赤城好〔二〕。捫蘿亦踐苔,輟棹恣探討〔三〕。息陰憩桐柏,采秀弄芝草〔四〕。鶴唳清露垂,鷄鳴信潮早〔五〕。願言解纓紱〔六〕,從此去煩惱。高步淩四壁,玄蹤得三老〔七〕。紛吾遠遊意〔八〕,學彼長生道。日夕望三山,雲濤空浩浩〔九〕。

此詩作于《尋天台山》、《寄天台道士》、《將適天台留别李主簿》之後。詩中“願言解纓紱,從此去煩惱”,與《望廬山》“我來限于役”意同,可能爲其於韓朝宗府兼有官職,于是二次遊吴越,歸來恰好送韓朝宗都督洪州。桐柏觀,天台山上的道家寺觀。

〔一〕信:任隨。逗雲島:逗留于多雲之島。

〔二〕緬:遠。滄洲:古隱者所居水濱之地。謝朓《之宣城出新林浦向板橋》:“既懽懷禄情,復協滄洲趣。”赤城:見《舟中曉望》注〔四〕。

〔三〕捫蘿:攀援藤蘿。二句寫停舟上岸,攀高探險,恣意游玩。

〔四〕息陰:在蔭涼處休息。桐柏:桐柏觀。采秀:采集三秀。《九歌·山鬼》:“采三秀於山間。”三秀即靈芝。

〔五〕信潮:早晚一定時間内必至之潮。

〔六〕解纓紱:謂去官。纓紱,官冕上的纓系和繫印綬帶。

〔七〕淩:登臨。三老:三位仙人,曹操《秋胡行》:“有何三老公,卒來在我傍,負揜被裘,似非恒人。”二句寫登上四壁,追尋仙蹤,似見三老。

〔八〕紛:紛紜,多而雜。彼:指飲露餐霞的隱士仙人。二句謂己遠出遊歷思緒紛繁,爲的是要學習道者的長生之道。

〔九〕三山：即傳説中海上蓬萊、方丈、瀛洲三仙山。二句寫日暮時於桐柏觀眺望海中仙山，所見衹是雲濤一片，茫茫無邊。

送韓使君除洪州都曹

述職撫荆衡，分符襲寵榮〔一〕。往來看擁傳，前後賴專城〔二〕。勿剪棠猶在，波澄水更清〔三〕。重推江漢理，旋改豫章行〔四〕。召父多遺愛，羊公有令名〔五〕。衣冠列祖道，耆舊擁前旌〔六〕。峴首晨風送，江陵夜火迎〔七〕。無才慚孺子，千里愧同聲〔八〕。

《全唐詩》及宋本此詩題下均有"韓公父常爲襄州使"八字。韓使君即韓朝宗，開元十九年九月至開元二十四年十月在荆州任荆州大都督長史，後兼襄州刺史、山南東道采訪處置使等職。坐所任吏擅賦役，被責以"親其所親"、"不能自律"，貶都督洪州諸軍事，守洪州刺史。此前詩人曾有負其使命去潯陽等地，及二次遠游吴越之舉。開元二十四年春後始返故里，時值韓朝宗貶洪州，此詩即爲送别而作。詩人與朝宗友誼甚篤。據王士源《孟浩然集序》："山南採訪使、本郡守昌黎韓朝宗，謂浩然間代清律，寘諸同行，必咏《穆如》之頌。因入秦與偕行，先揚于朝，與期約日引謁。及期，浩然會僚友，文酒講好甚是，或曰：'子與韓公予諾而怠之，無乃不可乎？'浩然叱曰：'僕已飲矣，身行樂耳，遑恤其他！'遂避席不赴，由是間罷。"此説雖近小説家言，然其交往之密可見一端。洪州，漢豫章郡地，隋置洪州，唐因之，故址即今江西南昌市。都曹，即都督，掌管州郡軍事的長官。

〔一〕述職：指郡刺史入朝陳述任職情況。撫：安撫。荆衡：荆州。

《書·禹貢》:“荆及衡陽惟荆州。”分符:古代朝廷控制兵權所採用的一種方法。以虎符一半留京,一半付刺史。朝廷遇事須發兵,當合符而行。此指韓受命任荆州長史、襄州刺史。襲寵榮:承襲、繼承祖上的恩寵榮耀。按韓朝宗之父曾任襄州刺史,朝宗任荆州大都督府長史有榮承父職之意。二句寫韓襲恩出任荆州長史和襄州刺史。

〔二〕傳:驛站車。專城:地方長官。《陌上桑》:“三十侍郎中,四十專城居。”二句寫韓到任時的情况,百姓圍看傳車,上下都仰仗地方官的政績。

〔三〕勿剪:《詩·召南·甘棠》:“蔽芾甘棠,勿剪勿伐,召伯所茇。”此以韓朝宗比召伯遺愛於民。二句稱韓政績爲人所懷,甘棠猶存,清廉如水。

〔四〕重推:重視和推崇。江漢:長江漢水流域。此代指荆襄地區。旋:不久。豫章:漢郡名,治所在今江西南昌市。此借指洪州。二句謂韓在江漢的治績屢被稱道,不料不久却改作洪州都督。上句宋本作“重頒江漢治”。

〔五〕召父:即召伯,名虎,周宣王時的賢臣,德政爲人所懷。羊公:羊祜。武帝時都督荆州諸軍事,鎮襄陽。死後,百姓爲其立碑峴山。令名:美名。二句以韓朝宗比召伯、羊祜,遺愛於民,傳名於史。

〔六〕衣冠:指官吏。祖道:祭道路之神,並宴飲餞行。《漢書·疏廣傳》:“公卿大夫,故人邑子,設祖道供帳東都門外。”耆舊:指年高的紳士。旌:軍旗。二句寫送别情景,官員列行餞行,長者圍集旗下。

〔七〕峴首:峴山頭。峴山,見《登鹿門山》注〔一〕。江陵:即今湖北江陵縣。二句寫晨風送别於峴山頭,夜燈迎候於江陵界。

〔八〕慚:羞愧。孺子:東漢名士徐稚字孺子,南昌人。史載太守陳蕃請其任功曹,不就。陳特爲其設一榻接待,走後即挂之。同聲:指道義相投合。《易·繫辭》:“同聲相應,同氣相求。”二句謂己才學不及徐孺子,故衹能愧對遠隔千里的知音了。按此乃詩人謙詞,實際是希望能在豫章再次相見。

和宋大使北樓新亭

返耕意未遂,日夕登城隅〔一〕。誰道山林近,坐爲符竹拘〔二〕。麗譙非改作,軒檻是新圖〔三〕。遠水自嶓冢,長雲吞具區〔四〕。願隨江燕賀,羞逐府僚趨〔五〕。欲識狂歌者,丘園一豎儒〔六〕。

宋大使,宋鼎。韓朝宗貶洪州都督,宋鼎接任荆州長史、襄州刺史、山南採訪使。觀詩最後四句,似爲詩人拒絶宋的聘請,不願入幕爲僚。

〔一〕返耕:指歸耕田園。城隅:城角,北樓當在此。二句寫己想歸田未能如願,早晚却常登城樓眺望。

〔二〕坐:猶原因在于。符竹:即虎符,也稱虎竹。李白《塞上曲》:"將軍分虎竹,壯士卧龍沙。"又漢制有竹使符,用竹所製。此指爲公務所羈。二句謂誰説山林離我不遠,但因宋的召辟所限而不能前往。

〔三〕麗譙:望樓,指北樓。《漢書·陳勝傳》颜師古注:"樓一名譙,故謂美麗之樓爲麗譙。"軒檻:指新亭高大的欄檻。二句謂北樓並未重新翻造,只有欄檻是新修的。

〔四〕嶓冢(zhǒng):山名,在今陕西省境内,漢水發源地。具區:太湖古稱。《爾雅·釋地》:"吴越之間有具區。"二句寫登樓遠望漢水來自嶓冢,長雲吞没了整個太湖。

〔五〕江燕賀:本《淮南子·説林》:"大厦成而燕雀相賀。"府僚趨:謂作爲幕僚跟隨其後。《陌上桑》:"冉冉府中趨。"二句謂願賀樓亭新成,而不願作爲幕僚留下。

〔六〕丘園:隱居的山林。《易·賁封》:"賁于丘園,束帛戔戔。"孔穎達疏:"丘謂丘墟,園謂園圃。"豎儒:見識淺陋的儒生。《漢書·張良傳》:"豎儒幾敗乃公事!"二句謂不受拘束的狂歌者,原不過是山林中的一介儒生。

送王昌齡之嶺南

洞庭去遠近,楓葉早經秋〔一〕。峴首羊公愛,長沙賈誼愁〔二〕。土毛無縞紵,鄉味有查頭〔三〕。已抱沈痼疾,更貽魑魅憂〔四〕。數年同筆硯,茲夕間衾裯〔五〕。意氣今何在,相思望斗牛〔六〕。

此詩係王昌齡去嶺南過襄陽時作,詩人此時已歸襄陽。王昌齡,字少伯,太原(今山西太原市)人,一説京兆(今陝西西安市)人。開元十五年進士,歷任汜水尉、校書郎、江寧令等,後貶龍標尉。嶺南,泛指五嶺以南地區。

〔一〕洞庭二句:寫王昌齡之去嶺南,離洞庭不知遠近,楓葉早已經秋而紅。《湘夫人》:"洞庭波兮木葉下。"《招魂》:"湛湛江水兮上有楓。"

〔二〕峴首:峴山頭。見《登鹿門山》注〔一〕。羊公愛:見《送韓使君除洪州都曹》注〔五〕。此比張九齡。賈誼愁:《史記·屈原賈誼列傳》:"賈生既已適居長沙,長沙卑濕,自以爲壽不得長,傷悼之,乃爲賦以自廣。"此喻王昌齡之貶湘西。

〔三〕土毛:土地。縞紵:白色生絹及細麻衣。查頭:魚名,又作楂頭鯿。二句寫其地粗放不産縞紵,鄉味却有楂頭鯿魚。

〔四〕貽:留贈。魑魅:山妖之類。杜甫《懷李白》:“魑魅喜人過。”二句寫其身已染疾,其地復貽以山妖之憂。

〔五〕間:分開。衾裯:被服帷幔。二句寫與王筆墨交往數年,如今一别,就不能相聚一處了。

〔六〕斗牛:用張華望見豐城劍氣上射斗牛故事。二句謂王昌齡豪俠意氣,别後當上射斗、牛,必不會久被埋没。

武陵泛舟

武陵川路狹,前棹入花林〔一〕。莫測幽源裏,仙家信幾深〔二〕。水回青嶂合,雲渡緑溪陰〔三〕。坐聽閑猿嘯,彌清塵外心〔四〕。

武陵,指武陵山脈。其湖南邊界部分迤於澧沅二水間,至常德縣西而止。陶淵明《桃花源記》即以此爲背景。王維《桃源行》和詩人此作均附會這一傳聞,故詩以想像仙境、洗滌塵心爲主題。詩當作于開元二十五年,詩人入九齡幕府前。

〔一〕武陵川:當指流經武陵山區的小溪。前棹:蕩舟向前。花林:指桃花林。陶淵明《桃花源記》:“晉太元中,武陵人捕魚爲業,緣溪行,忘路之遠近。忽逢桃花林,夾岸數百步,中無雜樹,芳草鮮美,落英繽紛。”二句寫船沿武陵狹溪向前進了桃花林。

〔二〕幽源:幽深的桃花源。二句謂水源幽深,不知何處能尋到仙家。

〔三〕嶂:狀如屏障的山峯。二句寫景:緑水縈回,青嶂四合,雲氣暗渡,溪流蔭沉。

〔四〕彌：越發，更加。二句寫坐下閑聽猿嘯，更覺塵心爲之濾净澄清。

洞庭湖寄閻九

洞庭秋正闊，余亦泛歸船〔一〕。莫辨荆吴地，唯餘水共天〔二〕。渺瀰江樹没，合沓海潮連〔三〕。遲爾爲舟楫，相將濟巨川〔四〕。

閻九即閻防，曾與薛據同於終南山豐德寺讀書。後隱居嵩山。閻有《夕次鹿門山》詩。詩人除此詩外，另有《湘中旅泊寄閻防》詩。此詩是其返襄陽後的寄贈，除了寫洞庭風光外，還期望閻能入朝重用，自己也可稍遂平生之意。

〔一〕洞庭二句：寫於秋季洞庭湖闊之時泛舟歸鄉。
〔二〕荆吴地：楚地和吴地。二句承上言湖水遼闊，分不清荆吴兩地，只有水天相連，汪洋一片。
〔三〕渺瀰：渺茫，浩渺。合沓：重重叠叠。二句寫湖水浩渺，遠樹隱没，波浪重叠。
〔四〕遲爾：等你。相將：相共，相隨。濟：渡。《尚書·説命上》："若濟巨川，用爾作舟楫。"二句含蓄地希望閻防能在政治上有所作爲，並相互提攜。

臨洞庭贈張丞相

八月秋水平，涵虚混太清〔一〕。氣蒸雲夢澤，波撼岳陽城〔二〕。欲濟無舟楫,端居恥聖明〔三〕。坐觀垂釣者,徒有羨魚情〔四〕。

張九齡貶荆州長史時,詩人正在洞庭湖,有入幕之意。其稱張丞相的詩作多寫於荆州。此詩"氣蒸雲夢澤"一聯,與杜甫的"吴楚東南坼,乾坤日夜浮"(《登岳陽樓》)同爲咏洞庭湖名句。方回《瀛奎律髓》云:"予登岳陽樓,此詩大書左序毬門壁間,右書杜詩,後人自不敢復題也。劉長卿有句云:'叠浪浮元氣,中流没太陽',世不甚傳,他可知也。"詩以洞庭起興,表示希望得到張九齡的援引。如紀昀説這首詩以望洞庭託意而不露干乞之情。

〔一〕秋水平:指秋季湖水上漲,水面平滿。涵虚:瀰漫涵容了廣闊清空。太清:天空。《文選》劉淵注左思《吴都賦》:"太清,謂天也。"二句寫洞庭八月秋水平湖,混茫一片,與天相接。

〔二〕雲夢澤:雲、夢本古代二澤。雲在江北(今湖北省南部),夢在江南(湖南省北部),統稱雲夢澤,周圍數百里。岳陽城:今湖南岳陽市,在洞庭湖東岸,當湖水入長江處。二句寫洞庭湖水氣空濛遠接雲夢,風起波搖,震撼岳陽,氣象闊大。

〔三〕濟:渡水。楫:船槳。端居:閑居。聖明:聖明之世。二句轉入抒情,謂欲渡無舟,端坐有愧,語意雙關。

〔四〕羨魚:《淮南子·説林訓》:"臨河而羨魚,不如歸家織網。"張衡《歸田賦》:"游都邑以永久,無明略以佐時。徒臨川而羨魚,俟河清乎未期。"二句自謙缺乏明略,含蓄地表示願意出仕,希望能得到張九齡的援引,入府爲僚。

荆門上張丞相

共理分荆國,召賢愧不才〔一〕。《召南》風更闡〔二〕,丞相閣還開〔三〕。覯止欣眉睫，沈淪拔草萊〔四〕。坐登徐孺榻，頻接李膺杯〔五〕。始慰蟬鳴柳，俄看雪間梅〔六〕。四時年籥盡，千里客程催〔七〕。日下瞻歸翼，沙邊厭曝腮〔八〕。佇聞宣室召，星象列三台〔九〕。

唐人多呼荆州爲荆門。開元二十二年，張九齡任中書令，開元二十五年爲李林甫所讒，貶爲荆州大都督府長史。是年，詩人應召入荆州幕。此詩當作於此年冬詩人從洞庭遄赴荆門時。

〔一〕荆國：指荆州。召賢：指張九齡徵召詩人入幕。不才：詩人謙稱。二句寫張九齡治荆州，召納賢士，自己慚愧無才。

〔二〕《召南》：《詩經》十五國風之一，所收係受召公奭所化江漢地區的詩，此用以喻張九齡將繼召公而風化南國。闡：發揚光大。

〔三〕丞相閣：《漢書・公孫弘傳》："弘……數年至宰相封侯，於是起客館，開東閣以延賢人，與參謀議。"此以公孫弘開東閣召賢喻張九齡召賢入府。

〔四〕覯(gòu)止：覯，指遇見賢人。止，語詞。《詩・召南・草蟲》："未見君子，憂心忡忡。亦即見止，亦即覯止，我心則降。"沈淪：沈没於世。劉向《九嘆・愍命》："或沈淪其無所達兮，或清激其無所通。"草萊：草莽。二句謂欣見君子近在眉睫，於草野中提拔被淹没的人才。

〔五〕徐孺榻：東漢陳蕃做豫章太守，每爲當地名士徐稚設專榻，走後即懸挂起來。徐稚字孺子，故稱徐孺。此以九齡比陳蕃，自比徐稚。李膺杯：李膺，東漢襄城人，爲清流首領，爲他接待的人被比作登龍門。二句既稱譽張九齡禮賢下士，又欣慶自己經常蒙其接待。

〔六〕間：亂。《左傳・定公四年》："惎間王室"孔穎達注疏："惎，毒；間，亂。"二句寫接到召書時值夏末，而來荆門已届年底。

〔七〕年籥(yuè)：籥，古管樂器。古時以樂管放以葭灰，以辨四時節氣,故稱年籥。二句謂已於一年將盡之時從千里外趕回荆門。

〔八〕日下:喻京都,此指長安。曝腮:傳説跳不過龍門的鯉魚即曝腮死於沙灘。二句寫不久將會看到張九齡重返長安,而己却怕因不能登龍門而曝腮沙上。

〔九〕宣室:漢代宫殿名。《漢書·賈誼傳》:"上方受釐,坐宣室。"颜師古注引蘇林曰:"宣室,未央前殿正室也。"未央,宫名。三台:古星名,象徵宰相地位。二句寫盼望朝廷再次召九齡入相,以上應三台星象。

送杜十四之江南

荆吴相接水爲鄉,君去春江正淼茫〔一〕。日暮征帆何處宿,天涯一望斷人腸〔二〕。

此詩一題作《送杜晃進士之東吴》,可知杜十四名晃,行十四,曾爲進士。詩寫荆吴相接,水勢淼茫,船行迅速可知。詩的意境與《洞庭湖寄閻防》相近,疑作于同一時期,但已回到了荆州。

〔一〕荆吴:荆,荆州;吴,吴郡,即今湖北、江蘇一帶。淼茫:即杳茫,煙波浩瀚貌。二句寫楚尾吴頭,地接水連,浩渺一片。

〔二〕日暮二句:寫日暮時目送帆影漸遠,不能再見,哀傷之情難以自勝。

陪張丞相登嵩陽樓

獨步人何在?嵩陽有故樓〔一〕。歲寒問耆舊,行縣擁諸侯〔二〕。林莽北彌望,沮漳東會流〔三〕。客中遇知己,無復越鄉憂〔四〕。

開元二十五年張九齡外貶荆州大都督府長史,詩人即入其幕。此詩當作于是年或次年冬。題中"嵩陽樓"陳貽焮先生以爲當作"當陽樓",詩中"沮漳會東流"句所言地形與當陽合,故"嵩"字乃"當"字之誤。詩前四句描寫和贊美張九齡,後四句寫登樓眺望的愉快心情。雖同登當陽故樓,詩人的感受却與王粲當年依劉表時登樓的景况大不相同。

〔一〕獨步人:指張九齡才識卓絶,獨步一時。嵩陽:當作"當陽",湖北當陽縣。樓:指城樓。

〔二〕歲寒:指歲暮。耆舊:地方紳耆名士。行縣:巡行屬縣。諸侯:指州縣長官。二句寫九齡歲暮出行,慰問耆舊,訪查民情,有州縣長官陪伴。

〔三〕彌望:一望無邊。沮(jū):水名。《左傳·哀公六年傳》:"江、漢、沮、漳,楚之望也。"源出湖北保康縣景山,流經遠安、當陽與漳水會合。漳:水名,源出湖北南漳縣西,流經鍾祥、當陽與沮水會合,又東南流注入長江。二句寫登樓遠眺,北面是一望無邊的林莽,東面是沮漳二水會合東去。

〔四〕越鄉憂:《史記·陳軫傳》:"越人莊舃,仕楚執珪,有頃而病。楚王曰:'舃,故越之鄙細人也,今仕楚,富貴矣,亦思越否?'申謝對曰:'凡人之思故,其在病也,彼思越則越聲,不思越則楚聲。'使人往聽之,猶尚越聲。"後人遂用此典喻懷鄉病。二句謂己雖作客當陽,由於碰上了知己而不復有遠離家鄉之憂。二句反王粲《登樓賦》所謂"雖信美而非吾土兮,曾何足以少留"之意而用之。

陪盧明府泛舟回作

百里行春返,清流逸興多〔一〕。鷁舟隨雁泊,江火共星羅〔二〕。已救田家旱,仍醫俗化訛〔三〕。文章推後輩,風雅激頹波〔四〕。高岸迷陵谷,新聲滿櫂歌〔五〕。猶憐不才子,白首未登科〔六〕。

詩題一作《陪盧明府泛舟回峴山作》,是詩人晚年回襄陽後陪盧縣令巡視農村時所作。詩寫得情景交融,具有盛唐氣象,結句自傷老大不遇,感慨萬千。盧明府,名未詳。明府,唐稱縣令爲明府。

〔一〕行春:指州縣長官早春巡視農村。逸興:清美放曠的詩興。王勃《滕王閣序》:"遥吟俯暢,逸興遄飛。"二句寫陪盧明府行春百里,返歸途中泛舟清流,詩興勃發。

〔二〕鷁舟:指船頭上雕有鷁鳥的官舟。沈佺期《三日梨園侍宴》:"畫鷁中流動,青龍上苑來。"星羅:星辰布列。二句寫畫舟隨雁停泊,漁火和羣星一起閃爍分布。

〔三〕俗化:時俗風化。訛:謬誤。二句寫盧明府此行既拯救了田家的旱災,又匡正了世俗的不良風尚。

〔四〕推:推崇。風雅:《詩經》中有十五國風和大小雅,收各地民歌和文人的怨刺之作,歷來被認爲是《詩經》的精華部分。此用以指詩歌創作。頹波:敗壞的風氣。二句贊美盧明府的詩文能爲後輩尊崇和振起頹敗的詩風。

〔五〕高岸、陵谷:《詩·小雅·十月之交》:"高岸爲谷,深谷爲陵。"新聲:指盧新作的詩歌。櫂歌:船歌。櫂即棹,舟楫。二句寫夜色蒼茫難辨谷岸,漁舟晚唱新聲縈耳。

〔六〕不才子:詩人自謂。登科:科舉中式。二句寫盧明府還愛惜人才,爲詩人白髮滿頭仍未中進士而感嘆。

過故人莊

故人具鷄黍〔一〕,邀我至田家。緑樹村邊合,青山郭外斜〔二〕。開筵面場圃,把酒話桑麻〔三〕。待到重陽日,還來就菊花〔四〕。

詩似作于襄陽,城西南八里有望楚山(又名萬山),縣南九里有峴山。此詩一氣呵成,意在寫田園,故不着重寫故人。風格沖淡自然,又爽朗明快。其内容包含陶潛《歸園田居》和《飲酒》兩方面,但没有感慨和哲理,境界與陶潛稍異。故人,未詳。

〔一〕具:備辦,陳列。黍:黄米。《論語·微子》:"丈人止子路宿,殺鷄爲黍以食之。"

〔二〕緑樹二句:寫故人莊的環境,緑樹繞村,青山斜依。

〔三〕開筵:一作"開軒",今依宋本。面:面對。場:打穀場。圃:菜園。陶淵明《歸園田居》:"我土日已廣,桑麻日已長。"又:"相見無雜言,但道桑麻長。"二句寫開筵聊天,風土鄉情獨具。

〔四〕重陽:農曆九月九日爲重陽節,古人有登高、飲酒、賞菊的風俗。就:親近。二句寫主人熱情相邀於重陽節再來飲酒賞菊。

夜歸鹿門歌

山寺鳴鐘晝已昏,漁梁渡頭争渡喧〔一〕。人隨沙岸向江村,余亦乘舟歸鹿門〔二〕。鹿門月照開烟樹,忽到龐公棲隱處〔三〕。巖扉松徑長寂寥,唯有幽人自來去〔四〕。

鹿門,即鹿門山,在今湖北襄陽,詩人後自澗南園移居于此。宋本作《夜歸鹿門寺》,似非。此詩寫從襄陽夜歸鹿門,極爲自在自然。始二句寫乍見渡口景象,後四句想像龐德公隱居處,至今仍有幽隱之士自來自去。以後蘇軾《西江月》"獨有幽人自往還,縹渺孤鴻影",也由此化出。《苕溪漁隱叢話》以爲首二句不如岑參《巴南舟中即事詩》"渡口欲黄昏,歸人争渡喧"語簡而意盡。不知此詩詩人身隨衆渡,已在其中,有我之境,更爲神妙。

〔一〕漁梁:指漁梁洲,在沔水中,龐德公曾棲隱於此。二句寫黄昏在寺鐘聲中來臨,人們聚集在漁梁渡口因争渡而喧嘩。

〔二〕人隨二句:寫争渡者多沿沙岸返回江邊的山村,詩人亦乘舟歸還鹿門山。

〔三〕開烟樹:使繚繞於樹木間的煙霧消散。龐公:龐德公,見《登鹿門山》注〔五〕。二句寫鹿門山在月光映照下烟霧漸清,不覺已到了昔日龐德公的棲隱之地。

〔四〕巖扉:山中巖穴的門扉。幽人:指深山隱士。二句寫昔日龐德公棲隱處長期人迹罕至,只有遠避凡塵的隱士悄然來往。宋本二句作"樵徑非遥長寂寥,唯有幽人夜來去。"《河嶽英靈集》上句與今本同,下句與宋本同。

送王大校書

導漾自嶓冢,東流爲漢川〔一〕。維桑君有意,解纜我開筵〔二〕。雲雨從兹别,林端意渺然〔三〕。尺書能不吝,時望鯉魚傳〔四〕。

王大校書,即王昌齡。王昌齡開元十五年進士及第,二十八年中博學宏詞科,官校書郎,出爲江寧令。是年赴任途中路經襄陽,詩人設宴款待,作詩相贈。此後不久,詩人即疽發背而卒。全詩以神行,而不以物贅,寧静淡泊,感慨自深。

〔一〕導:引。漾:漾水,西漢水上源。後人知西漢水與漢水並不通流,因又以今陝西沔縣西漢水源爲漾水。嶓(bō)冢:山名,在陝西寧羌縣北,漢水發源地。漢川:漢水。《書·禹貢》:“嶓冢導漾,東流爲漢。”二句以禹自嶓冢導引漾水,東流爲漢水起興,意指王昌齡即將歸本尋源,返歸故里。

〔二〕維桑:《詩·小雅·小弁》:“維桑與梓,必恭敬止。”後以桑梓代指家鄉。二句寫王昌齡有意還鄉,在解纜前詩人爲其設宴餞行。

〔三〕雲雨二句:寫雨散雲飛,二人從此分手,離情别意深遠悠長。

〔四〕尺書:書信。古人用簡帛作書,約長一尺左右。吝:吝惜。鯉魚:書信的代稱。《飲馬長城窟行》:“客從遠方來,遺我雙鯉魚。呼兒烹鯉魚,中有尺素書。”二句希望别後能讀到王的來信。

與諸子登峴山

人事有代謝,往來成古今〔一〕。江山留勝迹,我輩復登臨〔二〕。水落魚梁淺,天寒夢澤深〔三〕。羊公碑尚在,讀罷淚沾襟〔四〕。

峴山,又名峴首山。在湖北省襄陽縣南,是襄陽的名勝之一。《晉書・羊祜傳》:"祜樂山水,每風景必造峴山。"《元和郡縣志》:"羊祜鎮襄陽與鄒潤甫、鄒湛共登此山,後人立碑,謂之墮淚碑,其銘文即蜀人李安所製。"人們悼念羊祜,讀碑落淚,于是杜預稱之爲墮淚碑。羊祜游峴山曾云:"自有宇宙,便有此山。由來賢達勝士,登此遠望,……皆湮没無聞,使人悲傷。如百歲後有知,魂魄猶應登此也。"詩人常以羊公比張九齡,作此詩時張九齡已卒,因此登臨感慨,發爲悲歌。"我輩復登臨",可見其抱負意志,但恨不遇時爾。故宋劉辰翁云:"起得高古,略無粉色,而情境俱稱、悲慨勝於形容,真峴山詩也。"(《品彙》引)

〔一〕代謝:指歷史隨時推移,盛衰多變。二句謂人事變化往復,轉眼便有古今之别。

〔二〕勝迹:名勝古迹。二句寫繼當年羊祜登此山後,詩人與諸子再次登臨,觀賞江山的雄奇,憑弔前人的業績。

〔三〕魚梁:魚梁洲。《水經注・沔水》:"沔水中有魚梁洲,龐德公所居。"夢澤:雲夢二澤。見《臨洞庭贈張丞相》注〔二〕。二句寫登山所見,魚梁因水落而顯露,雲夢由天寒而深沉。前者爲龐德公所居之地,後者乃楚王行獵之所,其因景懷古之意全在不言之中。

〔四〕羊公碑:據《晉書》本傳載,羊祜有政績,後人於峴山建碑立廟,歲時祭祀。因望碑者莫不流涕,故又稱墮淚碑。按張九齡曾與詩人同登峴山,情形頗類羊祜和鄒湛之同登峴山,時九齡受排擠而卒,不能不使詩人感慨系之。

附録一　王維生平及其詩

一、幼少年時期

王維大約生于武后聖曆二年(六九九),趙殿成《王維年譜》誤定爲生于大足元年(七〇一),是據他死于上元二年(七六一),年六十一的記載定的,竟小于其弟王縉一歲。今按《舊唐書・王維傳》説他卒于乾元二年,那麼卒年六十一是指這一年,但他實際活到上元二年,當年六十三。以此推算,他的生年自然就是聖曆二年了。

他原是太原祁縣人,父親作汾州司馬,移家于蒲縣,在臨汾縣西。《新唐書》説他九歲善屬辭。這時沈佺期、宋之問都在世。開元元年(七一三)年十五,他寫有《題雲母障子詩》云:"君家雲母障,持向野庭開。自有山泉入,非關彩畫來。"這首詩強調了自然美。可能當時他已經能畫,并且有很高的審美能力。

幼年少年時期是他觀察世界的時期,他又遇到了武則天後期,許多忠直的人不被任用,他生於小官吏家庭,雖有進取心,也不免感到世路艱難。于是開元二年(七一四)年十六時,寫了《洛陽女兒行》,詩中寫:"誰言越女顔如玉,貧賤江頭自浣紗。"開元三年(七一五)有《九月九日憶山東兄弟》詩,是時他入長安求功名,往來京洛,因有此作,兄弟所居反而屬于山東。次年(七一六)《哭祖六自虚》詩就有"南山俱隱逸,東洛類神仙"的話。少年隱逸,可見他的求仕不是很順利的。開元五年(七一七)年寫的《桃源行》:"不疑靈境難聞見,塵心未盡思鄉縣。出洞無論隔山水,辭家終擬常游衍。"即表現了仕宦與山水都是他所企求的内心矛盾。他的《不遇詠》所謂"功成然後拂衣去,肯做徒爾一男兒",表示在政治上能有所作爲,然後歸田,這也是封建社會一般士人的傳統思想。《寓言》詩:"奈何軒冕貴,不與布衣言。""問爾何功德,多承明主恩。"則表現了寒士的不平之鳴。他還寫有《李陵詠》:"深衷欲有報,投軀未能死。"開元六年(七一八)年二十,在寧王座上爲其所奪的餅師婦,寫了《息夫人》詩:"莫以今時寵,難忘舊日恩。看花滿眼淚,不共楚王言。"似乎詩人在青年時代已抱有一種忠于國忠于主而采取消極反抗、不與強暴勢力合作的政治思想,這與他晚年陷于安禄山軍中,授僞官,佯瘖,被拘于普施寺而賦《凝碧池》詩的政治態度是一致的。世界觀往往形成于青少年時期,王維後來受佛學思想的影響,歸根結底還是由作家思想内因决定的。

二、中進士前後及出仕

開元七年(七一九),王維年二十一。這時詩人從岐王範游。岐王範好音樂,王維又是音樂家,大約由此結識。有《從岐王過楊氏别業應教》、《從岐王宴衛家山池應教》和《敕借岐王九成宫避暑應教》等詩。岐王死于開元十四年,所以這些詩只能寫于此年或上年。在楊氏别業寫"楊子談經所,淮王載酒過。興闌啼鳥换,坐久落花多",雖承初唐,但氣象已大不同;次聯寫景不失詩人本色。又《燕支行》原注寫于此年,《老將行》、《隴頭吟》、《夷門歌》與《燕支行》風格相近,或當寫于同時或前後。從這些詩的内容看,似乎王維有過立功邊塞的思想,因爲這也是當時文人求取功名的一條出路。《燕支行》氣勢沈雄,《老將行》、《隴頭吟》則爲對唐王朝不恤將士不滿。當時府兵制已經破壞,玄宗喜用藩將,王維也有感于心。可見王維以後出塞寫邊塞詩,原是他衷心嚮往的事業。其弟王縉曾做過河南副元帥、河東節度使,兄弟間在思想上是會有共同之處的。他的這些七言歌行是擬樂府,用典用事繼承“四傑”,還没有能形成自己的獨特風格。開元八年,因岐王範推薦,應府試,中解元。《集異記》説他未弱冠,岐王介紹給公主,以樂師身份奏《鬱輪袍》等等,不足信。

開元九年(七二一),年二十三,中進士第。此據《舊唐書》本傳。《登科記考》據《唐才子傳》,認爲是開元十九年及第,非是。岐王死于開元十四年,王維貶濟州又確在本年。王維中舉後任太樂丞,據《集異記》因伶人擅舞黄獅子(只能舞給皇帝看),貶爲濟州司倉參軍。據《舊唐書·劉子玄傳》:“開元九年,長子貺爲太樂令,犯事配流。”劉貺是太樂令是主管,王維爲太樂丞是副職,所做是同一件事無疑,因此可定王維貶濟州是在本年。

有《被出濟州》詩云:“執政方持法,明君無此心。”當時執政是張説。《舊唐書》説劉知幾曾找“執政”訴理,被玄宗知道,也貶知幾爲安州别駕。張説是對史官劉知幾、吴兢等不滿的,很怕他們的直筆。

在去濟州路上有《早入滎陽界》、《宿鄭州》、《滑州隔河望黎陽憶丁寓》、《渡河到清河作》,似爲其去濟州的路綫,道路比較迂回。

詩人被貶後,接觸現實生活和自然風物更多了。在去濟州道中寫的五古,觀察農村景色入微,如“秋晚田疇盛,朝光市井喧。漁商波上客,雞犬岸傍村”(《早入滎陽界》),“宛洛望不見,秋霖晦平陸。田父草際歸,村童雨中牧”(《宿鄭州》),都是社會生活和自然景物的畫卷。開元十年(七二二),年二十四。在濟州共四年,寫有《濟州官舍贈祖三詠》、《贈祖三》(原注在濟州官舍作)、《濟州送祖三》、《魚山神女祠歌》、《濟州過趙叟家》、《濟州四賢詠》等詩。也多寫五古,如“天寒遠山净,日暮長河急”(《濟州送祖三》),很見賞于殷璠。

開元十一年(七二三),年二十五。本年崔顥及第。

開元十二年(七二四),年二十六。裴耀卿爲濟州刺史,王維在裴管轄下。玄宗封禪太山,裴耀卿科配得當,玄宗還京後,奏課第一。又治理水災,勞績卓著,冬末轉任宣州刺史(《通鑑·唐紀》)。王維有《裴僕射濟州遺愛碑》,"僕射"二字後增,裴天寶元年才官尚書右僕射,又轉左僕射。裴去後,王維也辭官還長安,有《送鄭五赴新都序》,作於封禪告成之後。王與祖詠濟州别後約四年,在長安有《喜祖三至留宿》詩,祖詠有《答王維留宿》詩,王維此時尚無官職,祖詠詩説:"四年不相見,相見復何爲。握手言未畢,却同傷别離。……"祖詠及第後,可能任外官,又離長安。

又有《贈房盧氏琯》詩,有"桑榆鬱相望,邑里多鷄鳴。秋山一何浄,蒼翠臨寒城"之句。這一階段,王維的五古詩達到了較高的藝術境界。

三、隱 居 時 期

開元十四年(七二六),年二十八。岐王範卒。本年據顧况文《儲光羲集序》,儲光羲、崔國輔、綦毋潛及第。又綦毋潛曾授著作局校書郎,棄官歸江東。王維有《送綦毋潛校書棄官江東》詩,有句説:"微物縱可采,其誰爲至公。余亦從此去,歸耕爲老農。"遂隱居藍田南山,當在次年。開元十一年韋抗入爲大理卿,王維有《晦日游大理韋卿城南别業》詩,也説"歸歟絀(免)微官,惆悵心自咎",已有退隱之意。

有《偶然作》五首(第六首非一時作),儲光羲有《和王維偶然作》十首,都是講隱居生活。儲光羲也隱居終南,有《山居貽裴十二迪》,又有《終南幽居贈蘇侍郎》詩,并注云:"時拜太祝未上。"王維有《李處士山居》詩,儲光羲有《酬李處士山居見贈》詩,均當作于是年或稍前。

又《戲贈張五弟諲》詩云:"我家南山下,動息自遺身。"《答張五弟》云:"終南有茅屋。"又有《終南山》、《終南别業》(又題《初至山中作》)詩,現皆繫此年。

開元十五年(七二七),年二十九。王縉中高才沈淪草澤自舉科,常建、王昌齡進士及第。

又有《青龍寺曇壁上人兄院集》詩,裴迪、王縉、王昌齡同作。另有《贈裴十迪》:"請君理還策,敢告將農時",似也作于此時。又《登河北城樓》、《青溪》、《自大散以往……見黄花川》,都係初隱時游歷所作。

開元十六年(七二八),年三十。經營輞川,或在此時。

開元十七年(七二九),年三十一。又往東都,隱嵩山,當時玄宗多住東都。有《歸嵩山作》云:"荒城臨古渡,落日滿秋山。迢遞嵩山下,歸來且閉關。"又有《淇上即事田園》、《過乘如禪師蕭居士嵩邱蘭若》詩。

開元十八年(七三〇),年三十二。在長安。王維在洛時百官及華州人士請封西嶽,玄宗未許。有《華嶽》詩反映此事。又有《送崔興宗》詩云:"君王未西顧,游宦盡東歸。"《輞川别業》詩首二句説:"不到東山向一年,歸來才及種春田。"似去嵩山一年後即歸還。王維輞川詩當寫于本年至二十二年間,其中包括《歸輞川作》、《輞川閒居》、《春園記事》、《山居秋暝》、《新晴遠望》、《戲題輞川别業》、《戲題磐石》、《春中田園作》等。

其《黎拾遺昕裴迪見過秋夜對雨之作》云"何人顧蓬逕,空愧求羊蹤",《秋夜獨坐懷内弟崔興宗》云"高足在旦暮,肯爲南畝儔",均係隱居口氣。

輞川成爲具有山水田園美的勝境,王維於是有《山中與裴迪秀才書》,有《輞川集》二十首,裴迪同詠。又《輞川六言》及《田園樂》七首。他的山水田園詩已達到了完全成熟的境界。但此時王維并不消極地隱居,而是等待時機。《酌酒與裴迪》説"白首相知猶按劍,朱門先達笑彈冠",可見其希望有人援引,而苦於無人援引。

開元十九年(七三一),年三十三。王昌齡中博學鴻詞科,拜校書郎,出爲汜水尉。慧能弟子神會於洛陽傳道,約在此時。

開元二十年(七三二),年三十四。有《送從弟蕃游淮南》詩,本年王蕃曾隨軍泛海往攻渤海靺鞨。

開元二十一年(七三三),年三十五。冬十二月前中書侍郎張九齡起復中書侍郎,并同中書門下平章事。孫逖本年入爲考功員外郎、集賢殿修撰。

王維隱居終南和輞川,實在自濟州歸後,到開元二十一年間。由于被認爲有罪而貶濟州,所以歸來後只好"守静解天刑"(《贈房盧氏琯》),朝中無人援引。王維在此期間,自然會學佛,何况他母親信仰北宗,神會又在宣傳南宗,但他自命居士,並以維摩詰自居,是不會完全附屬于哪一宗的。他受《維摩詰經》"何謂菩薩不住無爲,謂修學空,不以空爲證。修學無相無作,不以無相無作爲證。修學無起,不以無起爲證。觀于無常,而不厭善本。觀世間苦,而不悲生死。……觀于寂滅,而不永寂滅。……觀于無生,而以生法負荷一切,觀于無漏,而不斷諸漏"的影響較深,特别是"無生"觀念。《哭殷遥》作于開元十九年左右,云:"憶昔君在時,問我學無生。"儲光羲同作詩云:"故人王夫子,静念無生篇。哀樂久已絶,問之將炫然。"《維摩詰經》:"是天女所願,具足得無生忍。"《大乘義章》十二説:"理寂不起,慧安此理,名無生忍。"王維《能禪師碑銘》也説:"忍者無生方得,無我始成。"又説:"苟離身心,孰爲休咎。""至人達觀與物齊功,無心舍有,何處依空。"以禪學爲曠達,故其詩富于蕭散冲曠的意趣。他的田園古詩學陶,又常寓禪理。如《偶然作》第一首咏接輿:"楚國有狂夫,茫然無心想……孔丘與之言,仁義莫能奬。未嘗肯問天,何事須擊壤。"第四首咏陶潛:"且喜得斟酌,安問升與斗。奮衣野田中,今日嗟無負。"他對田園采取的是鑒賞和適意的態度,如《贈裴十迪》:"曖曖日暖閨,田家來致詞:欣欣春還皋,澹澹水生陂。"《贈劉藍田》:"歲宴輸井税,山村人夜歸。晚田始家食,餘布成我衣。"但他的山水詩,表現"無心與物競"的消極思想,如《戲贈張五弟諲》:"我家南山下,動息自遺身。入鳥不亂羣,見獸皆相親。”想達到物我兩忘的境界。《座上走筆贈薛璩慕容損》:“君徒視人文,吾固和天倪。緬然萬物始,及與羣物齊。”但這樣他却給自然以無限的生命力,而去欣賞那無我之境,這種曠達思想,“觀于無生,而以生法負荷一切”。既達觀,而又不抛棄人生,仍含有對待生活的積極態度的一面。這樣他的山水田園詩就顯得風格自然,氣象闊大。但他并未忘却世事,正如杜甫所言,“陶潛避俗翁,未必能達道。”其《酌酒與裴迪》:“白首相知猶按劍,朱門先達笑彈冠。草色全經細雨濕,花枝欲動春風寒。”依然寫出胸中塊壘,慷慨不平。因此張九齡一經召用,他就立即出仕。

這時期他意興很高,寫山水詩力求“適意”,以禪意入詩,盡情寫自然純全之美,以達到忘我的境界。但畢竟是盛唐詩人,按《維摩詰經》講,也應以“生法負荷一切”,所以詩寫得并不太消極,而且很有生命力。

王維的山水詩,特别是五律,取得很高的藝術成就。如説他的《田園樂》六言詩“萋萋芳草春緑,落落長松夏寒。牛羊自歸村落,童稚不識衣冠”還有造作痕迹,但《終南山》“太乙近天都,連山到海隅。白雲回望合,青靄入看無。分野中峯變,陰晴衆壑殊。欲投人處宿,隔水問樵夫”寫的就很壯闊,又很細膩,聲光滿紙,畫意很濃。由白雲中看到山,然而一回望,白雲又已擁抱山巒;遠望時連山霧氣,走近時却又不見;分野由中峯劃開,形容山的廣闊,由于陽光遠照,而山谷明暗不同,寫來完全是物我合一。似乎無意入山,而竟走到山深處;無心投宿,而竟自隔水詢問樵夫。詩行于所當行,而止于不得不止。心胸的廣闊和審美感的深厚,於此反映無餘,確是古代寫山水的典範作品。而《終南别業》寫法與上詩正相反,上詩突出客位描寫,而這首則從主意來寫人和自然的融合無間。詩云:“中歲頗好道,晚家南山陲。興來每獨往,勝事空自知。行到水窮處,坐看雲起時。偶然值鄰叟,談笑無還期。”無一筆寫景,而景自在其中,走到水盡山深處,却悠然坐看無心而出岫的煙雲。偶然遇到鄰叟，隨便與其談笑，竟不覺得應該有個回去的時候。黄山谷説每次登山臨水，總會想到"行到水窮處"這幾句詩，感到王維胸中定有"泉石膏肓之疾"。詩處處寫無心，寫偶然，但也寫出了必然。

王維山水田園詩很自然地去寫那富有美感的動人景物，它把旺盛的精神寄托于山水田園中，即以他觀無生，而以生法負荷一切的禪學而論，也不會陷入離世的思想中。于是像《山居秋暝》就寫的更爲活潑："空山新雨後，天氣晚來秋。明月松間照，清泉石上流。竹喧歸浣女，蓮動下漁舟。隨意春芳歇，王孫自可留。"這是寫雨後空氣新鮮的秋晚，寧静的月光松影，白石清泉，林響浣女歸，蓮動漁舟回。一切都是可喜的優美境界。《楚辭・招隱士》："王孫游兮不歸，春草生兮萋萋。"春天是留王孫的好季節，但王維認爲秋天也一樣美好。所以一任春芳萎謝，王孫仍願留居，詩人在此找到了山居秋晚適意的風光。

王維這幾年中經營輞川别業，據《輞川集序》説有孟城坳、華子崗、文杏館、斤竹嶺、鹿柴、木蘭柴、白石灘、竹里館、辛夷塢等地。每一個地方，他都題了詩。其中佳作有《鹿柴》、《竹里館》、《辛夷塢》等。《鹿柴》云："空山不見人，但聞人語響。反景入深林，復照青苔上。"《竹里館》云："獨坐幽篁裏，彈琴復長嘯。深林人不知，明月來相照。"《辛夷塢》云："木末芙蓉花，山中發紅萼。澗户寂無人，紛紛開且落。"所寫的都是不依賴人的意志轉移的大自然具有清趣的美。一首説"空山不見人"，一首説"深林人不知"，一首説"澗户寂無人"，可見他經營的輞川也保持了自然美。

在輞川，他寫的山水詩有《輞川閒居贈裴秀才迪》、《輞川閒居》、《歸輞川作》等。《輞川閒居贈裴秀才迪》："寒山轉蒼翠，秋水日潺湲。倚杖柴門外，臨風聽暮蟬。渡頭餘落日，墟里上孤烟。復值接輿醉，狂歌五柳前。"也是一幅山中小景。詩人目對寒山秋水而聽蟬，黄昏渡頭日落，墟里烟生，而裴迪却正醉後長歌。《輞川閒居》寫法也相似，先寫自己"時倚簷前樹，遠看原上村"，最後寫灌畦隱者“寂寞於陵子,桔槔方灌園”。他從各個不同角度來寫輞川的美,《酬虞部蘇員外過藍田别業不見留之作》却寫那荒寂的夜景:“貧居依谷山,喬木帶荒村。……漁舟膠凍浦,獵火燒寒原。惟有白雲外,疎鐘聞夜猿。”

詩人在開元十七年左右曾到嵩山,有《歸嵩山作》云:“清川帶長薄,車馬去閑閑。流水如有意,暮禽相與還。荒城臨古渡,落日滿秋山。迢遞嵩高下,歸來且閉關。”流水也擬人化,含有無限生機,暮禽句則是陶淵明“山氣日夕佳,飛鳥相與還”的概括。落日也是他喜歡的景色,夕陽映滿秋山,景色也可入畫。《淇上即事田園》寫村景:“日隱桑柘外,河明閭井間。牧童望村去,獵犬隨人還。”作於天寶初的《渭川田家》寫田家:“斜光照墟落,窮巷牛羊歸。野老念牧童,倚杖候荆扉。”這些田園小景,也選擇了他最適意的圖景。

但也不能説他真的忘懷世事,所以許多詩的結句有不被世人所知的感情,如《歸輞川作》云“惆悵掩柴扉”,《歸嵩山作》云“歸來且閉關”,《淇上即事田園》云“荆扉乘晝關”。以上是他三十四歲以前的詩作,自然還不失盛唐氣象。

四、再次入仕與出塞

開元二十二年(七三四),年三十六。五月,張九齡爲中書令,擢王維爲右拾遺(屬中書省)。錢起後來有詩贈王維説:“幾年家絶壁,滿徑種芳蘭。一從解蕙帶,三入偶蟬冠。”就是講王維隱居八年餘,然後才出來做官的。王維有《别輞川别業》詩説:“依遲動車馬,惆悵出松蘿。忍别青山去,其如緑水何!”完全是入仕不再歸隱的口吻,王縉也有和作。王維有《贈徐中書望終南歌》云:“駐馬兮雙樹,望青山兮不歸。”徐中書是中書舍人徐嶠,本年玄宗遣其往迎方士張果,見《舊唐書·玄宗紀》。本年又有《上張令公》詩。

開元二十三年(七三五),年三十七。張九齡封始興縣伯。盧象官左拾遺(劉禹錫《盧象集紀》云:“丞相曲江公,……得公深器之，擢爲左補闕、河南府司録、司勳員外郎。”按“左補闕”應是“左拾遺”之誤）。李頎中進士第，調新鄉尉，有《留别盧王二拾遺》詩。本年玄宗令舉才堪將相牧守者，有《送忠州太守康昭遠等》詩。

王維有《獻始興公》、《送康太守》、《贈李頎》等詩。李頎不樂做官，維詩有“聞君餌丹砂，甚有好顔色。不知從此去，幾時生羽翼”語。王維此時比較得意。有《早朝》詩：“皎潔明星高，蒼茫遠天曙。槐霧暗不開，城鴉鳴稍去。始聞高閣聲，莫辨更衣處。銀燭已成行，金門儼騶馭。”

開元二十四年（七三六），年三十八。韋濟爲尚書户部侍郎，王維有《同盧拾遺韋給事東山别業二十韻》、《韋侍郎山居》詩。本年盧象擢司勛員外郎，王維有《與盧員外象過崔處士興宗林亭》詩，盧象、王縉、裴迪同作。又有《青雀歌》，盧象、王縉、崔興宗、裴迪同作。另有《與蘇盧二員外期游方丈寺而蘇不至》詩。

冬十一月，張九齡罷知政事，李林甫爲中書令。又孟浩然似于二十二年春入京不遇，有《歲暮歸南山》、《留别王侍御維》詩。按“侍御”二字，係後人妄加。王維有《送孟六歸襄陽》詩云：“醉歌田舍酒，笑讀古人書。以此爲長策，勸君返舊廬。”

開元二十五年（七三七），年三十九。正月，以道士尹愔爲諫議大夫兼知史事。王維有《和尹諫議史館山池》詩。四月，張九齡貶荆州長史，辟孟浩然爲荆州從事。王維有《寄荆州張丞相》詩云：“舉世無相識，終身思舊恩。”

王維也以監察御史身份出參河西節度使崔希逸幕府。崔希逸纔打過勝仗，這是保衛河西走廊的戰鬬。王維一直到了涼州，寫了些慷慨激昂詩篇，其中有《使至塞上》、《出塞作》、《雙黄鵠歌送别》、《送岐州源長史歸》、《涼州賽神》、《涼州郊外游望》等，另外樂府《少年行》四絶句、《觀獵》、《從軍行》、《隴西行》，可能都是出塞前後所作。

又《送韋評事》、《送元二使安西》、《送劉司直赴安西》、《送平淡然判官》、《送宇文三赴河西充行軍司馬》、《送張判官赴河西》,也當作於出塞前後。這些詩大都作于軍事勝利時刻,因此氣勢都很昂揚。

王維年三十九隨崔希逸出塞,由山水田園而轉向萬里疆場,是由於他内心有積極問世的思想,所以可因一定條件而轉化。詩風曠逸與豪邁也不是截然可分的東西。詩人早年擬樂府也早有從軍的意願,不過這次是真的體驗邊塞生活了。過去多説王維山水田園是晚年作品,這是錯誤的。

七律《出塞作》:"居延城外獵天驕,白草連天野火燒。暮雲空磧時驅馬,秋日平原好射雕。護羌校尉朝乘障,破虜將軍夜渡遼。玉靶角弓珠勒馬,漢家將賜霍嫖姚。"王世貞喜歡這首詩,姚範説王維寫這首詩正才氣極盛時期,有揮斥八方之概,前四句寫對方,後四句寫己方,確有一種無所畏懼的氣勢。但詞句象他的七言樂府一樣,妍華工整,用典用事。五言《觀獵》:"風勁角弓鳴,將軍臘渭城。草枯鷹眼疾,雪盡馬蹄輕。忽過新豐市,還歸細柳營。回看射雕處,千里暮雲平。"顯示訓練有素,有"蕭蕭馬鳴,悠悠旆旌"之意,與前詩同一機軸,但五言顯然高于七言。這兩首全寫客位,而《出使塞上》就通過主意來寫:"單車欲問邊,屬國過居延。征蓬出漢塞,歸雁入胡天。"後二句"大漠孤烟直,長河落日圓"却寫得很宏壯,跟他在寧静農村寫的"渡頭餘落日,墟里上孤烟"不同。這裏寫的,是無盡長河、廣闊地平綫上的落日,是無邊大漠孤堡上的烽烟,是一種"走馬西來欲到天"的豪情。其最後曰"蕭關逢候騎,都護在燕然",既有還要前去的意思,也反映了勝利的喜悦。他送人出塞詩,也同樣善于寫景色,狀勝利。一是寫去程,如"沙平連白雪,蓬卷入黄雲"(《送張判官赴河西》),"三春時有雁,萬里少行人"(《送劉司直赴安西》);二是寫成功,如"苜蓿隨天馬,葡萄逐漢臣"(同上),"蒲類成秦地,莎車屬漢家"(《送宇文三》)。出塞詩中的七絶寫得也極壯麗,如《渭城曲》(即《送元二使安西》)、《少年行》、《送韋評事》等。

王維的邊塞詩意氣昂揚,境界壯闊,絶無禪學影響。

開元二十六年(七三八),年四十歲。五月崔希逸病死,王維也回到長安,任侍御史當在本年。

開元二十七年(七三九),年四十一。仍任侍御史。有《送邱爲落第歸江東》詩,邱爲後去唐州,王又有《送邱爲赴唐州》詩。第一首結語云:"知禰不能薦,羞爲獻納臣。"第二首結語云:"朝端肯相送,天子綉衣臣。"《漢書・百官公卿表》:侍御史有綉衣直指。王維是張九齡所用之人,這時自然不可能有多少作爲,故有"知禰不能薦"之語。

開元二十八年(七四〇),年四十二。以侍御史知南選。他到了襄陽。時張九齡還家掃墓,已死于韶州。孟浩然也死去了,有《哭孟浩然》詩。

詩人從邊塞歸來,意氣仍高,因此又創作了《漢江臨眺》這一名篇:"楚塞三湘接,荆門九派通。"起句類似杜甫《登兗州城樓》"浮雲連海岱,平野入青徐",表現了盛唐氣魄。"江流天地外,山色有無中",江水無限伸延,遠山時擁雲霆,光色時隱時現,藝術境界和禪學的動静統一很有相近之處,所以寫得出神入妙。"郡邑浮前浦,波瀾動遠空",郡邑在動,遠空在動,漢江波浪洶涌可想。

五、天 寶 年 代

開元二十九年(七四一),年四十三。正月,王維從山中得玄元皇帝(老子)玉像,玄宗作了詩,他有奉和御製詩,苑咸上書,拜爲中書舍人。

天寶元年(七四二),年四十四。八月,吏部尚書李林甫加尚書左僕射。王維改官左補闕,有《和僕射晉公扈從温湯》、《春日門下省早朝》詩,二詩原注"時爲右補闕",按左補闕屬門下省,"右"字當爲"左"字之誤。不久遷庫部員外郎。李林甫不會詩文,《舊唐書》

本傳説："而郭慎微、苑咸文士之闒茸者，代爲題尺。"王維和這兩人也有交往，但他們升遷很快，地位較王維高。王維有《苑舍人能書梵字兼達梵音曲盡其妙戲爲之贈》詩，苑咸有答詩稱王維爲王員外。王維又有《重酬苑郎中》詩，則苑咸又遷郎中。另有《酬郭給事》詩，郭慎微官給事中。王維《重酬苑郎中》詩中説"楊子《解嘲》徒自遣，馮唐已老復何論"，《酬郭給事》詩中説"強欲從軍無那老，將因卧病解朝衣"，都表示出消極隱退的思想。《冬日書懷》云"漢家方尚少，顧影慚朝謁"，《秋夜獨坐》云"白髮終難變，黄金不可成。欲知除老病，唯有學無生"，他害怕李林甫的猜忌，想退居輞川。《早秋山中作》"無才不敢累明時，思向東溪守故籬"，《贈從弟司庫員外郎絿》中説"既寡遂性歡，恐負招時累"，《酬張少府》云"晚年惟好静，萬事不關心。自顧無長策，空知返舊林"。而《秋歸輞川作》學張九齡"無心與物競，鷹隼莫相猜"的寫法，云"野老與人争席罷，海鷗何事更相疑"。以此表明心迹，希望李林甫不必猜忌，其《冬日游覽》也有"相如方老病，獨向茂陵宿"的話。以上詩均當作於天寶元年二年。《舊唐書》本傳記王維丁母憂，在爲庫部員外郎之後，當在天寶二年。

天寶二年(七四三)，年四十五。李林甫排斥異己，貶韋陟爲襄陽太守。王維有《寄韋太守陟》詩，末句云"寂寞平林東"。平林是西漢末王常等起兵的地方，當在襄陽西。邱爲及第。本年王維還輞川丁母憂，回朝當在天寶五載。

天寶三載(七四四)，年四十六。楊太真入宫。苗晉卿爲魏郡太守河北采訪使。

天寶四載(七四五)，年四十七。玄宗册楊太真爲貴妃，有寵。禪宗慧能弟子神會又到洛陽傳道。

天寶五載(七四六)，年四十八。房琯遷給事中。綦毋潛入京。李頎有《送綦毋三謁房給事》詩。吏部侍郎達奚珣知貢舉，王維、李頎都有《達奚侍郎冠氏挽歌》。儲光羲也在朝，歷任監察御史。王維復職。《能禪師碑銘》可能寫于天寶中。

天寶六載(七四七),年四十九。有《待儲光羲不至》、《聽宮鶯》、《早朝》詩。《早朝》詩云:"方朔金門侍,班姬玉輦迎。仍聞遣方士,東海訪蓬瀛。"似均本年春作,《早朝》意指玄宗與楊貴妃,係諷刺之作。

房琯本年貶宜春太守,陳希烈爲左相,哥舒翰爲隴右節度使。苗晉卿自魏郡還朝,王維有《魏郡太守河北采訪使苗公德政碑》。《和宋中丞夏日游福賢觀天長寺之作》原注:"陳左相所施。"宋中丞爲御史中丞宋渾,也是李林甫親信。

天寶七載(七四八),年五十。三月乙酉,大同殿柱生玉芝。八月己亥朔,改千秋節爲天長節,王維有《大同殿生玉芝龍池上有慶云百官共睹聖恩便賜宴樂敢書即事》、《奉和御制天長節賜宰臣歌應制》、《奉和聖制登降聖觀與宰臣同望應制》詩。

天寶八載(七四九),年五十一。高適中有道科。六月,哥舒翰拔石堡城,戰士死傷很多。閏六月上尊號爲天地大寶聖文神武應道皇帝。王維有《賀神兵助取石堡城表》、《賀玄元皇帝見真表》,又有《送秘書晁監赴日本序并詩》,三文都寫到玄宗尊號,所以都應作于本年。又包佶天寶六載進士及第,也有《送日本聘賀使晁巨卿東歸》詩。

天寶九載(七五〇),年五十二。楊國忠代李林甫執政,流御史中丞宋渾于潮陽。安禄山兼河北採訪使,屢誘奚、契丹,坑殺動數千人。

天寶十載(七五一),年五十三。錢起及第,授秘書省校書郎,調任藍田尉。錢起有《初黄綬赴藍田縣作》,王維有《青夜竹亭送錢少府歸藍田》詩,有句云:"羡君明發去,採蕨輕軒冕。"

楊國忠排斥異己,先出李峘爲睢陽太守,王維有《送李睢陽》詩;後出李峴爲魏郡太守,王維有《送魏郡太守赴任》詩。原魏郡當時已改名鄴郡,但王維與《舊唐書》均用舊名。王維似於本年遷吏部郎中。

天寶十一載(七五二),年五十四。安禄山將發兵二十萬攻奚、契丹。王維有《送陸員外》詩云:"天子顧河北,詔書隸征東。拜手辭上官,緩步出南宫。……萬里不見虜,蕭條胡地空。無爲費中國,更欲邀奇功。"此詩當作于天寶九載或本年。本年吏部改爲文部,王維有《敕賜百官櫻桃》詩,原注"時爲文部郎中"。右補闕崔興宗同作(《唐詩紀事》)。

又有《同崔員外秋宵寓直》詩,崔即司勳員外郎崔圓,與王維同屬文部。按《舊唐書・玄宗紀》:本年十一月,以司勳員外郎崔圓爲劍南留後。崔圓爲楊國忠所信任,楊遥領劍南節度使,所以派崔圓代行職權。後王維自賊中返長安,得崔圓的保護,其交誼即始于此時。

天寶十二載(七五三),年五十五。據蘇源明《小洞庭五太守讌集序》,本年崔季重爲濮陽太守。王維《崔濮陽兄季重前山興》或寫于本年。又有《送衡岳瑗公南歸詩序》與《同崔興宗送瑗公》詩。

本年,哥舒翰兼河西節度使,高適爲節度判官。王維有《送高判官從軍赴河西序》,趙殿成譜誤繫天寶六載。又有《送宇文太守赴宣城》詩,李白也有《贈宣城宇文太守》詩,王琦注繫于十三載,則王詩當作于本年。

天寶十三載(七五四),年五十六。哥舒翰以嚴武爲節度判官,高適爲掌書記。王維有《送崔五太守》詩。崔渙官司門員外,天寶末楊國忠出爲劍州刺史。王维有《過崔駙馬山池》詩,杜甫也有《崔駙馬山亭宴集》詩,黄鶴注云寫于十三載,或同時所作。黄鶴注崔駙馬爲崔惠童,京城東有山池。維又有《與魏居士書》,寫于亂前,這封信反映了他受佛教影響很深的處世哲學。

天寶十四載(七五五),年五十七。皇甫冉、郎士元及第。王維官給事中,有《左掖梨花》詩,邱爲、皇甫冉同詠。皇甫冉稱維爲王給事。十一月安禄山反,十二月陷東京。

唐肅宗至德元年(七五六),年五十八。玄宗出走,王維扈從不及,被賊拘禁在菩提寺,後遷到洛陽授僞官,仍被囚禁。王维有《菩提寺禁裴迪來相看説逆賊等凝碧池上作音樂供奉人等舉聲便一時泪下私成口號誦示裴迪》詩。

從天寶年代的事迹來看,詩人剛擺脱張説的壓迫,又遭到李林甫的歧視,一直到天寶十一載李林甫死爲止。此後又遇楊國忠排斥異己,其思想即向消極方面轉化。于是有很多游寺院的詩,都講到學"無生忍",也不采取决絶態度。由于政治思想軟弱,又由于處于清官行列,受太平思想影響,缺乏政治敏感,所以他一直以詩人、畫家身份應付下去,但他的詩中還是有諷刺的。如《送别》"既至君門遠,孰云吾道非",《重酬苑郎中》"他郎有意憐同舍,丞相無私斷掃門",《冬日游覽》"秦地萬方會,來朝九州牧。鷄鳴咸陽中,冠蓋相追逐。丞相過列侯,羣公餞光禄。相如方老病,獨歸茂陵宿",都反映出李林甫炙手可熱的權勢。于是在晚年的山水詩中更出現了"晚年唯好静,萬事不關心"(《酬張少府》)、"野老與人争席罷,海鷗何事更相疑"(《秋歸輞川莊》)的退避思想。天寶中,楊貴妃得寵,唐玄宗屢屢征聘方士,王維也寫了"方朔金門侍,班姬御輦迎。仍聞遣方士,東海訪蓬瀛"(《早朝》)的諷喻詩。而《送陸員外》一詩,也表示反對安禄山的窮兵黷武,思想還是高人一等的。

特别是爲李林甫、楊國忠所排斥而出外的人,他仍然寫詩表態,如《寄荆州張丞相》、《奉寄韋太守陟》、《送李睢陽》、《送魏郡李太守赴任》、《送崔五太守》等,並和李林甫、楊國忠保持了相當的距離。

以上就是杜甫所以寫詩説"不見高人王右丞,藍田丘壑蔓寒藤",還稱他爲"高人"的原故。

六、晚　　年

至德元載,房琯率軍謀復兩京,以户部侍郎李揖爲行軍司馬,兵敗于陳陶斜。

至德二載(七五七),年五十九。九月收復西京,十月收復東京。肅宗還長安,十二月上皇(玄宗)還京,拜嚴武爲京兆少尹兼御史中丞。

乾元元年(七五八),年六十。責授太子中允,不久遷太子中庶子、中書舍人,又拜給事中。王維自然很振奮,寫有《既蒙宥罪旋復拜官伏感聖恩竊書鄙意兼奉簡新除使君等諸公》詩,又有《酬嚴少尹徐舍人見過不遇》、《晚春嚴少尹與諸公見過》、《和賈舍人早朝大明宫》等詩。杜甫因疏救房琯,被出爲華州司功參軍,有《華州見敕目薛據除司議郎》詩,王維有《瓜園》詩,序中説"時太子司議郎薛據發此題",也當作于本年。又有《雪中憶李揖》詩,李揖即隨房琯出戰的户部侍郎李揖。王維這一時期的詩寫得氣象宏美。

乾元二年(七五九),年六十一。禮部尚書韋陟出爲東京留守,王維有《送韋大夫東京留守》詩,本年秋轉爲尚書右丞。

上元元年(七六〇),年六十二。《通鑑·唐紀》:"六月,桂州經略使邢濟奏破西原蠻。"但《舊唐書·惠文太子傳》云:"上元二年以邢濟兼桂州都督、侍御史,充桂管防禦都使。"王維有《送邢桂州》詩,則或在本年或上元二年。裴迪有《春日與右丞過新昌里訪吕逸人》詩,王維有《春日與裴迪過新昌里訪吕逸人》詩。裴迪似于本年任蜀州刺史,與王維長别。

上元二年(七六一),年六十三。王縉任左散騎常侍,這是王維上書請求的,維有《謝弟縉新授左散騎常侍狀》。又有《贈裴迪》詩云:"相憶今如此,相思深不深。"另有《送梓州李使君》詩,李是李淑明,任東川節度使、遂州刺史,後移鎮梓州在本年。此外還有《送楊長史濟赴果州》詩,楊濟于此後四年(永泰二年,七六五),任大理少卿兼御史中丞,出使吐蕃,當是從果州去的,此詩當是王維死前之作。趙譜云王维卒於本年七月。

王維思想有積極的一面,所以他的山水田園詩淡泊中時寓豪邁之氣。而他無處不可適意的思想使他審美感能深入對象，他又以畫家的眼光觀察事物，明暗、動静，聲響色澤，無不入詩，像“泉聲咽危石，日色冷青松”（《過香積寺》），“聲喧亂石中，色静深松裏”（《青溪》），“啼鳥忽臨澗，歸雲時抱峯”（《韋侍郎山居》），“遠樹帶行客，孤城當落暉”（《送别》），“日落江湖白，潮來天地青”（《送邢桂州》），“樹色分揚子，潮聲滿富春”（《送李判官赴江東》），“野花開古戍，行客響空林”（《送李太守赴上洛》），“隔牖風驚竹，開門雪滿山”（《冬晚對雪憶胡居士》），“雨中山果落，燈下草蟲鳴”（《秋夜獨坐》）等，展開的畫面各有不同，但都是經過了多次觀察，才熔鑄出來的。他臨死前的五言山水詩，更是一片神行。如《送梓州李使君》詩：“萬壑樹參天，千山響杜鵑。山中一夜雨，樹杪百重泉。漢女輸橦布，巴人訟芋田。文翁翻教授，不敢倚先賢。”王漁洋認爲前四句興來神來，天然入妙。《楊長史赴果州》：“褒斜不容幰，之子去何之。鳥道一千里，猿啼十二時。官橋祭酒客，山木女郎祠。别後同明月，君應聽子規。”紀昀謂其一片神行，不比凡馬多肉。詩確是既寫了蜀地風光和風俗，又使人感到一片清空。以後神韻派大都效仿這類詩。但他的五言律也一樣能寫諷諭詩，像《早朝》：“柳暗百花明，春深五鳳城。城烏睥睨曉，宫井轆轤聲。方朔金門侍，班姬玉輦迎。仍聞遣方士，東海訪蓬瀛。”體現了天寶玄宗寵貴妃、求方士，春光駘蕩中隱含着不安因素，雖然筆法微而婉，風格一如其人，但王維畢竟還是一個關心政治和國家安危的人。

他的七律後期較多。早期只有《酌酒與裴迪》，不拘常調。晚歲則多自由揮灑，有像《積雨輞川莊》“漠漠水田飛白鷺，陰陰夏木囀黄鸝。……野老與人争席罷，海鷗何事更相疑”，《送楊少府貶郴州》“愁看北渚三湘近，惡説南風五兩輕。青草瘴時過夏口，白頭浪裏出湓城”之作。至於《和賈舍人大明宫之作》，也表現了堂煌的盛唐氣象。

七絶數量雖不多，但都是盛唐佳作。如《送韋評事》“遥知漢使蕭關外,愁見孤城落日邊”,《送沈子福歸江東》“惟有相思似春色,江南江北送春歸”,《送元二使安西》“勸君更盡一杯酒,西出陽關無故人”,都是設身處地,有親身體驗和感受的優美詩篇。李東陽曾謂其陽關之句,盛唐以前所未道。此辭一出,一時傳誦不足,至爲三叠歌之。

總之,王維思想畢竟有盛唐時代烙印即積極一面,遭遇打擊後雖退隱山林,但禪學的“無生”,還有以生法負荷一切的思想,使他寫的山林田園仍具有生活情趣和生命力。之後他又寫了不少豪邁的邊塞詩篇,開邊塞詩的先路。他政治性雖然較弱,但敢于寄贈或送别爲李林甫、楊國忠所排斥的正直人物,敢於凝碧池詩中表現愛國思想,諷刺玄宗,畢竟不失爲“高人”和大家。

七、王孟山水詩的區别

盛唐詩人的詩,詩人的個性都很突出。王維的山水詩,多寫無我之境,如《山居秋暝》:“空山新雨後,天氣晚來秋。明月松間照,清泉石上流。竹喧歸浣女,蓮動下漁舟。隨意春芳歇,王孫自可留。”側重于寫客位,他的審美感,在于把人化于自然中,人受自然支配,結句也是不以自己主觀爲轉移的句子。而孟浩然的山水詩多有我之境,標明自己審美的愛賞。如《還山貽湛德師》:“幼聞無生理,常欲觀此身。心迹罕兼遂,崛崎多在塵。……”説明他不像王維那樣追求“無生”理,于是詩的寫法也不同,如《晚泊潯陽望廬山》:“挂席幾千里,名山多未逢。泊舟潯陽郭,始見香爐峯。嘗讀遠公傳,永懷塵外蹤。東林精舍近,日暮但聞鐘。”他有意識地尋訪名山,跟王維發自天籟是不一樣。他的詩“余”、“我”字樣常見于詩篇,如《夜歸鹿門歌》:“人隨沙路向江村,余亦乘舟歸鹿門。”《尋梅道士》:“我來從所好,停策漢陰多。”《舟中曉望》:“問我今何去,天台尋石橋。”《都下送辛大之鄂》:“予亦忘機者,田園在漢陰。”《洛中送奚三還揚州》:“予亦離家久,南歸恨不同。”這些類似的句子形成他的句法特點。如《廣陵别薛八》:“士有不得志,栖栖吴楚間。廣陵相遇罷,彭蠡泛舟還。檣出江中樹,波連海上山。風帆明日遠,何處重追攀。”《與諸子登峴山》:“江山留勝迹,我輩復登臨。水落魚梁淺,天寒夢澤深。”又《宿建德江》:“移舟泊烟渚,日暮客愁親。野曠天低樹,江清月近人。”《過故人莊》:“故人具鷄黍,邀我至田家。緑樹村邊合,青山郭外斜。開筵面場圃,把酒話桑麻。待到重陽日,還來就菊花。”王維寫客觀自然,把自己消融了,而孟浩然筆下的客觀的自然美,是隨他選擇,隨他評價的。

附録二　孟浩然生平及其詩

一、引　言

李白《贈孟浩然》詩曾對孟浩然不事王侯、鄙棄軒冕的品格，給以歌頌贊美。他說："吾愛孟夫子，風流天下聞。紅顔棄軒冕，白首卧松雲。醉卧頻中聖，迷花不事君。高山安可仰，徒此挹清芬。"皮日休在《郢州孟亭記》中也對孟浩然的詩風給以很高的評價，説："明皇世，章句之風，大得建安體。論者推李翰林、杜工部爲之尤。介其間能不愧者，唯吾鄉之孟先生也。先生之作，遇景入詠，不拘奇抉異，令齷齪來人口者，涵涵然有干霄之興，若公輸氏當巧而不巧者也。"他對孟詩的評論，也是極爲愜當的。但後世往往尊王抑孟，因此對孟浩然和他的詩作出公允的評價，還是有待于進一步探討的。

孟浩然的生平，史書所述也不詳盡、確實。《唐摭言》、《新唐書》載唐明皇入秘書省看王維，孟浩然適在王維處，倉皇避入床下，後來又被呼喚出來謁見明皇，面賦《歲暮歸南山》詩。明皇怫然道："是卿棄朕，非朕棄卿！"便放歸南山，自此終身不仕。這個故事就頗可懷疑，似乎詩人入長安之不得仕，乃是轉喉觸諱，命途不偶所致，而並不是由于當時統治者不能用賢。這未免把詩人描繪得狼狽不堪，掩蓋了事情的真象。現在幾本文學史對孟浩然的生平介紹得也未盡得實,因此很難看到詩人的生平思想和作品之間的聯繫。這就會在某種程度上,影響到對他作品的評價。本文即由探尋孟浩然的生平入手,研討對其詩歌創作的評價問題,當否還請大家討論。

二、生 平 述 略

孟浩然詩據王士源説:"凡所屬綴,就輒毁棄","流落既多,篇章散逸",自然會給後代研究者造成困難。但孟浩然的生平、思想、出處和遊蹤,在他的詩篇中,大體上還都有所反映。鑒於過去衆説紛紜(包括作者的舊説),在這方面的研究還不盡確切,于是有重新考辨和論述的必要。

孟浩然,襄陽人。據宜城王士源《孟浩然集序》,詩人卒於開元二十八年,年五十二,則生年當在唐武后永昌元年(六八九)。他出生於一個貧寒儒生地主家庭,父親早逝。他在《書懷貽京邑同好》中説:"維先自鄒魯,家世重儒風。詩書襲遺訓,趨庭紹末躬。晝夜常自強,詞翰頗亦工。三十既成立,吁嗟命不通。慈親向羸老,喜懼在深衷。甘脆朝不足,簞瓢夕屢空。"這首詩大體能反映出他母老家貧,和他早年讀書習翰、謀求進取的生活情況,也説明他抱有來自儒家的政治理想,並具有寫作的才華。

可是他卅歲還没有走入仕途,這和唐代用人須靠有力者的援引不無關係。高適二十歲入長安,也當開元初年,就曾碰壁而歸,後來曾有詩寫道:"國風冲融邁三五,朝廷歡樂彌寰宇。白璧皆言賜近臣,布衣不得干明主"(《别韋參軍》)。當時老臣内宦王毛仲、楊思勗等的勢力炙手可熱,所以孟浩然雖學書劍,常表示有意效孔丘問津,一展懷抱,但朝廷方面却安于現狀,金張當道,貧寒士子仍無寸進階梯。孟浩然便不能不長期株守家園,慨嘆"甲第金張館,門前車騎多。誰知書劍者,歲月獨蹉跎"(《宴張記室宅》)。詩中的張記室是"家封漢陽郡"的宰相張柬之的後代。又云:"誰識躬耕者,年年《梁甫吟》"(《與白明府遊江》),大約與襄陽縣令同遊時所寫,《梁甫吟》的比喻,也足見其抱負之高。

孟浩然在《田園作》中更仔細地描寫了他的隱居生活,並傾吐了待價而沽的願望和心中的憤懣,他説:"弊廬隔塵喧,維先養恬素。卜鄰近三徑,植果盈千樹。粤余任推遷,三十猶未遇。書劍時將晚,丘園日已暮。晨興自多懷,晝坐常寡悟。沖天羨鴻鵠,争食羞鷄鶩。望斷金馬門,勞歌采樵路。鄉曲無知己,朝端乏棄故。誰能爲揚雄,一著《甘泉賦》。"

詩人曾多次入長安,時間已難以一一詳考。大致可考者有三次。第一次是在寫了《田園作》,表示迫切的問世之心之後。時間大約在開元七年(七一九)三十一歲時。《書貽京邑同好》詩云:"三十既成立,吁嗟命不通。"又云:"當塗訴知己,投刺匪求蒙。秦楚邈離異,翻飛何日同。"即入長安失意歸來之作。時似當仲夏,有《仲夏歸漢南園寄京邑耆舊》詩,云:"嘗讀《高士傳》,最愛陶徵君。日耽田園趣,自謂羲皇人。中年廢丘壑,上國旅風塵。忠欲事明主,孝思事老親。歸來當炎夏,耕稼不及春。"

據《貽京邑同好》詩,本年似爲襄陽太守所聘,詩中有"執鞭慕夫子,捧檄懷毛公。感激遂彈冠,安能守固窮"。毛義因母老,曾奉州檄攝縣令,是東漢故事。

開元八年(七二〇)詩人三十二歲,有《晚春卧病寄張八》詩,云:"世俗皆自媚,流俗寡相知。賈誼才空逸,安仁鬢欲絲。……常恐填溝壑,無由振羽儀。"這首詩大約作於安仁作賦之年,詩裏自比賈誼、潘岳,深恐無由表現自己的政治和文學才能。他在隱居期間是參加了一些農村勞動的,不過目的並不在勞動,而在等待時機。《采樵作》中有"長歌負輕策,平野望烟歸"之句,即表現了一種隱者風度。

孟浩然第二次入京似在開元十一年癸亥(七二三)到開元十三年(七二五)間。這正是玄宗準備封禪太山,各州郡朝集使聚集京洛的好時機。但當時執政者爲張説，張説頗嫉賢，所以很難用孟浩然；而王維纔從濟州貶所歸來隱居，也没有推薦浩然可能。孟浩然有《秦中苦雨思歸贈袁左丞賀侍郎》詩云：“苦學三十載，閉門江漢陰。用賢遭聖日，羈旅苦秋霖。豈直昏墊苦，亦爲權勢沈。二毛催白髪，百鎰罄黄金。……”一般古人七歲入學，三十載當正是三十七歲。又賀知章開元十三年才任禮部侍郎，十四年初岐王範死，賀知章主辦喪事，因用人不當，改官秘書少監，故詩非作于是年莫屬。

詩人留住東都（當然不排斥外出）二年之久，《李氏園林卧疾》云：“伏枕嗟公幹，歸山羡子平。年年白社客，空滯洛陽城。”此後便自洛入越（譚優學有此説），有《自洛之越》詩，云：“皇皇三十載，書劍兩無成。山水尋吴越，風塵厭洛京。扁舟泛湖海，長揖謝公卿。且樂杯中物，誰論世上名。”另《上巳洛中寄王九》、《洛中送奚三還揚州》等詩，當均爲此時所作。在旅途中，詩人有《適越留别譙縣張主簿申屠少府》詩，云：“朝乘汴河流，夕次譙縣界。幸值西風吹，得與故人會。君學梅福隱，余從伯鸞邁。别後能相思，浮雲在吴會。”他在詩中主要是表示自己終不能屈服于權貴，絶不和公卿争名奪利，思想由積極問世轉入徜徉山水。可是這也説明他的政治理想並不很明確，對現實政治的黑暗認識不够深刻，憎恨不够强烈。加之唐代暫時的繁盛局面尚未消退，又會使詩人因看不清現實。開元十幾年後，玄宗逐漸奢淫，並大搞封禪典禮，寵任宦官王毛仲、楊思勗，賄賂公行。同時信任宇文融，讓他實行割剝之政，不斷挑起邊患窮兵黷武。開元二十幾年間，又寵愛武惠妃，擢用李林甫，政治危機進一步加深，階級矛盾、民族矛盾都日益尖鋭。可惜詩人對此都没有清醒的估計。

他自汴到譙縣，由汴河入淮，有《問舟子》詩，云：“向夕問舟子，前程復幾多。灣頭正堪泊，淮裏足風波。”因初遊吴越，故處處爲山水所吸引，詩也寫得清新明快。然後他又去廣陵、潤州。《渡揚子江》：“林開揚子驛，山出潤州城。”《揚子津望京口》：“北固臨京口，夷山近海濱。江風白浪起，愁殺渡頭人。"《初下浙江舟中口號》："八月觀潮罷，三江越海潯。回瞻魏闕路，空復子牟心。"《渡浙江問舟中人》："時時引領望天末，何處青山是越中。"上述詩從語氣來看，似都是首次入吴越所作。《與杭州薛司户登樟亭樓作》有"今日觀溟漲"語，自是八月觀潮作；此外還有《與颜錢塘登樟亭望潮作》。

詩人《永嘉上浦館逢張子容》、《除夜樂城逢張少府》、《歲除夜樂城會張少府》均寫與張子容相會。張子容，先天二年進士，貶樂城尉，浩然有《送張子容赴舉》詩。以此推算，此時與浩然分别已十三四年，所以第二詩有"平生復能幾，一别十餘春"之語。但孟浩然將歸鄉，有《永嘉别張子容》詩"舊國余歸楚，新年子北征"句，時張子容將北上應特科。張子容有《樂城歲日贈孟浩然》，詩云："土地窮甌越，風光肇建寅。"查開元十四年(七二六)浩然三十八歲，歲在丙寅。張子容又有《送孟八浩然歸襄陽》詩。有人認爲詩人與張子容相遇樂城，爲第二次入吴越，誤。

孟浩然還有《與崔二十一遊鏡湖寄包賀二公》詩，云："府椽有包子，文章推賀生。"蓋即潤州詩人包融與賀朝。詩人第二次遊浙時，包融已入朝官懷州司户，賀朝又爲會稽少府。

這次漫遊吴越，詩人似到永嘉後即遄返。其《泝江至武昌》詩云："殘凍因風解，新正度臘開。"又有《歸至郢中作》。《晚泊潯陽望廬山》也是歸途所作，其時説法不一，但詩以極新鮮的藝術觀描寫山水，似當在此時。

在這次漫游中，詩人寫到處所見的江山勝概，詩大都清新豪逸，能表現出同黑暗官場決絶的意願，但實際上却未忘却仕宦。所以他在《初下浙江舟中口號》中寫道："回瞻魏闕路，空復子牟心。"同時也有不少詩表現出失路的迷惘，如《歲暮海上作》云："伸尼既云没，余亦浮于海。"《早寒江上有懷》云："迷津欲有問，平海夕漫漫。"可見詩人的漫游是出於不得已，他心中用世的思想還是很深厚的。

由潤州入越，是詩人這次漫游的目的地。他在越州到處尋訪名山勝水，寫的詩最多。他在會稽停留最久，有《耶溪泛舟》等作；他也曾渡桐廬江往富陽，有《宿桐廬江憶廣陵舊游》詩，中有"山暝聞猿愁，滄江急夜流。風鳴兩岸葉，月照一孤舟"之句；又渡建德江，有《宿建德江》詩，寫出"野曠天低樹，江清月近人"的美景。以後他取道道海上，到達永嘉和樂城，那已是開元十三年除夕，十四年(七二六)的元旦了。《除夜樂城逢張少府》詩云"雲海泛甌閩"，但實際上没有到過閩，科學院編文學史於此偶誤。此時又有《初年樂城館中卧疾懷歸作》。

開元十六年(七二八)他四十歲，在家中寫了《田家元日》一詩。詩中説："昨夜斗回北，今朝歲起東。我年已強仕，無禄尚憂農。桑野就耕父，荷鋤隨牧童。田家占氣候，共説此年豐。"古人管四十歲叫強仕之年，可見詩人四十還躬耕家園，雖參與了一些田間輕微勞動，但心中仍渴望能出仕，故孟浩然後來又第三次入京。

詩人第三次入京的時間當在開元二十年(七三二)冬至二十一年(七三三)冬。有的論者據王士源《孟浩然集序》所載"山南採訪使、本郡守昌黎韓朝宗因入秦與偕行。先揚于朝，約日引謁，及期浩然會寮友，……遂畢席不赴，由是間罷"一事，説是由于韓朝宗的薦舉。但開元十八年冬十二月張説死，開元十九年玄宗用張説言引拜張九齡爲秘書少監，集賢院學士，再遷中書侍郎。浩然先有《送丁大鳳赴舉呈張九齡》詩，云"故人今在位，岐路莫遲回"，應是此時所作。那麼詩人於次年冬即再次入京，也是投依張九齡的。不意九齡此時丁母憂，至二十一年冬末纔起復，故又一次不遇。這時王維先隱終南，後居輞川。

孟浩然有《赴京途中遇雪》詩，云："迢遞秦京道，蒼茫歲暮天。窮陰連晦朔，積雪滿山川。落雁迷沙渚，飢鳥集野田。客愁空佇立，不見有人烟。"從這首詩看，詩人決不是跟韓朝宗入京的。又有《途次望鄉》詩，云"雪深迷郢路，雲暗失陽台。可嘆栖惶子，高歌誰爲媒”,也是二十年冬赴京所作。這些詩都表現出他内心的矛盾很深,詩人既想辭山出仕,在政治上有所作爲,但又對當時新的執政者不抱多大希望,甚至也意識到前途會有嚴重的障礙。

詩人於開元二十一年(七三三)春到達長安,時年四十五。他在長安,有《與王昌齡宴王道士房》詩,云:“歸來卧青山,常夢遊清都。漆園有傲吏,惠好在招呼。”王昌齡開元十五年及第,時任校書。在洛則有《題李十四莊兼贈綦毋校書》詩。綦毋潛開元十四年進士,恰值詩人漫遊吴越;這次詩人前來,正逢綦毋潛在洛隱居。此年秋,詩人即有歸意。

這次到長安不出詩人所料,果然爲權奸所阻,不過已不是王毛仲、楊思勗、宇文融諸人,而是新得寵的李林甫。開元二十一年三月韓休任黄門侍郎同中書門下平章事,《舊唐書·李林甫傳》:“韓休爲相,甚德林甫,乃薦林甫堪爲相,武惠妃陰助之,因拜黄門侍郎。”《通鑑·唐紀》卷三十也謂李林甫善承上意,又與武惠妃勾結,因擢黄門侍郎。

同時張九齡也始終畏懼李林甫,《舊唐書·嚴挺之傳》曾載張九齡欲引嚴挺之同居相位,就先對他説:“李尚書(李林甫第二年五月便擢升禮部尚書同中書門下三品)深承聖德,足下宜一造款狎。”嚴挺之不肯,故不得入相。而孟浩然既是張九齡的至好,又不肯阿附權奸,依違取容,因此受到李林甫的排斥也是情理中的事。在這種情況下,詩人自然不得不憤然離開長安,以至未待九齡復相。

《歲暮歸南山》詩正是他行前所寫,“北闕休上書”,就是不準備獻《甘泉賦》的意思;“南山歸敝廬”,就是表示歸還故園。《題長安主人壁》有“久廢南山田”之句,《南山下與老圃期種瓜》詩也云“樵牧南山近,林閭北郭賒。先人留素業,老圃作鄰家”,其心跡是很清楚的。可見後來所謂從床下出來見明皇的傳聞實係子虚烏有,它只能歪曲事實真像,掩蓋了當時的政治矛盾,把孟浩然的不遇説成是一種偶然的巧合和失誤,也抹殺了詩人求用濟世的志向和不屈于權貴的精神。孟浩然這時還有《京還贈王維》詩，云“拂衣何處去，高枕南山南。欲徇五斗禄，其如七不堪”，也表明不肯摧眉折腰事權貴。《新唐書》是官書，又多采雜説，其載此事可能本于《唐摭言》，而《唐摭言》所記的事又往往充滿宿命論色彩，自然不可盡信。晚唐詩人張祜由于求薦舉被元稹所阻，曾有詩寄慨云：“賀知章口説徒勞，孟浩然身更不疑。”倒是反映了當時只有賀知章在朝推薦的事實。

孟浩然於開元二十一年冬離開長安，而王維則在開元二十二年五月，張九齡回朝官中書令後，被薦入朝，官左拾遺（據趙殿成《王維年譜》），自然錯過了見面的機會，因而孟浩然有《留别王維》詩，留當面别。詩云：“寂寂竟何待，朝朝空自歸。欲尋芳草去，惜與故人違。當路誰相假，知音世所稀。祇應守寂寞，還掩故園扉。”這首詩意也在指責當路。而王維有《送孟六歸襄陽》詩，則是步《歲暮歸南山》原韻，大約也是追和，其實孟浩然也並未逕歸襄陽。王維寫道：“杜門不欲出，久與世情疏。以此爲長策，勸君歸舊廬。醉歌田舍酒，笑讀古人書。好是一生事，無勞獻《子虚》。”孟浩然獻賦未成，在這首詩中也有所反映。但這首詩諱避當路者不談，先自敍自己杜門不出，與世相遠，並以自己的隱居爲長策，以“醉歌田舍酒，笑讀古人書”慰籍孟浩然，雖是意有所難，但對孟浩然的了解也是很不足的。孟浩然是抱着想有所爲的意志而來，遭到權奸打擊才憤然離去，並非命運多舛，也不是自甘隱居。與此不同，王維不久即獲得了出山的機會。

二十一年秋詩人準備回家，《題長安主人壁》云：“久廢南山田，叨陪東閣賢。欲隨平子去，猶未獻《甘泉》。……我來如昨日，庭樹忽鳴蟬。促織驚寒女，秋風感長年。授衣當九月，無褐竟誰憐！”這首詩有不甘未獻《甘泉》便回鄉之意。出長安時他有《初出關旅夜坐懷王大校書》詩，從内容看時正荷枯時節，其中云：“永懷芸閣友，寂寞滯揚雲。”又有《九日懷襄陽》詩，云：“去國似如昨，倏然經杪秋。峴山不可見,風景使人愁。”直到冬天纔成行,有《歲暮歸南山》詩。途中遇大雪,有《南歸阻雪》詩,云:“十上恥還家,徘徊守歸路。”有《和張二自穰縣還途中遇雪》詩,又有快到襄陽時的《夕次蔡陽館》詩,明確地説“明朝拜嘉慶,須著老萊衣”,對又回到老母身邊感到由衷的高興。

開元二十二年,李白在安陵,曾到過襄陽,有《上韓荆州書》、《贈孟浩然》詩。又有《送孟浩然之廣陵》,詩云:“故人西辭黄鶴樓,烟花三月下揚州。”這是孟浩然第二次東遊。時荆州長史仍爲韓朝宗,孟浩然似奉有使命去潯陽,並南下二次遊吴越。先有《彭蠡湖中望廬山》云:“我來限于役,未暇息微躬。”又有《九日龍沙作寄劉大眘虚》云:“龍沙豫章北,九日掛帆過。”到江西寫了著名的《下灨石》詩,有“暝帆何處宿,遥指落星灣”句。又其《夜泊宣城界》云:“石逢羅刹礙,山泊敬亭幽。火識梅根冶,烟迷楊葉洲。”

詩人這次在越州停留較久,有《久滯越中貽謝南池、會稽賀少府(即賀朝)》云:“未能忘魏闕,空此滯秦稽。兩見夏雲起,再聞春鳥啼。”似已是開元二十四年夏。又有《題雲門山寄越府包户曹徐起居舍人》,雲門山在越州。包户曹是懷州司户參軍包融,徐舍人當是徐安貞。

崔國輔開元十四年進士,一直官山陰尉。二十三年入京中特科,授許昌令。孟浩然有《宿永嘉江寄山陰崔少府國輔》云:“我行窮水國,君使入京華。相去日千里,孤帆天一涯。……”似未與崔相見。又《江上寄山陰崔少府國輔》也説:“春堤楊柳發,憶與故人期……不及蘭亭會,空吟祓禊詩”,當都作於二十三年。

此後詩人由越州訪問天台。《將適天台留别臨安李主簿》詩云:“定山既早發,漁浦亦宵濟。”因而又有《早發漁浦潭》、《經七里瀨》弔嚴陵和《尋天台山》、《宿天台桐柏觀》等詩。

二十四年歸後,韓朝宗貶洪州都督。有《送韓使君除洪州都曹》詩。宋鼎任荆州長史,有《和宋大使北樓新亭作》。王昌齡貶嶺南或在此時,詩人大約此後也曾有洞庭之遊。開元二十五年(七三七)夏五月,張九齡貶荆州長史,他于是就遄返了。

開元二十六年(七三八),他至武昌入張九齡幕,年已五十。在《荆門上張丞相》詩中,他講遄返的原因説:"共理分荆國,召賢愧不材。"同時紀述趕路還鄉的情景説:"始慰蟬鳴柳,俄看雪間梅。四時年籥盡,千里客程催。"可見他並不想長期隱居下去,不過是待時而動,這次他正是抱着問世之情回來的。如在《望洞庭湖贈張丞相》詩云:"欲濟無舟楫,端居恥聖明。出觀垂釣者,徒有羨魚情。"待舟楫、待綸具之心表現得十分迫切。《齒坐呈山南諸隱》詩也寫到"從來抱微尚,況復感良規。于此無奇策,蒼生奚以爲!"但他只能寄希望于張九齡,所以《陪張丞相祠紫蓋山》詩還有"謝公還欲卧,誰與濟蒼生"之句,以此來慰勉張九齡。

不過此時李林甫已經獨擅朝政,别人雖想薦舉孟浩然,他也自然不會再入朝的。韓朝宗在詩人死後曾入朝官京兆尹,但最終還是被李林甫所逐。所以《與黄侍御泛舟》詩有"聞君薦草澤,從此泛滄洲"之語以示拒絶出仕。因此,一方面他只好公餘游游鹿門、峴山,追想龐德公,習鑿齒,寫些隱逸詩篇,如《秋登蘭(萬)山寄張五》"北山白雲裏,隱者自怡悦。……何當載酒來,共醉重陽節",《裴司士見訪》"廚人具鷄黍,稚子摘楊梅。誰道山公醉,猶能騎馬回",《夜歸鹿門山歌》"人隨沙路向江村,余亦乘舟歸鹿門",都可令人想見其不屈節取富貴的清高風度,但可惜只局限於個人的出處進退,而未能以蒼生爲懷,也未能對當時政治有所批判。

開元二十八年(七四〇)他五十二歲。王昌齡遷任江寧尉,王士源謂孟浩然死于此年。《唐才子傳》和《孟浩然集序》都記他爲送王昌齡,食鮮疾動而終。這年夏天張九齡先死去,這給詩人的打擊自然很大。王昌齡則於是年秋天去江寧,路過襄陽,詩人因有《送王大校書》詩云:"維桑君有意,解纜我開筵。"維桑即桑梓,指王昌齡回歸故鄉。詩人可能卒於這年冬月,《與諸子登峴山》大概是他最後的作品了。“水落魚梁淺,天寒夢澤深。羊公碑尚在,讀罷淚沾襟!”平時他愛以羊公比張九齡,這首詩也分明是借弔羊公而哀九齡的,因而感慨非常深沈,詩人一生的濟世之志自然也就隨之湮没了。

從生平經歷和思想品格來看,孟浩然的一生還是光明磊落的。他自始至終抱着濟時用世的思想,愈到老年欲濟蒼生的念頭就愈明顯。在政治上,他也始終站在張九齡一邊,嚮往政治清平,反對權貴專權。遭到打擊便翻然引退,遨游江海山林,以示不屈。他在生活中則以自然爲宗,通脱放曠,自有清高孤潔的情操。但最可貴的還是不論在什麼情況下,他都没有放棄施展政治抱負的願望。

不過我們也應該看到他政治理想表現得不够明確,有時或自許過高,有時或過於珍惜個人的才華。他在詩中所表現的理想,也不過是“政成人自理”(《陪張丞相自松洋江東泊諸公》)、“上德如流水,安仁道若山。……去詐人無諂,除邪吏去奸”(《贈蕭少府》)這樣一套安民生、清吏治的空泛願望。而人生的目的,也只是“忠以事明主,孝思事老親”以及達則兼濟,窮則獨善。詩人對當時已暴露的現實黑暗和人民疾苦也没有足够的認識,對玄宗荒淫、苛薄之政,以及權貴當朝等揭露不够。同時詩人的個人生活也比較安定自在,因此即使在他失意後徘徊山水之際,也未能唱出時代的强音,退還竟至于講空幻虚無或徵歌選妓,這確是詩人生活和思想的巨大局限。

以上只是簡述詩人的生平思想和一些詩作的寫作年代及背景,這些將有助于對他創作概況的了解。但其中有些詩的寫作時間較難確定,這裏提出來,僅供大家參考而已。

三、創作概況

孟浩然詩歌創作的題材自然以山水詩居多,同時也有一部分田園作品,形式以五律和五言排律最多。這和王維詩在題材形式、藝術境界方面，都有一些相同之處，所以後人往往以王、孟並稱。

但就其生平和創作的聯繫及作品的具體思想内容來看，二人還是有區别的。能代表孟浩然生平思想的主要作品，始終存在着一種未忘却的積極的問世傾向。詩人的走向山水田野，是出於政治上的不得已，很大程度上可看出是受了張衡歸田、梁鴻遁跡江湖的影響，並爲儒家不得志則乘桴浮于海的思想所支配。王維則像沈約歌唱自己東田，同時受禪宗影響極深，表現出一種純粹超然忘言的傾向。因此王維的"無可無不可"與孟浩然的"狷潔"，在思想上是不同的。

就性格而論，孟浩然不隨時，而王維可以立于污朝；張九齡能够薦舉王維，却無法薦舉孟浩然。王維在詩歌(《和僕射晉公扈從温湯》)中可以奉承一下李林甫，孟浩然則寧願不仕，也不肯折腰，僅此一點就很不相同。但王維從本質上説又不與這些人同流合污，和孟浩然又有一些相同的地方。

在藝術造詣上，王維詩詩中有畫，描繪大自然静穆境界，確是大家高手；孟浩然詩在藝術上比較工整，也自然清俊，特具風骨，對唐人如李白，有較大的影響。

由此看來，唐人尊孟是不無理由的，這也表明論者本身的傾向。但是後來論者由于世距愈遠和傾向不同，就往往不推尋他們的心迹和詩作在思想内容上的區别，以及藝術風格的不同，而只專就藝術境界的融煉與否立論，從而推崇王維，認爲他是山水田園詩的代表，同時貶低了孟浩然的成就，把他看成山水詩的附庸。這種看法顯然是不正確的。它不僅忽略了二位詩人在詩歌發展史上的不同影響，而且也忽略了對他們作出評價時所應持的思想標準。即以藝術標準而論，也還存在偏好的問題。

我們已經了解了詩人的生平和思想，而他的詩歌正是他生平思想的曲折反映，其中的積極因素可以説在某些方面繼承和發展了左思、陶潛和陳子昂的優良傳統。首先，詩人雖在長安爲權奸所排斥,便毅然和黑暗政治决絶,浮泛江湖,拂衣歸隱,但是他的可貴之處在于始終不忘政治,没有放棄用世、濟蒼生的願望,由此構成了他山水詩創作的主要傾向。

在未到長安之前,他自然常常嘆惜"誰識躬耕者,年年《梁甫吟》"(《與白明府遊江》),"常恐填溝壑,無由振羽儀"(《晚春卧病寄張八》)。既離長安之後,他對世事也不像自己曾表示的那樣决絶,而是不斷地唱着"魏闕心恒在,金門詔不忘"(《自潯陽泛舟往明海》),"回瞻魏闕路,空復子牟心"(《初下浙江口號》)。這説明他身在江湖,而心在朝廷。像"坐觀垂釣者,徒有羨魚情"(《望洞庭湖贈張丞相》)、"于此無奇策,蒼生奚以爲"(《呈山南諸隱》)這些詩句,都表明他有出濟蒼生的願望;"謝公還欲卧,誰與濟蒼生"(《陪張丞相祠紫蓋山》)這樣的呼號,更可見其關懷世事、不忘政治的鮮明傾向。

在《送席大》一詩中詩人道出了希望用世濟民而不能的苦衷:"惜爾懷其寶,迷邦倦客游。江山歷全楚,河洛越成周。道路疲千里,鄉園老一丘。知君命不偶,同病亦同憂。"這種呼聲和胸懷雖然不够響亮和深刻,但却是漢魏六朝詩壇少見的聲音,是左思、陶潛、陳子昂之後罕有的風力,是李杜崛起之前盛唐詩壇的清新氣息。它突破了一味趨向消極的六朝山水詩的範圍,給唐詩的發展增添了一種新的、帶有傾向性意義的重要東西。如果看不到這一點,而簡單地把他作爲王維的陪襯,那顯然是不妥當的。

其次,孟浩然的寄情山水,還不僅僅是爲了追求閑適,避開現實,而主要是表示和黑暗的政治决不妥協,表示對貴族權奸的唾棄。他不肯匍匐于李林甫門下,不肯摧眉折腰事權貴,這種反抗精神幾乎到處可見。如"冲天羨鴻鵠,争食羞鷄鶩"(《田園作》),早年爲濟世而輕富貴的思想已有體現。離開長安時,他高唱"寄言當路者,去矣北山岑"(《秦中苦雨思歸》),"欲徇五斗禄,其如七不堪"(《京還寄王維》),"扁舟泛湖海,長揖謝公卿"(《自洛之越》),"拂衣從此去,高步躡華嵩"(《東京留别諸公》)。這些詩是對權貴的抗議,也是對權貴和附炎趨勢者的蔑視。這種精神是明顯地繼承了嵇康、左思、鮑照和陳子昂等人反對權貴的傳統的。"余從伯鸞邁"(《適越留别譙縣張主簿》),雖然詩人選擇的方式是像梁鴻那樣遁跡江海,但其不肯屈膝妥協的思想本質在古代士大夫中還是難能可貴的。後來李白"不肯摧眉折腰事權貴"的傲骨高風,即與其一脈相通。

再次,他憎惡權貴,唾棄趨炎附勢之徒,但對有才志而遭壓抑的士人,則愛惜、同情,並寄予厚望。如《送席大》:"未逢調鼎用,徒有濟川心。"《送陳七赴西軍》:"吾觀非常者,碌碌在目前。君負鴻鵠志,蹉跎書劍年。"《送告八從軍》:"男兒一片氣,何必五車書。"《送張祥之房陵》:"山河據形勝,天地生豪酋。"對被貶謫的文人閻防、王昌齡等,他更是同情備至。其《送王昌齡之嶺南》"意氣今何在,相思望斗牛",《洞庭湖寄閻九》"遲爾爲舟楫,相將濟巨川",都在詩中對他們表示了殷切的希望。又如《送朱大入秦》云:"游人武陵去,寶劍值千金。分手脱相贈,平生一片心。"《送吴宣從事》云:"平生一匕首,感激送夫君。"《贈馬四》云:"四海重然諾,吾嘗聞白眉。秦城游俠客,相得半酣時。"這種贊美武俠劍氣、突破儒家規範的豪爽之情,頗似陶潛的少年,也和李白有相通之處。無怪李白在荆門一見孟浩然,便贈詩表示敬慕。王詩偏于"放曠",孟詩却富"豪情",這是顯而易見的。

第四,詩人寫襄陽和吴越等地的山水和旅途風光,主要是想借山水的清美和宏闊來抒洩自己的懷抱,表現自己的意志和情操。像《望洞庭湖贈張丞相》"氣蒸雲夢澤,波撼岳陽城",接着就傾吐出"欲濟無舟楫,端居恥聖明"這樣的感想。《洞庭湖寄閻九》也由"渺茫江樹没,合沓海湖連"寫到"遲爾爲舟楫,相將濟巨川"。《自潯陽泛舟經明海》則從"大江分九派",寫到"觀濤壯枚發,弔屈痛沈湘。魏闕心恒在,金門詔不忘"。他又常在詩中寄託那無路問世的迷惘，如《久滯越中貽謝南池會稽賀少府》云："陳平無産業，尼父倦東西。負郭昔云翳，問津今亦迷。"《早寒江上有懷》云："迷津欲有問，平海夕漫漫。"《留别富陽裴劉二少府》："誰憐問津者，歲晏此中迷。"另一方面，有些詩也反映出詩人守志甚高，不以富貴利達爲意。其《九日龍沙作》："龍沙豫章北，九日挂帆過。風俗因時見，湖山發興多。客中誰送酒，櫂裏自成歌。歌竟乘流去，滔滔任夕波。"像這樣的山水詩，還不是以出世的心懷融入大自然的静謐中，而是欣賞那引起胸中共鳴的祖國山川氣象的宏闊、高遠與清美，並用以映襯自己的落落情懷。

最後，詩人寫於早年的一些反映自己參加勞動的詩篇，也很可貴。如《田家元日》寫自己和田家一起勞動，共説年景，這也自然會增加作者對勞動人民的同情。但他畢竟是小莊園主，是隱居求仕者，心情並不深戀勞動，更不曾寫出農民的苦痛，局限是很明顯的。由於他並不像陶淵明那樣對田園勞動傾注着自己的熱情，所以他的田園詩數量不多。

總之，孟浩然之放棄仕宦走向山水，詩歌也多趨山水一路，固然是對世事的一種消極表示，但他還並未忘記政治，想濟時問世之情亦隨時流露，同時豪情俠氣常洋溢詩中，其積極因素十分鮮明。這就與王維的山水詩不同，有着值得唐人尊仰、給唐人以不小影響的東西，對盛唐詩風的創立起着一定的促進作用。

至于藝術造詣，孟浩然同樣有他不可磨滅之處。

第一，詩人的詩，具有一種由用世的執着和不屈于權貴的豪邁而形成的風骨。如"北闕休上書，南山歸敝廬"(《歲暮歸南山》)，"八月湖水平，涵虚混太清"(《望洞庭湖贈張丞相》)，"人事有代謝，往來成古今"(《與諸子登峴山》)，以及《洞庭湖寄閻防》、《送席大》、《醉後贈馬四》等，都寫得慷慨悲涼，坎坷不平，有一種積極向上的精神風貌。這些詩以自己特有的風骨，在初盛唐的詩壇上起着承前啓後的作用。

第二,詩人描寫山水景物,興象宏闊、高遠、清新、豪逸,風格一如其人。比如"氣蒸雲夢澤,波撼岳陽城"(《望洞庭湖贈張丞相》),"日出氣象分,始見江湖闊"(《早發漁文潭》),"中流見匡阜,勢壓九江雄"(《望廬山》),"郡邑經樊鄧,山河入嵩汝"(《送辛大之鄂渚不及》),"渺漫江樹没,合沓海湖連"(《洞庭湖寄閻防》),"照日秋雲迥,浮天渤澥寬"(《望潮作》),這些詩的興象都相當宏闊,充分反映出詩人的胸懷壯闊,意氣沉雄。又如《和宋大使北樓新亭》:"遠水自嶓冢,長雲吞具區。願隨江燕賀,羞逐府僚趨。"風格雄豪,意境開闊。詩人筆下的山水,有時高遠,如"泊舟潯陽郭,始見香爐峯"(《望廬山》),"暝帆何處宿,遥指落星灣"(《下贛石》);有時則極清新,如"微雲淡河漢,疏雨滴梧桐"(《聯句》),"緑樹村邊合,青山郭外斜"(《過故人莊》);有時蘊含着失意的迷惘,像"風鳴兩岸葉,月照一孤舟"(《宿桐廬江》),"迷津欲有問,平海夕漫漫"(《早寒江上有懷》),"水落魚梁淺,天寒夢澤深"(《與諸子登峴山》);有時則十分曠放,如"卧聞海潮至,起視江月斜。爲問同舟客,何時到永嘉"(《宿永嘉江》),"問我今何去,天台訪石橋"(《舟中曉望》),"榜人苦奔峭,而我忘險艱"(《下贛石》)等,這些詩對山水的描寫或想象飛騰,志趣高遠,或清朗無塵,心意恬静,或汗漫雄渾,迷茫難測,或豪放飄逸,情懷暢達,都表現了詩人真實的秉性和情感。他於宏闊處落墨,從高遠處設想,自寂寞處低徊,詩風飄洒豪放,雖説是寫山水,却處處時時映帶出詩人的爲人,寄託着他,自有其感人的藝術魅力和歷史影響。孟浩然詩的這種"有我之境",與在現實中種種變化着的思想感情王維詩的"無我之境",開闢出山水詩創作在藝術上迥然不同的兩種境界。

第三,與王維相比,孟浩然的詩似更接近于自然,其即興而發,不假雕琢,比之王維仍有不矜持與矜持之别。他所寫的五律運單行之氣于偶對之中,如行雲流水,行于所當行,止于不得不止,妙在自然流走,不求工而工。如"挂席幾千里,名山都未逢。泊舟潯陽郭，始見香爐峯”(《晚泊潯陽望廬山》)，平淡寫來，只是像説心裏話。“去國似如昨，倏然經杪秋。峴山不可見，風景令人愁”(《九日懷襄陽》)，也風行水上，興會天成。

詩人生活情趣飽滿，景象刻畫細微。像《過故人莊》“故人具鷄黍，邀我至田家”，自是一幅農村風俗畫。而“挂席東南望，青山水國遥。舳艫争利涉，來往接風潮。問我今何去，天台訪石橋。坐看霞色曉，疑是赤城標”(《舟中曉望》)，也分明是一幅曉行圖。他把羣舟争發和曉江景色一一寫入詩中，又表現得逸興遄飛，這和王維善寫静穆小景是不同的。

孟詩的句法也頗特殊，他遣詞造句往往突出主位，像“我來如昨日，庭樹忽鳴蟬”(《題長安主人壁》)，“予亦忘機者，田園在漢陰。因君故鄉去，遥寄式微吟”(《送辛大》)，“羨君從此去，朝夕見鄉中。予亦離家久，南歸恨不同”(《洛中送奚三還揚州》)，“殷勤爲訪桃源路，予亦歸來松子家”(《高池陽送朱一》)，“人隨沙路向江村，予亦乘舟歸鹿門”(《夜歸鹿門歌》)。這些直抒胸臆的句法，表現出作者任真率直的風度。這一特點對李、杜也有影響。

但另一方面他用字又很精警，如“氣蒸雲夢澤，波撼岳陽城”(《望洞庭湖贈張丞相》)中的“蒸”字和“撼”字，“微雲淡河漢，疏雨滴梧桐”(《聯句》)中的“淡”字和“滴”字，都非常準確生動，可見他的語言能在自然中見精警。

另外，詩人往往不以描寫那些特殊的自然景象爲滿足，不着重描寫個别的自然景物，而愛表現幅度較寬的大自然。尤其是愛以不寫爲寫，寫那些由現實而引起的想象中的東西，使詩作的表現範圍留有充分的餘地。像“泊舟潯陽郭，始見香爐峯”(《望廬山》)，“暝帆何處宿，遥指落星灣”(《下贛石》)，“待到重陽日，還來就菊花”(《過故人莊》)等，都是如此。

孟詩上述這些藝術特點，都與詩人的思想、感情和性格有着内在的聯繫。

第四，孟詩更接近現實生活，寫得也比陶、阮以及陳子昂更明朗（但思想内容不很深刻），這也是詩歌創作的新動向。同時他的詩風有繼承有創造，率性任真處有的學陶，豪放曠逸有左思之風，同時對嵇康、鮑照、大小謝、陳子昂都有所繼承，並在此基礎上已形成了自己的豪逸風格，可以説已啓典型的盛唐詩風。他也有得力于民歌的地方（襄陽本是六朝民歌繁盛之處），如《問舟子》："向夕問舟子，前程復幾多？灣頭正堪泊，淮裏足風波。"《大堤行》："大堤行樂處，車馬相馳突。歲歲春草生，踏青二三月。王孫挾彈遊，遊女矜羅襪。攜手今莫同，江花爲誰發。"《鸚鵡洲送王九之江左》："舟人牽錦纜，浣女結羅裳。月明全見蘆花白，風起遥聞杜若香，君行采采莫相忘。"這幾首詩寫得敞朗活潑，都很接近于民歌情韻。

總之，就藝術風格而言，孟詩也有不少積極的因素，起着一定承前啓後的作用。不過他也存在一些根本的缺欠：題材狹隘，寄託不深。興象雖宏闊高遠，但也都有限。左思、嵇康、鮑照詩所表現的激烈反抗，陶淵明詩的金剛怒目式以及熱愛勞動與接近人民，陳子昂詩的寄慨遥深，關心時事之切，他都未能加以繼承和發展，这分明是受了他的人生經歷和世界觀的限制。其次，他五、七言絶句和五古、五律雖寫得比較成熟，而其它形式的詩却往往寫得不够精煉；詩的風格也顯得有些雜亂，有些詩在藝術表現力上比王維少欠含蘊。第三，意境不高、感興較低沉的詩篇也不少，特别是一些與道士、上人應酬，有意標榜出世的詩，更是少有可取之處；另有一些作品風格平庸，王士禛曾謂其未能免俗。第四，孟詩從整體上説也還未能完全擺脱六朝初唐痕跡。單就句子而論，如"翠羽戲蘭苕，赤鱗動荷柄"（《晚春卧病寄張八》）等，也還是郭璞、謝朓的詩句；"垂柳金堤合，平沙翠幕連"（《上巳洛中寄王九迥》）等，則是初唐體。

總之，孟浩然的詩具有問世濟時的積極傾向，具有一定的風骨，意境也比較宏闊高遠，其上與左思、陶淵明、陳子昂等相聯繫，下對盛唐詩風有所啓發。從這點看,作用影響都不在王維之下。但其詩“未掣鯨魚碧海中”(杜甫《戲爲六絶句》),仍走着山水招隱的舊路,又有不少出世庸俗之作,自然不可能取得更大的成就。

四、結　　語

總括來看,孟浩然還是一位具有積極用世思想的作家,在政治上屬于張九齡一派,並在一定程度上懷有拯濟蒼生的願望,决不與權貴妥協。因此在當時的歷史條件下,他仍不失爲一位思想品格較高的人物。古代歷史傳記家把他看成是不問世事的隱淪,並據小説家言把他政治上所遭遇的阻礙,説成是囀喉觸諱,命運不偶,這些都是不符合事實的。

他的詩作以前也曾被一些人簡單化地歸屬于王維山水田園一派,而不去分析其思想傾向的複雜性,不去分析其與王維的不同點,甚至根據自己的思想傾向和藝術標準把他放在王維下,當作一個支流,一個陪襯,這也是很不妥的。因爲這樣一來,勢必會影響到對作家特有個性和貢獻的分析,從而也就很難反映文學發展的客觀規律。

潘德興云:“襄陽詩如‘東旭昇光芒,浦禽已驚聒。卧聞漁浦口,橈聲暗相撥。日出氣象分,始知江湖闊’、‘太虚生月暈,舟子知天風。挂席候明發,渺漫平湖中。中流見匡阜,勢壓九江雄。香爐初上日,瀑布噴成虹’,精力渾見,俯視一切,正不可徒以清言目之。”(《養一齋詩話》)這些話確有見地,孟浩然走向山水一路,雖夾有消極傾向,但詩中始終還存在積極問世的意願,這和王維山水詩的一味高蹈出世根本不同。王維所采取的態度則是和世事絶緣,化現實于虚幻。這就是孟浩然的山水詩之所以還存在慷慨悲涼的氣概、宏闊高遠的意境,之所以雖未擺脱山水招隱道路,但在某些方面仍繼承了左思、陶淵明、陳子昂優良傳統的原因所在,也就是我們認爲他在某些方面開啓了盛唐詩風,而不該把他附屬于王派的原因所在。

不過我們也應該認清他的局限，這就是走山水招隱道路，不能進一步批判現實，寫出人民的疾苦，也未能暢抒個人的懷抱，表現明確的理想，這與詩人缺乏進步的批判精神，而自己又未能進一步接近人民和深入現實很有關係。這樣作爲一個詩人，自然就難以唱出時代的最强音。氣質使然，審美的志趣不同，這是不能苛求於古人的。

《中國古典文學名家選集》已出書目

王維孟浩然選集　／王達津選注
高適岑參選集　／高文、王劉純選注
李白選集　／郁賢皓選注
杜甫選集　／鄧魁英、聶石樵選注
韓愈選集　／孫昌武選注
柳宗元選集　／高文、屈光選注
白居易選集　／王汝弼選注
杜牧選集　／朱碧蓮選注
李商隱選集　／周振甫選注
歐陽修選集　／陳新、杜維沫選注
蘇軾選集　／王水照選注
黄庭堅選集　／黄寶華選注
楊萬里選集　／周汝昌選注
陸游選集　／朱東潤選注
辛棄疾選集　／吴則虞選注
陳維崧選集　／周韶九選注
朱彝尊選集　／葉元章、鍾夏選注
查慎行選集　／聶世美選注
黄仲則選集　／張草紉選注